酸甜暖爱

系列 01

你亲爱的我

公子十三 / 著

百花洲文艺出版社
BAIHUAZHOU LITERATURE AND ART PRESS

图书在版编目（CIP）数据

你亲爱的我 / 公子十三著. — 南昌 : 百花洲文艺出版社, 2018.1（2021.4重印）

ISBN 978-7-5500-2605-6

Ⅰ. ①你… Ⅱ. ①公… Ⅲ. ①长篇小说－中国－当代 Ⅳ. ①I247.5

中国版本图书馆CIP数据核字(2017)第324849号

出 版 者　百花洲文艺出版社
社　　址　江西省南昌市红谷滩世贸路898号博能中心A座20楼　邮编：330038
电　　话　0791-86895108（发行热线）　0791-86894790（编辑热线）
网　　址　http://www.bhzwy.com
E-mail　bhzwy0791@163.com

书　　名　你亲爱的我
作　　者　公子十三
责任编辑　王俊琴　李　瑶
特约编辑　周丽萍
封面设计　刘　艳
内页设计　米　籽
内页绘制　cain酱
封面绘制　半日闲兔子　叶比yippee
经　　销　全国新华书店
印　　刷　北京时尚印佳彩色印刷有限公司
开　　本　880mm×1230mm　1/32
印　　张　9
字　　数　249千字
版　　次　2018年3月第1版
印　　次　2018年3月第1次印刷
　　　　　2021年4月第2次印刷
书　　号　ISBN 978-7-5500-2605-6
定　　价　42.80元

赣版权登字：05-2017-558

目录

001/ **第一章 辛夷**

《中国药典》说，辛夷性味辛、温，散风寒、通鼻窍，用于风寒头痛、鼻塞、鼻渊。其实辛夷花更像一场单恋，美而无味，散场才发现，这一场繁华，不过是一出唱念俱佳的独角戏。

022/ **第二章 樱桃**

《本草纲目》说，樱桃味甘，主调和，益脾气，令人好颜色，美志气。赠之以樱桃，报之以琼瑶，一言承君诺，百岁与君好。

045/ **第三章 萱草**

《全国中草药汇编》说，萱草以根入药，性味甘、凉。清热利尿，凉血止血。赠你一世欢喜，一世安康，不若赠你一枝忘忧草，忘掉这一世漂泊，一世寒凉。

067/ **第四章 桂花**

《本草汇言》说，桂花味辛甘苦，气温，无毒，散冷气，消瘀血，止肠风血痢。赠你一瓶桂花的香气，让你知道，我所在的城市，有三秋桂子十里荷花，还有藏在这甜香里，化不开的思念。

086/ **第五章 麝香**

《中国药典》说，麝香性味辛、温，归心、脾经，用于热病神昏，中风痰厥。银杏满地叶翻黄，独枕西窗月孤凉。恐无青鸟托尺素，对影徒燃一脉香。

106/ **第六章 何首乌**

《开元本草》说，何首乌味苦涩，微温，无毒，主瘰疬，消痈肿，疗头面风疮。黑髭鬓，悦颜色。其实若能与君共白首，又哪需何首乌留住这三千青丝。

123/ **第七章 蚕沙**

《本草纲目》说，蚕沙治消渴，症结，及妇人血崩，头风，风赤眼，祛风除湿。都说春蚕到死思念才尽，那这蚕沙就是一场来过与爱过的凭证吧。

目录

141/ **第八章 白果**

《中国药典》说，白果性味甘、苦、涩、平；有毒。归肺经，缩小便。用于痰多咳喘，带下白浊，遗尿尿频。据闻旧时女子出嫁，要服一颗烤熟的白果，如此才没有如厕之忧。它抚平了新嫁娘的忐忑不安，也寄托着对未来的憧憬与期冀。

161/ **第九章 枸杞**

《药性论》说，枸杞味甘、平，无毒，能补益精诸不足，易颜色，变白，明目，安神。枸杞的甜，就像初恋，回首时，有一抹淡淡的怅惘和留在齿间，浓稠的暖。

180/ **第十章 防风**

《中国药典》说，防风性味辛、甘、温，归膀胱、肝、脾经，解表祛风，胜湿，止痉。防风如人群中最不起眼的小女子，你跋涉万里河山，尘霜满面时，回首过往，却仍记得擦肩而过的一眼。

199/ **第十一章 白芍**

《中药大辞典》说，白芍性味苦酸、凉。入肝、脾经。养血柔肝，缓中止痛，敛肝收汗。你离开时，花枝才堪攀折；你归来时，一地残花，已过了几个春季。在来去的日子里，剩多少爱，只有你的心知罢了。

220/ **第十二章 樟脑**

《全国中草药汇编》说，樟脑性味辛、温。通窍辟秽，温中止痛，利湿杀虫。它味道不好，像一个脾气有那么一点暴躁的女子，你常怨她不如别人温柔小意，却不知道，她信你爱你，才放纵了自己的脾气。

239/ **第十三章 葛根**

《中国药典》说，葛根性味辛、甘、凉。归脾、胃经。解肌退热，生津，透疹，升阳止泻。它朴实无华，你早习惯忽略它，就像忽略你身边的她，却忘了在你倦极归家时，是谁为你彻夜留一盏灯。

257/ **第十四章 钩吻**

《本草纲目》说，钩吻气味辛、温、大毒。主治脚膝痹痛，四肢拘挛，恶疮疥虫，咳逆上气，喉痹咽痛。都说服了钩吻痛如断肠，又哪里比得上忘记一个人的痛与伤。所以爱是一把双刃剑，伤敌三分，却自损七分。

279/ **后记**

第一章
辛夷

NI
QINAIDE
WO

《中国药典》说，辛夷性味辛、温，散风寒、通鼻窍，用于风寒头痛、鼻塞、鼻渊。其实辛夷花更像一场单恋，美而无味，散场才发现，这一场繁华，不过是一出唱念俱佳的独角戏。

山上的春雨带着寒气，从伞底钻进来，卷着潮气，扑进了衣服里。

孟小阮单手紧了紧衣领，停在了转弯处，过了甬道就是住持的禅房，她需要重新酝酿勇气。

不远处火光明灭，借着那一点点光，一道人影撞进她的视线里，黑色的布衣与布鞋，正是寺院里居士最普遍的打扮。

那人一手撑着伞，遮住了火盆，一手丢进去一卷纸，火苗一下子蹿上来，映出了半张脸。

长睫半遮着眼，露出一点寒薄的光亮，鼻梁挺而直，让孟小阮想起美术馆里的雕塑，这样的鼻梁，大概需要雕刻师反复斟酌，在最恰当的时刻，才能勾勒出最利落的一笔。他的唇抿得有些紧，整个人看起来严肃而凝重。待火舌将要卷到他的手指时，他才悠悠地收回手，手腕上缠着108颗菩提子，上面的蜜蜡佛头在虚空中互相碰撞，发出荧荧的光。

玉兰花吸饱了水，“啪”地绽开，水珠顺着孟小阮的伞面滑下去，溜进了她的脖子里。

孟小阮下意识地叫了一声，那人回过头来看向她。

他的脸上带着笑，空气中像浮着一层雾，比之前严肃的样子更让人看不真切，他朝孟小阮轻轻一颔首，任雨水熄灭了盆中火，收拾好地上的东西，施施然离开了。

孟小阮顺着他的背影看过去，寺里都是经年的古木，几个转折，人就已经消失在了夜色里。

好半晌才回过神来，她低头看了看时间，实在没办法拖下去，终于穿过甬道，敲响了住持的房门。

住持永慧打开门，把孟小阮让了进去。

其实孟小阮小时候常跟她爷爷到广禄寺里来，永慧禅师总会偷偷塞给她一点零食，德国的黑巧克力、丹麦的曲奇饼、法国的马卡龙，让孟小阮在幼儿园里备受追捧。

后来不幸被孟小阮爷爷发现，他认为永慧在用糖衣炮弹腐蚀孙女的心灵和牙齿，勒令孟小阮再不许登广禄寺的大门。

隔了这么多年再次见永慧禅师，孟小阮有些不自在。

她清了清嗓子，声音有点抖，脸上带了点羞愧："我爷爷……"

孟小阮的爷爷孟广龄是一名植物学专家，当年与初恋含恨分手，俩人远隔重洋再未相见。再听闻对方的消息时，佳人已经作古多年，孟广龄回忆往事悔恨交加，极力要撮合孙子孟箫和初恋的孙女在一起，好弥补当年他和初恋分手的遗憾。

这事扯不扯，相当扯啊。孟箫能同意吗，自然不同意啊。

于是孟小阮的爷爷就闹着要出家。

永慧禅师摆摆手，示意他已经知道了。

闭着眼睛，摩挲了佛珠半晌，永慧禅师回了孟小阮一句："《金刚经》有云，心无所住，而生其心。"

孟小阮琢磨了一下，这句话的意思是对世俗没有留恋才能参悟佛理。

这是暗示她爷爷红尘未断，不宜修行的意思吗？

她眨巴着眼睛，极力希望禅师再多表示表示。

好像听到了孟小阮心中的祈祷，永慧禅师继续说下去——

"《遗教经》说，世皆无常，会必有离。"

……没听懂。

孟小阮咽了口吐沫："大师佛法精深，禅理深厚，我辈缺乏慧根，还望大师指点迷津。"

"简而言之嘛……"

永慧禅师笑眯眯地看着她："我支持你爷爷出家。"

孟小阮一口血差点没喷出来。

据孟小阮的爷爷说，永慧禅师是他的大学同学，俩人当年一起学习植物学，永慧禅师处处想要压孟小阮爷爷一头，孟小阮爷爷是遇强则强，每次都能顺利反压。永慧禅师见在植物学领域没有出头之日，愤而出家，五十年后终于修成正果，笑傲群僧。

孟小阮怎么看怎么觉得住持这张佛光普照的脸上有点幸灾乐祸的意思。

永慧禅师继续火上浇油："我还准备收你爷爷做关门弟子，以后将衣钵传承给他。"

孟小阮笑得有些艰难："可我爷爷年事已高，恐怕会先禅师一步驾鹤西去……"

"不怕，不怕，"永慧禅师老神在在，"朝闻道夕死可矣，这也没什么遗憾的。"

这话显然谈不下去了，孟小阮失望告辞。

出了门，孟小阮掏出手机给哥哥孟箫打了个电话，关机。

缺德不缺德啊，爷爷明天就要剃度，关键时刻，孙子遁了。

孟小阮跺跺脚，正准备往回走，忽然听到住持的禅房里传出一声巨响。

孟小阮赶紧折回去，发现永慧禅师倒在地上，案上的书被撞落了下来，散了一地。

她凑过去唤了一声，只见永慧禅师紧闭着双眼，口水一点点地从嘴角淌了出来。

孟小阮心生不妙，赶紧出去找人，与住持的禅房隔得不远就是监院的房间，她去拍了半天门，有路过的僧人问她。

“监院出去开会了，施主有事？”

孟小阮急得直跺脚：“住持病了，快！”

不一会儿大半个寺院都被惊动了，副监倒是比较有经验，他看了看住持的样子，皱紧了眉：“好像是中风。”

早有人打了120，众人都有些惊慌，住持的样子看起来比刚才更糟，嘴歪得厉害，口水越流越多。

副监急了，示意身边的弟子：“再打电话催催。”

很快，弟子挂了电话：“雨天路太滑，上山的路又出了交通事故，车堵在那里过不来。”

地上的住持咳了一口，混浊的呕吐物从嘴里喷了出来。

孟小阮知道点急救知识，她蹲下来，用纸巾将口腔里的东西清理了。住持人不能动，但平躺的姿势不利于呼吸，她示意副监搭把手，让住持侧卧。

副监有些疑虑：“还是不动比较好吧？”

孟小阮也不敢肯定，她急得很，越急越无计可施，搓着手，恨不得撞撞脑袋，瞬间开发出急救的技能来。

外面渐渐围起了人，都是在寺里修行的居士，大家只能拿出佛珠为住持祈福，嗡嗡切切的声音穿透雨幕，潮湿而压抑。

时间一分一秒地过去，住持像醉酒了一样，两颊通红，双手捏得紧紧的，四肢开始不住地抽搐。

外面的居士们虽然看不见，但都知道越拖下去越糟，诵经的速度越来越快，像强劲的鼓点，敲得人心里发慌。

“不能再等了。”

有人分开人群走进来，黑衣黑布鞋，正是之前孟小阮撞见的那个人。

“让患者侧卧。”

他指挥着寺里僧人，也许是声音里的笃定安抚了众人，两个僧人将住持的身体翻起来。

拿出针灸包，他从中抽出一枚三棱针。

副监迟疑起来，大概觉得他太过年轻，有些不太放心，于是拒绝了他的进一步处理。

“还是等救护车来吧。”

他轻轻皱了皱眉，收回针，语气平淡：“你确定？”

这么一说，副监又摸不准了，侧头看了看住持：“这位施主，你……有把握吗？”

来人其实有一双笑眼，神色不动的时候，眼角依旧上翘，看人的时候少了点锐利，多了几分亲和。

他的视线掠过副监看向孟小阮：“你说呢？”

“啊？啊？”孟小阮没想到自己会被点名，众目睽睽之下，她紧张得直抖，说话都有些不利落，“我……”

他看着孟小阮，忽然微微一笑，眼下的卧蚕随之弯起，整个人如同春回大地时的那缕风，温柔而缱绻。

很快，他又重复了一遍：“你说呢？”

稍一犹豫，孟小阮坚定了信心：“我……我觉得还是让这位……嗯，这位先生试试吧。”

副监继续拒绝：“不行，出了问题谁能担这个责任？”

他了然地点点头，退到一边，目光落在住持的脸上，像在重复，又带了点悲悯。

“是啊，出了问题谁能担这个责任。”

孟小阮急了：“那……那我来担好了！”

“孟施主！”副监喝了她一声，“我还没问你呢，你之前和住持说了什么，把住持刺激成这样。”

孟小阮嗫嚅着：“我没说什么啊……”

她抬起头求救似的看着那个人，眼睛里噙着一汪泪，哽咽着，人几乎要抽过去。

他安抚地看着她，声音轻缓："哭什么，住持醒了不就可以证明你的清白了吗？"

道理这样讲是没错，可是住持昏迷不醒啊……

她知道这个逻辑，可是说不出来，房间里的人都沉默着，只能听到住持沉重的呼吸声，痰涌上来，憋在喉咙里，咕噜咕噜的，响得像在打鼾。

孟小阮的心像悬在丝线上，陡然提了起来。

她只好一遍一遍求着副监："先救救住持吧，再拖下去要出事的。"

副监不为所动，坚持要等救护车来。

忽然，有声音从外面插进来。

"怎么不送医院啊？哦，救护车进不来，那先急救啊。"

门一推，进来的正是孟小阮的爷爷孟广龄。

他先看了看侧立在边上的那个人："你是医生啊，那快点救啊。"

副监急起来："万一……"

孟广龄一挥手："得了，再糟能比现在糟吗？出了事我顶着。"

副监知道孟广龄是住持多年的朋友，有他做主，万一住持有个好歹也好交代，这才退开。

那人重新拿出了三棱针，蹲下身，拉过住持的手，在住持的大拇指指尖迅速刺下去，暗红色的血珠立马渗了出来，他继续刺向食指、中指、无名指。直到将十根手指刺完，他又脱下住持的鞋袜，刺向脚趾趾尖。

副监在旁边看着，忍不住开始怀疑："施主这是做什么？你不会……是个江湖骗子吧？"

他施针的动作不停，倒很耐心地跟副监解释："刺激末梢神经，是为了减轻脑压。"

他的手大概是外科医生最喜欢的那种，腕骨略高，手指修长却有力，每个动作都很清晰，速度却又无比迅捷，仿佛已经不知道做过了多少次。

菩提珠从腕上散散地垂下来，不显得累赘，反倒增添些奇异的魅力。

轻舒了口气，他又换了一枚毫针，刺向住持的鼻尖。

“这是素髎。”

接着刺向人中，又刺向手腕约两寸处：“这是内关。”

挽起住持的裤管，在膝盖下找到一个穴位刺下去：“这是足三里。”

手快速顺着外侧这条线，略外偏，在穴位上施针：“这是丰隆。”

最后刺向足心：“这是涌泉。”

整个救治完成，他收起针，站起来。

副监拦住他：“施主先别走。”

他按下副监的手，站在一旁：“我怎么会走？”说完似乎在笑，嘴角挑起一个弧度，“毕竟我要留在这里担责任。”

很快，住持的呼吸平稳下来，人虽然还没清醒，但面色已经恢复了正常。

副监的神情多少有些尴尬，正想说些什么，住持的弟子闯了进来。

“快，快，救护车来了！”

急救人员将住持抬了出去，孟广龄也跟着上了车，一群人呼呼啦啦拥上去。

那人透过窗，远远地看着，直到车开走了，才弯下腰将地上散落的书一本本拾起来，用手拂落浮灰，放回到桌案上。

孟小阮默默看着他，她的喉咙有些痒，压抑着咳嗽了两声。

他做完这一切，没再停留，撑起伞，消失在了雨幕里。

回到客房，孟小阮坐立不安地等了一阵，估摸着时间差不多，给爷爷打了个电话。

孟广龄的耳朵有点背，正常说话都像在吼：“多亏了那个大夫，对，你别担心，永慧已经脱离危险了。现在都能瞪眼了……瞪什么瞪，再瞪我把针头拔了……”

后一句是对永慧禅师说的，声音震得孟小阮一抖。

“现在能说话吗？不能说话点头也行，我问问你，你们佛教徒有没有医保？”

第二天起来，雨已经停了，孟小阮的头有些沉。

大概昨晚着凉了，她抽了抽鼻子，小声祈祷千万别感冒，这才出门上班。

孟小阮在电台上班，主持一档深夜节目，叫《佳期入梦》，节目都是提前录好的，一周录三天。

按照安排，今天应该连着录三期，可是两期刚录完，孟小阮已经憋不住咳了出来。

主任在棚外听着，做了个暂停的手势，在麦里问她：“感冒了？”

孟小阮只好点点头。

“那明天再录吧。”

主任拍板做了决定。

出了录音棚，同组的小赵在她耳边嘀咕：“听说了没，主任的侄女要毕业了。”

孟小阮有点糊涂：“哦？”

小赵点了点她的脑袋：“你傻啊你，主任的侄女也是播音主持专业，黄金时段的节目插不进去人，还不得进咱们组啊。”

孟小阮又点点头：“哦。”半天才反应过来，“你是说让她主持《佳期入梦》啊？”

小赵恨铁不成钢地叹了口气，递给她一个快递：“我到楼下取件的时候顺便帮你拿的。”

孟小阮有些蒙，她最近没网购，捏了捏文件袋，瘪瘪的，从抽屉里拿出裁纸刀裁开，里面是一张方子：

葛根 12g，麻黄 10g，桂枝 10g，生姜 10g，白芍 10g，大枣 4 颗，炙甘草 6g，半夏 12g。

后面附了一行话：风寒感冒，一剂可见效。

纸是最普通的信纸，可能是从一沓信纸中撕下的一张，边缘有些锯齿，笔迹飞扬，笔锋处带着淋漓的墨迹。

孟小阮仔细看了几遍，字迹不认识，寄件人处也没留姓名。

她随手将方子放进了抽屉里，简直莫名其妙……

下了班，孟小阮再次回到了广禄寺。为了拦住爷爷，她已经在这里住了一个星期，哭劝、苦劝都试过，她爷爷就是不回去，现在住持住院了，没了最强力的支持，她爷爷应该会乖乖回家了吧……

孟小阮抱着美好的愿景，拿着路上买的妙鲜包去喂猫。

寺里有很多流浪猫，被寺里的僧人喂得滚圆。

她在树丛里模拟着猫叫唤了一圈，转过树，和昨晚那位医生不期而遇。

孟小阮有轻微的人际交往障碍，她下意识地往后退了退，极轻、极轻地跟他打了个招呼。

"嗨。"

他停住，向她颔首。

这一句话结束，又陷入了沉寂。

孟小阮低头拨弄着手里的妙鲜包袋子，脸颊一点点红起来。她的皮肤白得净透，红起来就更加显眼，蔓延到饱满的耳垂，从他的角度看来，小小巧巧的，像熟透的樱桃。

他心里觉得好笑，问她："感冒好些了吗？"

她瞪着一双懵懂的眼睛，忽然顿悟："方子是你寄的？"

声音拖着一丝鼻音，他一听就知道她没吃药。

说了声抱歉，他伸手试了试她额头的温度："还好不热。"

"加一味辛夷吧，不要太多，4g即可，清茶送服。"

他的手指微凉，身上带着浓重的檀香，也不知道他在佛前停了多久。

孟小阮有些不自在地避开，脸还是红的，结结巴巴地问他："什么辛夷？”

“别名你一定听过，”他指了指旁边的玉兰树，“就是玉兰。”

孟小阮觉得新奇，玉兰还能吃吗？她想了一会儿，忽然反应过来：“你怎么知道我的名字？”

他看着她：“我只愿意凭着这一点灵感的相通，时时带给彼此以慰藉，像流星的光辉，照耀我疲惫的梦寐，永远存一个安慰，纵然在别离的时候。”

停顿片刻，他的目光里有笑：“醒来觉得，甚是爱你。”

这段是《朱生豪情书》的节选，昨晚《佳期入梦》的读信环节，孟小阮读的就是这个片段。他的声音温厚却清朗，最后那一句，分明是在引用，听起来倒像在倾诉衷情。

孟小阮瞪大了眼睛，目光里有惊喜：“哦，原来你是《佳期入梦》的听众。”

她的声音极有辨识度，甜而软，像刚出锅的棉花糖，语速又慢，主持深夜节目，真的很容易引人入眠。

他点头。

他这一承认，孟小阮更觉得手足无措，第一次面对自己的听众，她想表现得好一些，期期艾艾许久，才憋出一句：“你怎么称呼啊？”

他轻笑了一声：“不知道你听过这句话没有，名字是最短的咒。”

孟小阮怔住。

“互通了名字，就是结缘的开始。和我结缘并不是一件好事。”

她知道他这是在委婉地拒绝，心底多少有些失落，声音喃喃：“为什么呢？”

“因为我是医生啊……”

孟小阮最终还是拿着药方去中药房抓了药，药房有代煎的业务，她捏着鼻子一口气喝完了，苦中带着涩，喝完后忍不住吐了吐舌头。

当年一部《北京人在纽约》掀起了出国潮，孟小阮的爸妈也顺着潮流去了美国。俩人熬过了创业的艰苦期，却抵不过富足之后的鸡毛蒜皮，离婚后分别再婚，孟箫和孟小阮的身份尴尬，就一直跟在爷爷身边，被爷爷拉扯大。

孟爷爷也忙，不但要搞科研，还要带学生，孟小阮从小就知道不能给爷爷添麻烦，都说中药见效慢，西药见效快，有个感冒发烧的，去药店买盒感冒药吃一吃也就过去了。

人生二十三年，这还是她第一次喝中药。

回到办公室，小赵正在痛苦地吃着葡萄。

《佳期入梦》这个节目太小，固定工作人员只有俩，小赵是编导，孟小阮是主持人兼撰稿。

小赵全名叫赵瑶，台里称呼小辈总是小＋姓氏。

小赵比孟小阮早两年进电台，比起孟小阮这个新人，她算个半新不旧的，台里有一点风吹草动，就要心惊胆战地担心被裁掉。

孟小阮泡了一杯茶，就着水把辛夷粉吞了，嗓子还是有点痒。她见小赵皱着眉，知道八成又有事了。

小赵用余光觑了觑孟小阮，发现她没有主动提问的意图，重重地叹了口气，算作起兴。

“听说了吗？台里要搞末位淘汰。”

孟小阮也跟着一惊，《佳期入梦》因为时段的缘故，一直稳居末位。

孟小阮咽了一口茶水，问她：“听谁说的？”

“主任呗。”小赵一直对主任有点意见，说起主任的时候还撇撇嘴，眼睛死死盯着葡萄，恶狠狠地咬了一口，“我是想好了，咱们节目要是被淘汰了，我就回家种地去。”

小赵家在城郊，她名下有三亩地，早就传出来要建科技园区，现在全家都等着拆迁呢。

孟小阮真心实意地羡慕她：“真好。”

小赵瞅瞅孟小阮，挺为她遗憾：“你这脸多适合上镜啊，干吗在电台蹲着？”

孟小阮天生一副小骨架，脸小，脸形又是很漂亮的桃心状，根据小赵的经验，这种脸上镜最好看。

说完，她又添了一句：“脸倒合适，心不合适。”

在小赵看来，孟小阮这姑娘，说好听点是单纯，说难听点是傻。按说孟小阮条件不错，争取争取能主持更好的栏目，可她呢，每天乐乐呵呵的，一脸的不思进取，难道要守着冷出冰碴的栏目到老？

孟小阮没吱声。

自己的毛病自己知道，孟小阮从小内向，发展到最后，恨不得缩在家里不出门才好。她自己也知道这样不行，咬咬牙上了个播音主持的培训班，考学倒很顺利，也上了一所不错的传媒学校，等到毕业试镜的时候就完了，镜头一开，别说台词了，连自己叫什么都忘了。

至今江城电视台还流传着关于她的笑话——

“大家好，我叫不紧张。”

小赵递过来一个信封：“你的。”然后笑眯眯地看着她，“热心粉丝？”

信封上没贴邮票也没写地址，应该是直接放在楼下前台的。

字迹倒眼熟，昨天刚见过。

孟小阮拆开看了看，就四个字。

“药有点苦。”

信封里还有什么东西，她晃了晃，倒出一块糖。

纸包装的大白兔，还是红豆味的。

孟小阮其实不爱吃糖，小时候吃得太多，长了龋齿，至今她还记得那种钻心的疼。蜷起舌头舔了舔舌根，中药的苦味已经被茶水冲淡了，犹豫了一下，她还是剥开糖纸，把糖送进了嘴里。

字条和昨天的方子应该出自同一沓信纸，折成了一个方块，她顺着折痕原样折好，和方子一起夹进了文件夹里，想了想，手里的糖纸终究没舍得丢，用手捋得板板正正，也夹了进去。

糖在嘴里一点点化开，稍稍有点齁，她喝了口茶水。

小赵一直观察着她的表情："恋爱了？"

"噗……"

一口茶水没咽下去，喷了出来。

晚上回到寺院，孟小阮下意识地在昨天偶遇的地方转了许久，直到寺院的流浪猫都喂得差不多了，也没见到那个人。她有些怅然地看了看空了的猫粮袋子，摸摸最后赶到的那只花狸猫。

"怎么办，没有了？"

花狸猫"喵"两声，摇摇尾巴跑走了。

回到禅房，爷爷已经回来了。

她赶紧问了一句："住持还好吗？"

"好着呢，今天都有力气骂人了。"孟爷爷拿起镜子照了照自己的脑袋，"你拾掇拾掇给我剃度吧。"

孟小阮一愣："这不太好吧，都没个仪式。"

孟爷爷显然已经下定了决心，潇洒地一挥手："都远离红尘了，仪式不仪式的不重要。"

孟小阮继续劝他："永慧禅师一直想亲眼见证您出家呢，您现在自己偷摸剃度了，永慧禅师多失望啊。"

孟爷爷"嘿嘿"一笑："你当我不知道他想看我笑话啊？他想看我偏不给他看，我来个突然袭击！"

孟小阮还想继续劝，门口有人敲门。

打开门，是寺里的小沙弥，先念了遍佛号，递给孟小阮一张纸："一位施主留下的，让我转交给孟老施主。”

孟小阮打开看了看，是一张方子。

赭石粉、怀牛膝、生牡蛎……

后面附了一句，适用于永慧禅师的病症。

孟爷爷接过来：“是那个年轻人留下的吧？我听永慧的徒弟说了，好像是在寺里供了个往生牌位，年年这个时候来寺里烧香。”

他有些遗憾：“都没当面谢谢人家。”

孟小阮有些糊涂，让她转交不就行了，正好跟她的信一起。后来一想，大概方子是他离开寺院的时候留下的，给她的信是下山之后，经过电台才想起来留的。

她又看了一眼，才发觉字体大得夸张，不过几十个字，写了满满一张纸。

她知道永慧禅师眼睛不好，看经书的时候总是要戴上老花镜。

连这一点他都注意到了吗？

孟小阮心里有些甜，又觉得自己甜得莫名其妙。

孟爷爷收起了方子，又琢磨起剃度的事来。

“我算了算，今晚九点就是吉时，就那个时候剃吧。”

孟爷爷一直号称精通玄学，出门都得占卜一番，总是跟孟小阮吹嘘，当年他如果不研究植物的话，现在也是一位易学大师了。

大师不大师的，孟小阮不知道。她只知道小时候永慧禅师跟她说过，她爷爷有个外号叫“不宜栽种”。

孟爷爷年轻的时候下过乡，老乡见他是个大学生，还是学植物的，把他当农神一样捧着。等到下种的时候，他卜了一卦，说不宜栽种，大家也都乖乖不种，连着十几天不宜栽种，邻村的苗都长出来了，他们村的地还是一片荒凉。

好不容易“宜栽种”了，又下了一场大雨，苗都被大雨冲走了，村里打了一年饥荒。

这事孟小阮憋了十好几年，一直不敢跟她爷爷求证。

她一面认命地去准备剪子，一面悄悄给她哥发短信：“九点之前你不回来，咱俩就断绝兄妹关系。”

消息发出去没有回复，好在刚过八点半，她那失踪了好多天的哥哥出现了。

孟箫的眉眼更像过世的孟奶奶，对于男性而言，显得过于清秀了些，皮肤从母亲那里继承了白皙，薄薄的眼皮像染了胭脂，略略带了点红，一双眼睛总含着一汪水，顾盼的时候带了点欲诉还休的风情。

左右街坊都说，这是典型的桃花眼。

一个生得好的人，总是难免多受些偏爱，孟箫从小到大都是校草，收的情书加起来能出版一套《康熙字典》。

只是他人从花丛过，不要说一片叶子，一个泥点子都不肯沾上。

孟小阮深知他的性子，也知道他肯定不会轻易屈服，可还是希望他对爷爷能以安抚为主，抗议为辅。

她使劲跟她哥眨了眨眼睛，示意他别冲动。

孟箫接收到孟小阮发出的信号，挤了挤眼睛。

“爷爷。”

孟箫正了正神色，一副要深谈的样子。

孟爷爷不为所动：“有话快说，别耽误吉时。”

“这几天我不是为了回避您，”孟箫刚准备跷个二郎腿，听到孟小阮清嗓子的警告音，赶紧又放下，老老实实坐好，“我这不是为了深刻思考自己的人生问题嘛。”

“现在想明白了？”

孟箫点点头：“想明白了。”他看了眼站在旁边的孟小阮，一副舍生取义的表情。

孟小阮以为他是答应了，稍稍松了口气。

谁知道停顿了一下，他继续说道："那就是，绝不屈服！"

孟小阮差点一个跟头栽过去。

绝不屈服，那他出现是干吗的？！

孟爷爷哼了一声："那就没什么好谈的了。"

"可我有别的办法啊。"孟箫从包里抽出个档案袋，"正所谓，人生在世千条路，何必单挂歪脖树。"

他拆开档案袋，拿出一张照片："我仔细调查过了，岳女士可不止有孙女，还有外孙呢。"

岳女士就是孟爷爷的初恋，闺名叫念知。

孟小阮见过她的照片，眉眼婉约，纵然只有黑白二色，也能想像出她当年的风采。

"这就是岳女士的外孙，晏禾。"

孟小阮的视线受限，只能隐约瞥见一个身影。

孟爷爷接过来，"咦"了一声。

孟小阮被勾起了好奇心，把脑袋往前凑了凑。

照片上的人显然不知道自己被拍摄进去，正侧头和人说什么，嘴角带着点笑，多一分则亲切，少一分则冷淡，他拿捏着最好的尺度，客气却疏离。

他叫晏禾吗?

孟小阮瞪大了眼睛："这是岳女士的外孙？"

孟箫是《江城晚报》的记者，虽然跑的是财经线，但找个人对他来说也不是件难事。

"说起来，我俩还是同学。"

时间可以追溯到幼儿班，上学之后只知道晏禾一再跳级，十几岁的时候就去了某著名理工大学的少年班。

人的生命中，总有那么几个活在传说里的天才，像天边的星星一样，神秘朦胧只可仰望。

孟箫说下去："明夷堂你们知道吧，他现在是明夷堂的主人。"

明夷堂是个中医馆，家主姓晏，晏家世代行医，据说祖上还曾做过太医院的医正。提起江城晏家，几乎无人不知无人不晓。

孟小阮前段时间还听小赵说过，想找晏大夫给她奶奶看看腿。

孟爷爷仔细端详着照片里的人，叹了口气。

"他是念知的外孙啊？我说怎么觉得有点熟悉呢，眼睛像……五官的轮廓也像。"过了好半晌才回过神来，他瞪着孟箫，"说吧，你又想干什么？"

"我以为他会做个科学家呢，没想到当大夫去了，也是，才俊到什么时候都是才俊，学霸在哪个领域都是学霸。"胡扯了一通，孟箫看着孟小阮，眼里放出炯炯亮光。

孟小阮顿时有个不太好的预感。

"爷爷您看，现在男女平等了——

"孙子孙女都一样了。

"外孙和孙女也一样了……所以，"孟箫的话掷地有声，"让孟小阮和晏禾在一起不就行了吗？"

孟小阮简直想哭。

别人都是坑爹，他是专业坑妹妹的吗？这馊主意一出，他自己倒是成功解套了，祸水东引，全浇她身上了。

她马上抗议："你缺德不缺德啊！"

可是这么荒唐的建议，她爷爷偏偏听进去了，人从椅子上站起来，手里捏着照片，来回在房间踱步。

走了大概十来圈，终于停下来。他先看了看孟小阮，又看了看孟箫。

"提议驳回！你娶了丁穗，咱家是添丁进口，你妹妹嫁了晏禾，咱家是少了一口，咱家一共就三口人，只能增员不能减员。”

孟箫一面唉声叹气，一面用眼睛瞄着孟小阮，指望她想个办法替自己拦一拦。

孟小阮前脚刚被他坑过，怎么可能替他分担。

三个人目光放空，各自想着心事。

还是孟爷爷先反应过来：“哎呀，我的吉时过了！”

于是今天肯定剃不成度了，孟小阮终于放下心来，孟箫萎靡不振，自己开车走了。

好在第二天江城大学给孟爷爷打来电话，邀请他参加一个植物学讲座，孟爷爷考虑到没有头发，势必影响到他著名学者的风度，决定暂时中止剃度的计划，收拾行李打道回府。

孟小阮结束了为期十天的寺院生活，觉得人生都明亮了许多。

到了周末，孟小阮去图书馆准备节目材料。

所谓材料，无非是一些故事、信件或者笑话，半个小时的节目，都塞满了也需要几万字的内容。

孟小阮是真心热爱这档节目，对她来说，一个人坐在话筒前读自己喜欢的文字，不只是一份工作，更像是一种享受。

图书馆外观设计得像一枚倒扣的海螺，顶部是透明的玻璃，阳光从屋顶射进来，洒在桌角，暖得让人浑身慵懒。

春风掀起窗帘的一角，带进一阵槐花的香气。

孟小阮想起一句话，忘记出自哪里，大抵是个国外名人。

“我理想中的天堂，就是图书馆的模样。”

她直了直腰，站起身来准备再添点茶水，一抬眼，发现靠墙那侧的桌子旁，有一道熟悉的身影。

白色衬衫，配着一件浅灰色的背心。

他垂着头，额前的一点碎发垂下来，在书页上打出一道细碎的光影。

是晏禾。

她呆呆地看了很久，好半晌才回过神来。

饮水机里的水还没有烧沸，孟小阮端着杯子，考虑着要不要跟他打个招呼。

那剂药效果很好，她吃完的第二天，感冒就好了。

论理，她是该道声感谢的，可是心里又拿不出勇气。

她自己也觉得泄气，小时候在超市里看到个外国人，她稀奇得很，特想跟人家打个招呼，结果在后面追了几个来回，直到对方结款，她也没敢说上一句。

回到自习区，孟小阮发现桌子上多了一个透明餐盒，里面满满地装着樱桃。

左右看了看，她怀疑是谁放错了位置。

角落里的晏禾抬起头，对她做了个手势，示意是送给她的。

孟小阮的脸一下子又红了。

他是发现自己了吗?

她慌乱地做了个谢谢的口型，坐下来，视线从餐盒上挪到书上，又不由自主地被餐盒里的樱桃吸引。

她悄悄观察着远处晏禾的动作，发现他没继续关注自己，暗暗松了口气，打开餐盒，里面的樱桃还挂着水珠。

不是那种肉厚的车厘子，就是本土的樱桃，一颗一颗小小的，红得饱满诱人。

她没禁得住诱惑尝了一颗，丰沛的汁水在舌尖蔓延开，甜中带着丝丝的酸。

心浮起来，又落下去，孟小阮的手指在书页间翻飞，翻到末页，一个字都没看在眼里。

看来今天注定没什么收获，孟小阮暗暗叹了口气，再抬头时，晏禾的位子已经空了。

说不出是失落还是释然，孟小阮从自助借书机上借好了书，下了楼，发现晏禾正站在门口。

太阳已经有了下沉的趋势，光线仍旧充足，给他蒙上了一层淡淡的光晕，孟小阮看不清他脸上的表情，她惴惴不安地想着，他是不是又在礼貌地冲她微笑。

她于是也冲他微笑，等到走近了才发现，他其实一直在看大厅里挂的大幅壁画。

她垂下头，狼狈地揉了揉笑到发酸的脸颊，觉得自己真是丢脸透了。

“去吃饭吗？”他问她。

她想说自己准备回家了，喉咙却先一步跳出两个字——

“好呀！”

第二章
樱桃

NI
QINAIDE
WO

《本草纲目》说，樱桃味甘，主调和，益脾气，令人好颜色，美志气。赠之以樱桃，报之以琼瑶，一言承君诺，百岁与君好。

晏禾没想到她会答应，一时有些怔忡。

以他对孟小阮浅薄的了解，她是个羞涩得有些自我封闭的人。对她来说，有一个只属于自己的小圈子，别人进不去，她也轻易不走出来，离开那个安全界限，她就会惶急得像只找不到家的小兽。

他回过神，点点头，问她："你想吃什么吗？我请你。"

"我请你！"

话冲口而出，孟小阮有些羞涩地笑笑："谢谢你给我开的方子。"

她一时想不到合适的措辞，只好继续笑，粉色的唇，露出了尖尖的小白牙。

晏禾顿时想到小时候捡到的小猫崽，离了妈妈，饿得嗷嗷哭，他拿注射器给它喂奶，它的唇就是这种浅浅的粉，嘴巴一张，也是这种尖尖的小牙。

孟小阮去摸包，这才发觉忘了带钱夹，顿时有些苦恼。

"要不去肯德基？那里能用公交卡结账。"

晏禾继续坚持："我请你好了。"

他看了看四周："我对这里不是很熟，你有什么可以推荐的吗？"

孟小阮倒是对这里很熟，她常去附近的一家米线店，经济实惠，如果她来请客的话，肯定不会选这种小馆子，但晏禾买单，她总不好意思要人家请吃澳洲龙虾。

于是她领着他往前走："就在那边，店有点小。"

这个时间，还不到饭点，店里的人稀稀落落。

老板娘经常见孟小阮，热情地跟她打招呼："还是酸笋米线吗？"

孟小阮每次来必定点这个，天气热的时候再加一份龟苓膏。

孟小阮看向晏禾："你要吃什么吗？"

墙上贴着菜单，晏禾的视线匆匆扫过："和你一样吧。"

于是俩人点了两碗米线，找了个位置坐了下来。

除了单位聚餐，这还是孟小阮第一次和一个不太熟悉的异性一起吃饭，她抽出纸巾擦了擦桌子。老板娘很爱干净，桌子上也没有浮灰，她不安地攥着纸巾，搓了根细条，然后扭了扭，扭成了一朵花。

隔壁桌的老爷子，孟小阮认识，是对面药店的坐诊大夫。头发白了大半，下颌留着一绺胡须，打理得溜光水滑，身上穿着一件白色暗纹的缎子大褂，一副仙风道骨的姿态。

他跟孟小阮打招呼："小姑娘，我上次给你瞧的病，你不治啦？"

孟小阮没想到这老大夫还记得她，她上次去过药店帮小赵问问有没有羚羊清肺丸，这老大夫就缠上她了，非说她脾胃不调，让她吃一味叫什么晶珠的藏药。

有心装没听见，又觉得不够礼貌，孟小阮只好笑笑："以后再说吧。"

老大夫嘀咕了两声，又去看晏禾："你要多关心你女朋友的身体。"

孟小阮涨红了脸："老人家，你别瞎说话啊。"

老大夫没理她，继续琢磨起晏禾的脸色来。

"比起你女朋友，你更得关心关心自己的身体了，你看你这气色，一看就是脾胃的毛病。我这里有一味藏药推荐给你，效果老好了。"

晏禾没搭理他。

老大夫气得直摇头："你们这些年轻人啊，一点都不注意自己的身体。"

孟小阮压低了声音问晏禾："我的脾胃真的有病吗？"

晏禾拿出手帕，卷起来放在桌子上，示意孟小阮伸出右手。

他将左手的食指、中指、无名指搭在孟小阮的手腕上，停了一会儿，示意孟小阮换手，又用右手诊孟小阮的左手。

诊完，他说："假的。"

第一次碰到他的手，虽然是正常的诊疗，孟小阮仍然有些害羞。沉默了一会儿，她问他："我看电视上的神医都会悬丝诊脉的，是真的吗？"

晏禾点头："真的。"

"不但会悬丝诊脉，还会千里听脉，取桃木一截，上刻病人的生辰八字，在子午相交时放在槐树下面，面朝东方默念病人的名字，就能知道病人得什么病了。"

孟小阮呆呆地看着他："这么厉害！"

晏禾一笑："这怎么可能。医生只有近距离地接触病人，才能获得最详细的信息，所谓'望、闻、问、切'，切脉只是最后一个环节。"

"哦，"孟小阮点头，然后瞪大了眼睛，"你骗我。"

她的样子，让晏禾又想起了自己的猫。

小时候他偶尔拿饼干逗它，先从它的嘴边慢慢移过，等它张开嘴巴的时候，再迅速放进自己的嘴里，每当这时候，小猫就会瞪起一双圆溜溜的大眼睛，单纯无辜又饱含伤感。

他特别想去揉揉孟小阮的脑袋，就像揉他那只小猫一样。

那边老大夫见晏禾和孟小阮不理自己，已经转换了目标。

一样的话重复几遍，可信度当然会大打折扣，店里的人都埋头吃饭，没人搭理老大夫的推荐。

那边几个年轻女孩大声交谈起来。

梳麻花辫的姑娘说道："别理那个老骗子，中医都是骗人的。"

圆脸姑娘点头附和："你没听过这句话吗？'自古巫医不分家'，不骗人怎么赚钱？”

听完这话，老大夫不高兴了：“你倒是说说清楚，中医怎么骗人了？”

另一个短发姑娘马上回敬他：“那你倒是说说清楚，中医怎么就不骗人了？”

俩人就这么较上了劲。

倒是圆脸姑娘想到了办法：“你们不都把中医说得神乎其神吗？那这样，我们四个中有一个怀孕了，你倒是说说看，究竟谁怀了？”

天气已经有点热了，四个姑娘的衣裳穿得都很薄，但看不出谁的肚子凸起来，大概刚怀孕不久。

老大夫走过去：“伸手，我给你们诊诊脉！”

孟小阮顿时被吸引住了，扭头看向那边。

那老大夫先给四个人都诊了脉，用手捋了捋胡子，又观察了四个姑娘的脸色，最后肯定地指了指圆脸姑娘。

“就是你！”

圆脸姑娘嘻嘻一笑：“蒙吧你就。”

“我可没怀孕啊，我今天刚到医院做过检查的，这是病例手册，别说我忽悠你。”

短发姑娘也跟着笑：“要我说，中医就应该取缔了，我叔叔上次去中医院抓药，六服药装了一麻袋，花了两万多，药吃了病反倒重了。最后去三甲医院看了看，小毛病，花了几十块钱就治好了。”

麻花辫姑娘猛点头：“所以说中医都是骗子啊。”

老大夫涨红了脸，讷讷地说不出话来。

“你这么说就不对了。”晏禾忽然开口。

四个姑娘打量着他，一时都没了声音。

还是圆脸姑娘先接了话：“我们哪儿说错了，这老头儿难道不是骗子吗？”

晏禾摇头："他是不是骗子我不确定，但中医不是骗子。"

他的语速并不快，声音里也没多少波动，不像在争辩，好像只是在陈述一个事实，但就是这种波澜不惊的语气，反倒有种不容置疑的笃定。

四个姑娘低声议论了一回，不时偷偷看晏禾的脸。

几个人笑了一会儿，推了推短头发的姑娘。

短发姑娘看了看晏禾的脸，两颊有点红："你不会也是中医吧？要不你给我们诊诊脉？先说好啊，你要是诊不出来……给我，给我们留个联系方式。"

呃……这是什么节奏？

孟小阮看向晏禾，以为他会答应，赶紧比了个点赞的手势："给中医正名，我看好你！"

其实晏禾并不想证明什么，中医饱受诟病他也清楚，世人万张嘴，他也不可能一个一个去现身说法，然而没想到孟小阮这么期待，现在拒绝又好像他心虚一样，只好走了过去。

他诊脉的手法与老大夫并无二致，另外三个女孩看着，在旁边叽叽喳喳地笑起来。

"不就是按按动脉吗，这还能看出什么来？"

他神色不动："夫脉者，血之府也。长则气治，短则气病，数则烦心，大则病进。上盛则气高，下盛则气胀，代则气衰，细则气少。"

收回手，他对麻花辫姑娘说道："你没怀孕。"

又示意她换手，微微提起中指和无名指，食指停了片刻收起。

"但你的脉搏缓慢，可见脾胃虚弱，天气转凉、饮食油腻就易腹泻。"

麻花辫姑娘咬了咬下唇，最终点点头："我是挺容易腹泻的，但是又没别的症状，应该不算病吧？"

晏禾没回答，接着给短发姑娘诊脉。

短发姑娘一直红着脸，想要看看晏禾，又有些不好意思，扭着头，不时拿眼睛的余光悄悄瞄着。

诊完，晏禾问她："你之前受过伤？"

短发姑娘很惊讶，前段时间她从楼上摔下来过，好在是家中自建的小楼，摔得不是很重，吊了段时间石膏，前天刚取下来。

晏禾向她解释："你的脉搏相对微弱，歇止的时间比较长，这是比较典型的代脉。"

短发姑娘点点头，"哦"了一声，想问点什么，最终还是闭了嘴。

另一个是穿绿色连衣裙的姑娘，之前她一直没出声。

大概是心里有些信了，她小声问晏禾，声音细细的："我最近有点低烧。"

相较前两个人，这次诊脉的时间更长一些。

收回手，晏禾告诉她："我建议你去医院看看肝。"

绿裙子姑娘有点急："啊？我，我没有肝炎啊。"

"我不是这个意思，"顿了顿，晏禾继续说，"你的脉长而弦硬，这是阳盛内热的症状，若你右肋下方感觉不适，就应该去医院检查一下。"

他略过已经确定未怀孕的圆脸姑娘，说出了自己的结论。

"你们四个都没怀孕。"

四个姑娘彼此看了看，齐齐沉默了。

倒是老大夫脸上有些撑不住，指了指圆脸的姑娘："这姑娘脉搏像滚珠一样，明明就是滑脉，我当了五十来年的大夫，我能看错？"

圆脸姑娘不服气："那就是医院错了？我可是验过血又验过尿的。"

晏禾示意圆脸姑娘伸出手腕来。

诊毕，晏禾对老大夫说："应指圆滑，是滑脉不错，但你有没有注意到她舌苔过重？痰食内滞也可能是滑脉。"

他问圆脸姑娘："你最近是不是吃了生冷食物？"

圆脸姑娘点点头："昨天去吃了日本料理。我就是因为肚子疼才去医院看病的，医生给我开了整肠生。"

那老大夫下不来台，还在死撑：“人有失手，马有失蹄，年轻人，别以为学了两天中医就了不起了，中医可不像你想的那样简单。”

晏禾微笑点头，不知道是在肯定他那句“学了两天中医就了不起”，还是在肯定那句“中医可不像你想的那样简单”。

老大夫依旧觉得气不过：“你还别觉得我倚老卖老，有本事你给我诊诊脉，看看我有什么毛病。”说完手腕往前一伸，大有你不给我诊脉，我就不让你走的姿态。

这回店里的食客都开始起哄：“给他看，给他看，看他还有什么好说的！”

晏禾叹了口气，依言给老大夫诊脉。

那老大夫还在教育他：“你学医的时候老师没教过你？先要用中指定关位。”

众人顿时一阵嘘声。

老大夫强辩道：“这是基础！”

晏禾神色不动，细细分辨着老大夫的脉搏，眉心微微皱了起来。为了验证一般，诊完左右手，他又重新诊了一遍。

然后，他问老大夫：“胃疼吗？”

老大夫得意地翘了翘胡子：“都告诉你了，还用你看？”

“我不知道你注意到自己的脉搏没有，有时急促，接连跳三五次，然后忽然停止，隔段时间再次跳三五次。”

老大夫自己伸手按了按，不以为意地笑笑：“这有什么，我年纪大了，不像年轻人的脉象那么有活力。”

晏禾说不是。

“倘若你觉得胃部不适，要提防心梗发作。”

老大夫脸上的笑意一凝，不自觉地按了按胃部，嘴上啐了一口：“晦气！”然后急匆匆地结了账，边往外走边骂，“说我是骗子，我看你才是骗子，心梗？我心脏没毛病！我能一口气上五楼，我还能跑三千米，扯淡，扯淡！”

晏禾坐回来，米线已经凉了。

孟小阮也没了食欲，她不安地看着老大夫的背影，又开始心疼那两碗米线：“浪费了。”

晏禾问她：“再点一份？”

孟小阮摇摇头，勉强吃了几口，示意晏禾：“走吧。”

短发女孩在后面叫道：“喂……”见晏禾和孟小阮回头，嘴巴张了张，半晌没说话。

圆脸女孩替她说：“你只管看不管治啊，给我们留个联系方式呗，我们以后找你看病啊。”

晏禾淡淡一笑。

他笑的时候，目光温柔得仿佛可以融化星光。

四个女孩顿时怔住了，她们印象中的中医都是老大夫那样的，白发苍苍，面容慈祥，一张嘴就是谆谆嘱托。

但其实也可以像他一样，沉默的时候，如静水寒潭；微笑的时候，像明月照心。

虽然年轻，但自有一种气度，仿佛整个世界都在他的指掌之间。

笑意一敛，他缓缓说道：“你们不符合我医治的条件。我非生死关头不治，非疑难杂症不治，非大奸大恶不治。”

女孩们顿时有些不满，可话到嘴边，又觉得他衬得起这样的骄傲。

出了店门，孟小阮按捺不住好奇：“真的吗？”

他点头：“这回是真的。”

这样啊……孟小阮顿时有些走神，他的步伐并不快，但人高腿长，等到孟小阮回过神来时，他已经超前了几步。

余晖将他的影子拖得老长，孟小阮避开他的影子，紧走两步，和他并肩。

“我爷爷说踩人的影子不好，犯忌讳的。”

上了年纪的老人家，总有些稀奇古怪的忌讳。

她絮絮叨叨地说：“还有不能踩井盖，万一踩到了，周一拍自己一下，周二拍自己两下。要是周日就得拍七下。”

他不作声，只安静地听着。

她忽然说道：“我能问你个问题吗？”

他侧头看了她一眼，示意她问。

她又犹豫起来：“我好像也不符合你医治的条件，那……那你为什么给我开方子呢？”

他停下来，第一次严肃地思考这个问题。

其实没有答案，他于是告诉她：“我和别的医生不一样。”

她不明白，一副欲言又止的样子。

他只好解释：“别的医生是治疗可治之人，而我只治疗想治之人。”

所以是说，自己是他想治的人吗？孟小阮不好意思问。

他褪下手腕上的佛珠，一颗一颗盘弄起来。

不是之前的那串菩提，这串的珠子更大一些，有些喑哑的光，风一送，带起了厚重的香气。

他向她解释：“这是沉香。沉香可以入药，刚刚那个腹痛的女孩，可以用沉香搭配槟榔治疗。”

孟小阮觉得很神奇：“对中医来说，是不是没有不能入药的材料？”

他想了想，脸上是那种近乎冷淡的微笑：“没有不能入药的材料，只有不能医治的人心。”

走到图书馆的停车场，晏禾问她：“我送你回家？”

孟小阮摇头：“你先走吧，咱们不顺路。”

他没再说什么，跟孟小阮道了别，上车走了。

握着方向盘，他有些想笑，她连撒谎都不会，连他去哪里都不问，怎么就知道不顺路?

他猜得出孟小阮准备做什么，所以车在路口转了个弯，远远停在孟小阮身后。

他看到孟小阮折回了药店，很快又让人赶了出来。

她在地上蹲了一会儿，又去敲门。

离得远，他也听不清她在说什么，从口型大概能推测出来，是让里面坐堂的老大夫赶紧去看病。

她巴巴地蹲在地上，太阳完全落下来，树影幢幢，大概是累了，她稍稍挪动了一下位置，大有坚持不懈的劲头。

他叹了口气，最后只好下了车。

孟小阮仰着头看着他，知道谎言被拆穿了，又有些难堪地抱住了脑袋。

他问她："你就不怕我诊断错了？"

孟小阮摇头："不怕，我信你。"

"信"这个字仿佛带着温度，滚过他的心尖。

沉默了片刻，他继续问："值得吗？"

虽然并不了解那个老大夫，但晏禾也猜得出来，为了赚钱，他大概没少骗人。

"他其实也不算坏人，有时候还在附近的小区义诊，没钱也可以领药的。"她有些冷，抱起肩膀给自己取暖。

晏禾从车上拿出外套披在了她的身上。

衣襟处有沉香的味道，孟小阮嗅了嗅，扬起脸笑笑，还是很羞涩，话倒说得很利落："谢谢啊。"

他还是不明白她这么做的意义："其实你守在这里也没有用，心梗发作很快，等到救护车赶到，基本已经晚了。

"所以我先打了急救电话。"

孟小阮扬扬手机，话音未落，救护车一路鸣笛，已经停在了药店门口。

两个救护人员进了店门，透过落地的透明玻璃，可以看到老大夫挣扎了几下，忽然倒了下去。

店里一阵喧哗，救护人员马上采取了急救措施。

鸣笛声再次响起，人被救护车拉走了。

孟小阮舒了口气，从地上站起来："幸亏我没走。"

他冷静地拆穿她："这只是碰巧，时间再早一些，他没发病，救护车带不走他；时间再晚，救护车来了也是白来。从数学的角度来看，这叫偶然事件。从玄学的角度来说，这叫命运。"

孟小阮很开心："从我的角度来说，这叫——"她想了想，"不能眼睁睁地看着。"

每一秒都有人生有人死，大多数与我们无关，我们只需冷静地等待着时间的流逝就好，但是如果有那么一点点的可能，只要稍稍伸手就能干预别人的生死，又有几个人会把手缩回去?

佛说，救人一命胜造七级浮屠，但我们都知道，有今生无来世，平生为善不修因果，只修"良心"二字罢了。

孟小阮的家住在孟家巷。

孟氏是个大族，子孙繁衍，这一条巷子的住户都姓孟，所以拐弯抹角的都沾着点亲戚关系。孟广龄这支是长房，房子已经很老了，青石砖瓦，建筑历史可以追溯到晚清。

附近的人都管这房子叫"状元第"，说是祖上出过一位状元，为了铭记这份荣耀，当年兴师动众地在门口建过牌坊。小时候孟小阮曾经被孟爷爷抱在膝头科普："这叫表闾。"

孟小阮那时候太小，不懂这个"闾"和那个"驴"有什么区别，总之是有个驴。

宅子虽老，但还能隐约看到当年的挺括。

宽大的院落足有几进，传到孟广龄这辈拆得只剩下几间，空地都栽了孟广龄心爱的植物。

最老的当数院中间的那棵桐树，每到春季，雨水打下来，就是一地的桐花。

孟小阮就坐在桐树下面看医书。

其实她也看不太懂，比照着插图去摸自己的手腕，大概这里是寸，这里是关。

合上书，孟小阮咂吧咂吧嘴："当年老祖宗怎么没种香椿，香椿炒鸡蛋好吃，香椿炸了也好吃。"

和她并排坐着的孟爷爷撇撇嘴："种了香椿还不被你啃秃了。"他从摇椅上坐起来，"我昨晚卜了一卦。"

孟小阮还沉浸在香椿炒鸡蛋里，闻言"唔"了一声。

"我算了算你哥的姻缘，"孟爷爷来了精神，"他和丁穗可是天作之合。卦象说，红鸾行动，月老亲临，必有佳禽成双翼，白首鸳鸯不相离。"

"家禽？"孟小阮眼睛一亮，"晚上炖鸡吗？"

孟爷爷白了她一眼，觉得这孩子简直无药可救。他站起身，负着手走了一圈，语气很沉痛："你当年出生的时候，满树的桐花都开了，我卜了一个吉卦，说你是凤凰转世来着。"

孟小阮看了看身后的梧桐树，讨好地笑笑："万一这是一只馋嘴的凤凰呢？"

孟爷爷哼了一声："说正经的，我刚刚做了个决定。"

她爷爷说"说正经的"时候，十之八九不是什么正经事，可为了表示对爷爷的支持，她还是摆了个倾听的姿态。

"我决定主动撮合你哥和丁穗。所谓山不就我，我就山啊。你哥那边突破不了，我从丁穗那里突破。不是有这么一句话吗，男追女隔座山，女追男隔层纱。"

孟小阮有点上火："您还没放弃啊？"

孟爷爷老大不高兴："你爷爷我是那种轻易放弃的人吗？"

他已经拟好了方案："我知道丁穗住在她表哥家，我决定去她表哥家应聘。"

孟爷爷从房间里拿出 iPad，滑动着页面给孟小阮看。

"他们家正招聘园丁呢。"

孟小阮忽然反应过来："您说晏禾家吗？"

"当然。"

孟爷爷一挥手："今天给我收拾好行李，明天应聘成功我就上岗了。"

孟小阮说不清自己心里是什么滋味。潜意识里，她总不自觉地想向晏禾靠近一些。但又觉得晏禾似乎不想让她靠得更近，或许不只是她，谁都没办法靠近。

其实她很怀疑她爷爷能不能应聘成功，毕竟人家招的是个园丁，而不是 78 岁的植物学教授。

但她小看了她爷爷的毅力，第二天就接到了爷爷的电话。

"我已经在晏家了，晚上你自己做饭吧。锁好门关好窗，窗台上的海伦要开了，你别忘了浇水。"

台里准备三十周年庆典，每个栏目组都要出一个节目。小赵将这个任务推给了孟小阮，孟小阮一个头两个大。

作为艺考生，她也算有点应付考试的才艺，但哪项都不精通。

她满心都在苦恼这件事情，又担心她爷爷有没有按时吃饭，身体好不好，一心挂着两头，终于在某一天的傍晚，敲响了明夷堂的后门。

"您好，这里招兼职吗？"

她将自己说得格外可怜，害怕加上害羞，声音都是抖的。

好在负责管理的阿婆很慈爱，伸手揉了揉她的脑袋："进来吧，正赶上饭点。”

进去了她才知道明夷堂占地有多广，几乎一条巷子都是晏家。

目前的地价乘以平方数，这个庞大的数字超过了九位，孟小阮在心里狠狠地感叹了一番。

后院是一片片的药圃，阿婆很热心地给孟小阮介绍。

“这是枸杞，还没到挂果的时候；这是龙葵，好生长，都不需要打理；这是紫苏。”

孟小阮从小猫在爷爷书房里看《中国植物大典》，也认识不少植物，家里更是种了很多珍稀品种。

尽管不清楚药用价值，但这些植物她基本都认识。

药圃中最多的植物是忍冬，孟小阮知道它又叫金银花，现在正是盛开的季节，一簇簇拥挤在一起。阳光一打，像一条条黄白相间的锦缎，灿烂生华。

“因为金银花开得好，这块地方就叫金银里。”阿婆显然对这些金银花很自豪，“这里都快成个旅游景点了，老有人偷偷跑进来照相。”

“金银花可以清热解毒，现在正是采摘的季节，晾干了就是金银花茶。”

穿过了药圃就是饭堂，还没干活就蹭人家的饭，孟小阮站在门口有些不好意思。

还是她爷爷主动叫她进来：“快来，今天有香椿炒鸡蛋。”

饭堂里有男有女，加起来十几个人，年纪最大的看起来有九十岁了，年纪最小的也在七十岁以上，她爷爷居然还算得上年富力强。

吃了饭，孟爷爷催她回去：“小一小二都等着浇水呢。”

小一小二是她爷爷给植物取的名字，从小一一直排到小一百三十二。

“我委托给欧阳叔叔了。”

欧阳叔叔是孟爷爷的大弟子，孟小阮陪爷爷住在寺院的时候，就是他带着师弟照顾家里的植物。

“我的海伦可不放心给别人照顾。”

海伦是孟爷爷培植出的月季品种，颜色比路易十四的深紫色要浅，花瓣边沿是淡绿色的，孟爷爷爱得不行，特意用古希腊神话里的美人海伦给花命名。

孟小阮指了指提着的箱子：“我带来了。”同时带来的还有降压药、她爷爷最喜欢的决明子枕头以及两枚健身球。

孟爷爷龇龇牙，嫌弃地挥挥手:“随便你。”说完甩下孟小阮自己往前走，边走还边嘀咕，“怎么走到哪儿跟到哪儿。”

迎面碰上个这几天认识的煎药师傅老祝，两人没事的时候就下盘象棋。

老祝不会说话，用手比画：“晚上下一盘啊？”

“不下了，我孙女来了。”

老祝往他身后看了看，比画着夸了一句：“真俊。”

“马马虎虎，”孟爷爷矜持地笑笑，脸上藏着得意，“在电台上班，你知道《佳期入梦》吗？她主持的。”

老祝打了个手势：“名人？”

“什么名人不名人的，就是个人名。”孟爷爷迎上去，“就是江城电台，你把你那半导体拿过来，我给你调。”

住了几天都没见到晏禾，孟小阮装作无意地打听了一下，才知道晏禾出差了。

丁穗离他们住的地方不远，孟爷爷每天除了照顾花草，就是跑到丁穗那里替孟箫献殷勤，说要写本回忆录，关于岳念知的。

孟小阮也加入了采摘金银花的队伍，金银花要早上六点左右采摘为宜，她平时睡得晚，早上好不容易爬起来，一路打着瞌睡摸到了花圃，伸手一捞，撸下来一串叶子。

旁边响起一道嫌弃的声音："错了，错了！"

低头一瞅，是个七八岁的小豆丁。

齐刘海大眼睛，一副古灵精怪的样子。

他伸出小手，小心翼翼地摘下花蕾，放到旁边的竹篓里，示意孟小阮："要这么摘。"

相较于成年人，孩子让孟小阮更放松。

她半蹲着逗他："你是谁家的啊？"

他指指东边的小院："我住那边。"

有些远道来的病人就住在那里。孟小阮不清楚这孩子就是病人，还是病人的小孩，有些怜惜地摸摸他的脑袋。

小豆丁反问她："你是谁家的啊？"

孟小阮一时语塞，敷衍他："我是孟家的。"

小豆丁了然地点点头，指了指远处的孟爷爷："你是这个爷爷家的吧？"

他于是跟孟小阮显摆："这里的人我都认识。你去过前院吗？那有扇小小的角门，从那里就能到前院去，不过平时都不让人过的。"

前院是接诊的地方，明夷堂除了晏禾，还有几个中医在坐诊。

小豆丁跟她做自我介绍："我叫鹏鹏，大鹏展翅的鹏。"

孟小阮也介绍了一下自己："我叫小阮，阮是一种乐器，全名叫阮咸。"

说到这里，她忽然想到自己表演什么节目了。

按照族谱，孟小阮这一辈的名字都要带竹字头，孟小阮出生晚，竹字头的字基本上都被挑得差不多了，剩下的字不是笔画太多，就是读音难念。她爷爷觉得她哥哥叫孟箫，箫是乐器，孟小阮随她哥哥，也叫个乐器名好了，于是就取了"小阮"。

顺道让孟小阮拜了个老师，从小学习弹奏小阮。

奈何孟小阮在这方面的天赋实在有限，学了几年也只会弹那么几首。

时隔十余年，再次捡起小阮来，孟小阮备感压力。

她从家中取了小阮，吃过晚饭，搬了把椅子，寻了个僻静的地方，悄悄练习起小阮来。

谱子早已经忘得差不多了，弹了几个来回，手指头都在打架。

她有些丧气，抱着膝盖跟身旁的植物发牢骚："你说我怎么这么笨呢？"

她伸手摸了摸自己的手指头，纤白柔软，有些自恋地感叹："明明就长了一双弹乐器的手啊。"

后面有一声轻笑。

孟小阮吓了一跳，回头瞅过去，月色下有一道颀长的身影。

晏禾踏着月光走过来，向孟小阮递出一只手："小阮。"

这是要拉她起来吗?

孟小阮犹豫了一下，试探着去牵他的手。

指尖一搭，她像被针扎了一样，羞涩地抽回手去："我自己起来。"

晏禾在笑："不是这个小阮。"

孟小阮的脸腾地烧起来，把手里的小阮往前一递，灰溜溜地给他让了个位置。

他坐下来，伸手按了按弦。

阮咸是古乐器，流传到现在，会的人少之又少，当年孟爷爷也是费了好大劲，才给孟小阮找的老师。

孟小阮有些好奇："你也会弹吗？"

他点头："会一点点。"

孟小阮将拨片递过去，他摆摆手。

凝了凝神，他缓缓拨弦。

浑厚的音色从指尖流淌出来。

孟小阮的眼前仿佛出现了一泓泉水，水流冲撞着岸上的青石，发出激荡的声响，岸边有春花初绽，雏鸟缩在巢里低声啾啾。

静谧中带着喧嚣。

鲜嫩的柳枝上，有小小的蝉在低声鸣叫。江岸边的小楼上，暖风从琴弦上拂过，泠泠作响。烟水沉沉，漫过了碧纱窗。

棋子落在棋盘上，有人从沉睡中惊醒，发出不满的低喃。

日光隐藏在云后，一阵小雨沙沙而下，敲在荷叶上叮叮咚咚。石榴花开得正好，泼辣中带着妖娆，有纤纤素手摆弄着流动的泉水，水珠调皮地从指尖落下，随着水流，再次去撞岸上的青石。

孟小阮第一次知道，原来阮咸奏出的音乐可以这么美好。

曲子并不沉郁，但欢快中似乎藏着一丝忧伤。

尾音缓缓，所有的美好都成了镜花水月，缠绵的相思最终因岁月成灰。

最后一个音收住。

孟小阮听到身后有一声极轻的叹息。

“这是……《阮郎归》？”

孟爷爷在孟小阮的身后不知听了多久。

晏禾说是。

孟爷爷的语调惆怅：“念知也会弹。”

“母亲常弹，我听得多也就会了。”

“挺好，挺好。”

除了这几个字，再无他话。

静默良久，孟爷爷转身离开。

孟小阮这才惊觉，爷爷给她取名叫“小阮”，也许并非是因为没有合适的名字，而是为了纪念一个会弹小阮的女人。

只是，这对奶奶公平吗?

孟小阮从未见过奶奶，她爸爸还小的时候，奶奶就已经过世了。她只见过奶奶的照片，朴实无华的一个人，眼睛甚至不敢看镜头，抿着唇笑得腼腆。

好半晌，回过神，她跟晏禾打招呼：“你出差回来了？”

他说是，把怀里的小阮递还给她。

孟小阮伸手拨了拨弦，之前那个惊艳的乐器又恢复了本来面貌，发出一串近乎噪音的声响。

简单的寒暄过后是沉默，孟小阮随便找了个话题：“我最近在学诊脉。”

他果然很感兴趣：“学得怎么样？”

她有些不好意思：“其实不怎么样。”

于是，他递出自己的手腕：“你可以给我诊一下。”

最基本的孟小阮还是知道的，她像模像样地按下三根手指：“这叫布指。触脉的时候要由轻到重，采取浮取、中取、重取的方法。”后面的就是难点了，“可是什么是浮脉、紧脉、缓脉？”

他问她：“你现在有什么感觉？”

孟小阮凝神感觉了一会儿：“好像……没什么感觉。”

“那就对了，”他笑起来，眸光微亮，“你根本没按到脉上。”

他握着她的手指往上移了移：“这里，感觉到了吗？”

“春季气温暖和，但仍然有一点寒意，所以脉象虚滑，弦和而缓。”

孟小阮只感觉到了脉搏的跳动，至于什么叫虚滑，她完全不明白。

尴尬地收回手，指尖上还残存着他的体温，她悄悄攥紧了拳头，希望能将这个温度保留得更长久一些。

她有些沮丧：“我好像也没这方面的天赋。”

他安慰她：“诊脉需要接触大量的病例，才能分辨出细微的差别。我父亲七岁学医，十五岁才第一次诊脉。”

孟小阮知道他父亲叫晏灵枢，人称“晏三帖”，不管什么疑难病症，三帖药下去必定药到病除。她还知道晏灵枢十几年前就过世了，不过这个名字像是晏家的禁忌，在晏家工作的人都闭口不提。

她“哦”了一声，试探着问：“那个……你能教我弹那首《阮郎归》吗？”

他说好，然后站起来：“时间不早了，休息吧。”走了几步，他停下，回身递给她一张名片，“我的号码。”

纸是最普通的白色纸卡，没有任何设计，只有晏禾这个名字和一串电话号码。

她接过来，在手里反复摩挲。直到晏禾走远了，她才抱着椅子，回到了自己的房间。

晏禾直接去了配药房。

晏家的配药房叫天知堂，取自“修合无人见，存心有天知”，修合就是制药。

靠墙的一侧，是带着小屉的柜子，24 行，24 列，共装了 576 味常见药材。

随手按下了收音机的收听键，正是孟小阮主持的《佳期入梦》。

净了手，他取出药材开始配药。

整个流程早就谙熟于心，只在分量上略有斟酌，然后取材研磨。

孟小阮声音清软：“爷爷的好朋友忽然得了重病，幸好在场有一位医生，现在那位朋友已经脱离了危险。

“不知道这位医生有没有在听我的节目……谢谢你，虽然那天爷爷看起来挺镇定的，其实爷爷的手一直在抖。

“小的时候，一写到关于理想的作文，我们就会写，长大了我要当一名医生，因为医生救死扶伤，治病救人。其实那都是套话，小小的我们只是觉得医生很威风。

“不过经历了这件事，我倒是对医生这个职业有了更多的认识。

“我国每年死亡人口将近 890 万，不是 890 万人死了一次，而是 890 万个家庭经历了 890 万次离别。

“生命重逾千斤，病的是一个人，疼的是包括患者在内的整个家庭。医生之所以伟大，是因为他们不止挽救了病人的生命，同时也挽救了一个家庭。

“节目的最后，我给大家推荐一部医疗小说《白色巨塔》，作者是山崎丰子。

“《*Love The Way You Lie*》送给大家，祝大家今夜好梦甜甜，明天好事连连哦。”

他忍不住好笑，这样安静的夜晚，这么动感的音乐，大概出于安眠的目的听节目的人，都要被这首音乐惊醒了。

手机轻轻振动了一下。

他将药丸放好，重新洗了手，拿起手机看了下。

一条短信：“我是小阮，请多指教。”

孟小阮喜欢吃零食，下班的时候总会顺便在便利店买一点，鹏鹏嘴馋，两个人因为这一个共同的爱好，迅速结成了好朋友。

有一天鹏鹏跑过来，哭得上气不接下气：“小阮姐姐，我妈妈又晕过去了。”

孟小阮问过阿婆，鹏鹏在陪他妈妈住院。鹏鹏生活在单亲家庭，鹏鹏爸爸是个海员，早年遇到海难失踪了，鹏鹏妈妈得了重病，治过很多地方都没治好，听说明夷堂的晏大夫医术好，就住了进来。

孟小阮安慰他：“鹏鹏不怕，你妈妈一定没事的。”

鹏鹏还在哭：“我是不是快没有妈妈了？”

孟小阮只好牵起他的手：“要不咱们去问问晏医生？”

晏禾已经给鹏鹏的妈妈用过药，鹏鹏见妈妈已经清醒过来，扑过去，小心翼翼地握着妈妈的手：“妈妈你一定会好起来的。”然后瞪着一双大眼睛看着晏禾，“晏医生你一定会治好我妈妈的，对不对？”

孩子的眼神单纯而真挚，晏禾知道，他想要自己一个保证。

这保证，他不想给，也不能给。

与父亲相比，他冷静而克制。祖父曾经说过，他这样的性格才适合做一个医生，过多的悲喜只能妨碍判断。

但他父亲并不认同，父亲总说他缺少共情的能力，成不了一个真正的医生。

怎么会呢？他以最高的学分绩点从医学院毕业，他的博士论文被 SCI 收录，他治愈了无数的患者，此时此刻，门外仍有无数患者，求他医治而不可得。

他抬起头，视线落在孟小阮的身上。

孟小阮也在看着他，她生得漂亮，他知道，但引起他关注的，是她眼中涌动的情感。

如同方丈禅房里，她眼睛中浓重的焦虑和渴盼。

如同此刻，她眼睛中小心翼翼的祈求。

他知道她在祈求他，让他说一句安慰的话。

平生第一次，他不想用冰冷的数字来说明治愈的概率。

心脏剧烈地跳动起来，他揣测着自己的脉搏，120 次 / 分，或者更快？

他蹲下来，和鹏鹏的视线持平，嘴角带着微笑，像千百次面对患者那样，勾起最完美的弧度，笑意虽然没达眼底，却收起了冷淡和疏离。

他说："我一定会治好你妈妈的，你放心。"

第三章 萱草

NI
QINAIDE
WO

《全国中草药汇编》说，萱草以根入药，性味甘、凉。清热利尿，凉血止血。赠你一世欢喜，一世安康，不若赠你一枝忘忧草，忘掉这一世漂泊，一世寒凉。

鹏鹏妈治疗了一段时间，效果很明显，之前连吞咽都费劲，现在已经可以正常进食了，晏禾说再治疗一个月，就可以回家休养了。

孟小阮总算松了口气，可台庆又来了。

漫漫人生路，一步又一步，活到二十几岁，孟小阮当然登台表演过。

比如幼儿园时，儿童剧《森林的故事》里演那棵没有台词的老松树；比如小学时，全年级大合唱《团结就是力量》；甚至大学时，孟小阮还曾担纲过女主角，在毕业大戏《哑女和她的爸爸》中扮演哑女。校报还给她做过专访，叫《孟小阮的第一次触电》，同学都说这题目取得太好了，孟小阮演的哑女就像触电了一样，浑身上下抖得厉害，偶尔来个大特写，都能看到她的上门牙直磕下门牙。

鹏鹏给她鼓劲："没事，我相信你！"

可惜孟小阮自己都不相信自己。

鹏鹏给她支着儿："实在紧张的话就即兴表演吧，反正大家都听不懂，你弹错几个音谁也不知道。"

孟小阮戳了戳他的脑门，十分沮丧。

"有实力的即兴表演叫发挥，没实力的即兴表演叫挥发，我感觉自己现在就是一瓶没盖好盖子的酒精，正在慢慢挥发。"

演出的日子，孟小阮只告诉了鹏鹏。

鹏鹏全天候地陪着妈妈，没办法看她的表演，也幸好没办法看她表演，孟小阮觉得心里轻松了不少，反正这次表演肯定是要丢脸，在不太熟的人面前丢脸，总比在熟人面前丢脸强那么一点点。

为了这次台庆，电台特意租借了电视台的演播大厅。

孟小阮抬头看了看三十几层的大厦，楼体是宝石蓝的玻璃，典型的现代化城市建筑，简洁而冷峭。

好不容易酝酿起的勇气，在看到这栋楼的时候，以肉眼可见的速度迅速发散。

当初试镜失败的梦魇依然存在，虽然她曾经刻意遗忘过，但是总会梦到试镜时的场景：

镜头亮起来，像正午的太阳，她什么都看不清，喉咙里干得发疼，她拼尽了全身的力气也发不出一丝声响。

然后画面一转，她正在教室里考数学，正是她最不擅长的概率题，箱子有十个红球十个白球，抓三次，问抓到两次白球的概率是多少?

是多少呢？她抓耳挠腮地做不出来，老师过来收卷子，交卷的那一刹那她发现自己忘记写名字，可是笔落下来，却忘记自己叫什么了……

于是她从梦中惊醒，一脑门的汗。

直到小赵来电话催了，孟小阮才磨磨蹭蹭地走进去，观众自然都没到场，参加演出的都在后台化妆。

化妆师不够，大家基本上都在自力更生，小赵对孟小阮格外上心，还特意去借了专业的化妆箱。

在手背上试了试口红的色号，小赵嘱咐她：“你知道吧，台长今天也会来的，你一定、一定要好好表现，咱们节目生死存亡的关键，就在你这个节目上了。”

孟小阮一惊，打了个嗝出来：“不说台长出去开会了吗？”

“临时取消了。”

小赵选了个最鲜艳的色号："这个配你的肤色刚刚好。"

孟小阮讷讷地"哦"了一声，又一个嗝打了出来。

她的皮肤是那种偏冷感的白，涂上唇彩，顿时多了几分明艳，小赵看着很满意，琢磨了一会儿，拿起了修眉刀。

"现在电视上都是那种韩式大平眉，这都什么审美，古书上都说'蛾眉淡扫'，什么叫蛾眉，不是单纯的细，而是有一种余韵，一颦一笑，那点风情都在眉毛上。"

孟小阮的眉有一段时间没修过，她爷爷总是强调"身体发肤受之父母，不得损伤"，眉毛更是重中之重，眉眼之间藏着运势，变动了必定会横生波折。

孟小阮虽然不信这些，但她讨厌变化，变化意味着不可控，她对不可控的事情总是充满畏惧，所以她的牙刷永远冲着西北角，牙膏要和牙刷呈45°，毛巾永远是印着深蓝色企鹅的那款，她一次买了十二条，每条毛巾用一个月，每个月一号固定换新毛巾。

她伸手一拦："你别……"

可惜没拦住，小赵已经大刀阔斧地在她的眉毛上运作开了。

她有些蒙，一个嗝又打了出去，小赵手一抖，差点把她的眉毛刮秃，严正警告她："别动！"

一直到修好眉，孟小阮打嗝的毛病还没好。

小赵很愁："要不你先憋口气？多憋一会儿，一会儿就过去了。"

孟小阮于是闭紧了嘴巴去憋气，但那个嗝格外顽固，冲破她唇齿间的阻碍，嘹亮地打了出来，恰好主任在跟大家强调流程，大家都凝神在听，于是这一声在安静的化妆间里显得十分之响亮，异常之悠扬，宛如产蛋后母鸡骄傲的啼鸣。

大家"轰"地笑起来，《经济早知道》的主播捅捅孟小阮："没看出来你还有这个技能呢，我记得你的节目不是 cos 啊？"

孟小阮臊得厉害，埋着头没回应。

眼前递过来一瓶水，她听到有人问她："喝水吗？"

她摇头，又觉得不太礼貌，抬起头想要道谢，声音卡在了嗓子里。

递水的人，是晏禾。

他在笑，眼下是她熟悉的卧蚕，眼角有道细碎的纹路，不是很明显，睫毛垂下来，眼中的光半敛着，平日的淡漠也半敛着。

他是孟小阮见过的最会笑的人，同一种情绪，能笑出不同的味道来。

她尴尬地接过水来，手慌乱地搓着瓶身，几乎要把上面贴的标签给磨下来。

小赵用胳膊肘拐了拐孟小阮的后背，做了个口型："你男朋友？"

小赵没等到回答，目光狐疑地从孟小阮的脸上挪到晏禾的脸上，很有眼色地找了个借口，溜走了。

"有个治打嗝的方法。"晏禾指了指孟小阮手中的水，"捏着鼻子喝下去，直到喘不上来气的时候才停住，喝完就好了。"

就这么简单吗？

孟小阮转过身，捏着鼻子灌了进去，长长的一口，几乎喝完了一瓶，喝完后舒了口气，瞪大眼睛等了一会儿，果然不打嗝了。

她腼腆地笑了笑："嗯，挺好使。"

感觉到同事的目光游离在她和晏禾之间，孟小阮做了个手势，和晏禾一起出了化妆间。

沿着走廊往左拐，尽头是一个落地阳台，窗户开着，对面是一片绿地。

晏禾指了指其中的一丛："那是萱草。"

花型像百合，但比百合要小，橘黄色的，中间探出了嫩嫩的蕊。

孟小阮记得爷爷告诉过她萱草的别名，于是问他："黄花菜？"

晏禾摇摇头："你可以管黄花菜叫萱草，但不能管萱草叫黄花菜。"他又解释了一下，"黄花菜的花朵更加瘦长一些，花色也比较嫩，因为含有少量秋水仙碱，食用之前要经过加工，否则会刺激肠胃。像这种橘黄色的萱草，秋水仙碱的含量比较大，即使经过加工，也不能食用。”

孟小阮想了想：“‘焉得谖草，言树之背’，说的就是这个萱草吧。”

“背”通“北”，游子离乡之前，在北堂种下萱草，以慰母亲的思念之情。小时候爷爷教她背这两句的时候教育她，你看古代的孝子想得多周到，你就应该向这些孝子好好学习，来，给爷爷捶捶背。

“它的别名很多，”晏禾单手攀着栏杆，“又叫忘忧草。”

“如果可以选择忘记一种烦恼，”他问她，“你想忘记哪种？”

忘记哪种呢？她想忘记的很多。

她选择了一种：“四岁那年，我妈从美国打电话过来，说要接我去美国生活，那时候我好开心，整天跟幼儿园里的小朋友炫耀，老师还给我办了一场欢送会。签证都办好了，结果我妈妈告诉我，不来接我了，让我跟爷爷一起好好生活。那时候其实我什么都不懂，就是觉得很失落，幼儿园的小朋友都笑话我，我就越来越胆小，越来越不敢跟别人讲话。”

她轻轻地叹了口气：“后来我才知道，那一年，爸妈离婚了。”

再小的时候，她已经不记得了。爷爷倒是说她从小比别的孩子胆小，因为生来不足月，瘦瘦小小的一只，家里怕养不活，呵护得厉害了些，但她上幼儿园的时候，虽然总爱脸红，也有几个玩得来的小伙伴。

后来，她爸妈也回来过，两个人总是错开，每次见她总是会说，这孩子怎么越来越胆小。

她一次都不曾解释过，成长的岁月里，他们缺失了陪伴，当幼小的她对父母亲情最渴盼的时刻，他们给了她近乎灭顶的失望，甚至不曾有过一声道歉。

她蹙了蹙眉，眉梢细而淡，妆并不很浓，遮不住她脸上的孩子气。

她一直是个很孩子气的人，纵然这个世界纷繁莫测，她总是以最赤诚的心去看待旁人，然后屡屡碰壁，被伤害得头破血流，她不曾抱怨，也不曾改变，只能给自己建一个厚厚的壳，自己缩在里面，偶尔感到安全的时候才悄悄探出一个头来。

她的未尽之意，晏禾都懂，那是她近二十年的心结，在过去的岁月里，她就这么战战兢兢地走过来的，以后大概也仍旧如此，他无法可想，也无从安慰。

他看着她，因为高过她许多，所以头垂下来，带着审视的味道。

“你抬起头来，看着我的眼睛。”

他其实并没指望自己的指令得到反馈，毕竟她那么胆小那么羞涩，但她只稍稍犹豫了一下，真的抬起头来，目光先慌乱地扫了扫，然后勉强镇定下来，和他的目光触碰在一起。

他的眼神平静无波，深邃却又坦荡。像没有风浪的海面，像跳出地平线的第一缕日光，像冰封了亿万年的极地，像万物复苏时最初的那一点颜色，像火，像风，像雷电，像雨、像雪、像寒霜。

他让她觉得冰冷，又让她觉得温暖；他让她觉得危险，又觉得无比安全。

矛盾而又和谐着，冷漠而又关心着。

良久，他问她：“紧张吗？”

孟小阮摇摇头。

“在我面前，能弹好曲子吗？”

孟小阮想了想，语气并不确定：“大概可以吧。”

“那你就对着我弹吧，上台的时候，只弹给我一个人听。”

他从钱夹里摸出一枚硬币，抛上去，攥在手心里：“花还是字？”

她想到了窗前的萱草：“花。”

他松开手看了一眼，把硬币递过去，老版的一元，露在外面的，正是印着牡丹花的那面。

“你看，今天运气多好。”

她心里多少有点欢喜，是啊，今天运气多好，她碰到了晏禾，猜中了硬币，大概一会儿在台上也会顺利。

回到后台，小赵在等她，鬼鬼祟祟地往后瞧了一眼，问她：“你男朋友呢？”

孟小阮有点头疼：“他不是我男朋友。”

小赵长长地“哦”了一声：“那是谁？”

这个问题一时把孟小阮难住了，她搪塞了一句：“一个……熟人。”

对于台庆，台里的领导相当重视。

主持人是江城电台的一哥一姐，《娱乐八点档》的主播。

轮到孟小阮的时候，她的脑袋瞬间一片空白，好像运转的齿轮忽然卡住了，虽然在极力转动，却只能发出吱吱嘎嘎的声响。

她像个木偶，一步一步，僵硬地走上了舞台。

强烈的灯光打在她的身上，她的眼睛被烤得有些刺痛，闭上眼睛再睁开，台下是黑压压的人，除了台里的领导，还有一些被邀请过来的热心听众，她一眼就看到了坐在第二排的晏禾。

他在看她，用她最熟悉的目光。

于是她的心渐渐静了下来，她想弹奏《阮郎归》，只弹给晏禾一个人听。

旋律早已经谙熟于心，起初有些紧张，渐渐就好了，音色不那么干涩，音与音之间的转换圆融起来。

她穿着青花瓷的旗袍，高高的领，在锁骨处扣起一个深蓝色的盘扣。长发垂下来，用最柔顺的姿态偎在她的耳侧，是稠密的黑，带着水一般的润泽。

她的美天生适合舞台，在最亮眼的地方，像一枝徐徐开放的虞美人。

这世上就是有这么一种人，美而不自知，从不敢轻易显露自己的姿色，生怕唐突了这个世界。

晏禾是台长邀来的，他其实早早就推掉了，还是从鹏鹏的嘴里听说了孟小阮的忐忑，才又改了主意。

对这个世界，他毫不关心，对这个世界上的人，他也并不在意，他总觉得他跟外界格格不入，好像有一层透明的结界，他可以清晰地看到，却没办法用心去感知。

他想，孟小阮对自己来说是有些不同的，不同在哪儿，他现在没办法分辨。

一曲终了，孟小阮鞠躬谢幕。

她的目光一直停在他的身上，转身的那一刹那，眨了眨眼睛。

他失笑。

主持人拦住她："小阮，等一下。"

她停住脚步，又开始紧张："啊？"

主持人给台下的观众介绍："这是我们《佳期入梦》的主播小阮。小阮，跟大家打个招呼。"

她于是接过话筒，目光又去寻找晏禾。定了定神，她说："大家好，我是小阮。"

干巴巴，只有这么一句，她之前没做过准备，又没有多少随机应变的能力，汗几乎要落下来，直到对上晏禾的目光，她才稍稍舒了一口气。

"很高兴能给大家表演节目，希望大家继续支持江城电台，也继续支持我们的《佳期入梦》，调频 88.5 兆赫，晚上 12 点整，我在《佳期入梦》等你。"

回到后台，台里的同事约着一起去吃夜宵，小赵拖上孟小阮，非要她吃了夜宵再走。

她有些为难，吃了夜宵就太晚了，孟家有宵禁，绝不允许超过十二点回家。

手机在掌心振动了一下。她点开，是晏禾发给她的信息："我送你回家。"

于是她干脆地拒绝了小赵的邀请。

到了停车场，晏禾在车前等她。

他递了什么过来，光线有点暗，孟小阮没看清，于是问他："是什么？"

"礼物，"他很快补充一句，"庆贺你圆满表演的礼物。"

她接过来，毛茸茸的，坐进车里才看清，是一只狗尾巴草编的兔子。

长长的兔耳朵垂下来，随着孟小阮的手一晃一晃的，她顺着耳朵摸下去，摸到了短短的兔尾巴。

他其实编得简单，但轮廓很清晰，是个兔八哥的样子，只差一根胡萝卜。

"狗尾巴草还是一味药，"他告诉她，"可以清热利湿，清肝明目。"用手指了指颈部，"还能治疗淋巴结核。"

孟小阮伸手点了点兔耳朵，看它晃了晃，又点了点，一副不亦乐乎的样子。

她笑起来："你是不是看到每株植物都会先考虑一番它的药用价值？"

他也笑："这大概是职业病。"

"那你知道女孩子看到植物的第一个反应是什么吗？"

车驶上主路，他开得稍快了些："什么？"

孟小阮告诉他："花语，但凡是花都有花语的，像今天的萱草，花语就是'遗忘的爱'。"

晏禾顺着她的话问下去："那这个呢？"

她忽然沉默了，隔了好久才说道："是……暗恋。"

暗恋就像一场独角戏，所有的喜乐都是一个人。孟小阮说不清自己对晏禾是什么感情，信赖是有的，爱慕似乎也是有的，更多的，好像是心疼，她每次见他的时候都忍不住心疼。

心疼他什么呢？或许是孤单吧，那种虽千万人在侧，仍然自己独行的落落寡合。

她不再说话，晏禾便也沉默，打开车载电台，在播《呼兰河传》。

那是一本冷清却温暖的书，只可惜那点温暖像结在霜上，孟小阮总担心一个不留神，就被寒风冻住了。

她读书的品位其实比较俗气，冷门而又清新的作品看得很少，大部分是一些通俗读物，烟火人间里自有人生百味，从池莉笔下热闹而世俗的武汉到川端康成笔下哀伤而冷艳的雪国。有很长一段时间她是拿到一本书就翻一翻，遇到喜欢的要反反复复地看，直到看得能背下其中的段落来。

窗外，树丛飞快地掠过去，只剩下一道道黑色的影子，这个时间，路上的车很少，行人当然更少，路灯高高地耸立着，打着亮堂堂的光。

她伸手拨了拨车窗，想起这么两句：“满天星光，满屋月亮，人生何如，为什么这么悲凉？”

这是《呼兰河传》中的几句，她看过，就记下来了。

晏禾说道：“我去看过《黄金时代》。”

见她有些好奇，于是他解释了一句：“自己。”

孟小阮其实也看过，之所以去看这部，倒不是因为萧红，不过因为那时候闲得厉害，这部电影又很长。

从晏禾的角度，能看到孟小阮左面的侧脸，她的耳朵上戴了一款很奇怪的耳钉，造型是一只卡通的恐龙，嘴巴咬在耳垂上，露出几枚尖尖的牙。她换上了长款的T恤，上面印着一只妖娆的黑猫，猫的脖颈处还系着一枚蝴蝶结。

这一身打扮，按照晏禾的品位，只能用四个字形容——乱七八糟。

他喜欢一切简洁的东西，甚至包括颜色，他不喜欢条纹，只喜欢纯色，单纯的黑、单纯的白、单纯的灰或者单纯的蓝。

孟小阮平时穿得也很简单，纯棉的T恤、牛仔裤，春秋是长毛衣，冬天是呢子大衣或者羽绒服。之所以简单，不是因为她喜欢，而是担心被人关注。

她其实挺喜欢那些稀奇古怪的东西，比如兔耳朵造型的发卡，带着仿生豆苗的发夹，各种戒指，最好是五指连在一起的那种，拖着长长的链子。

她的中二期一直没有来，但不妨碍她喜欢那些看起来特立独行的装扮，上学的时候流行那种松松垮垮的哈伦裤，她当时羡慕极了，觉得只有这么穿着才叫酷。

孟小阮感觉到他的目光，有些不自在地摸了摸耳朵："其实我还有一只企鹅的。"

她描述了一下样子："黑色的，有个雪白的肚子，胖乎乎的。也是嘴巴咬到耳朵上，可好玩了。可惜我爷爷不喜欢，不让戴，这还是我偷偷戴出来的，这么晚了，他估计已经睡了。"

她跟她爷爷之间的代沟多得像梯田，她急于拉拢晏禾："你说呢？"

他违心地点点头："挺好。"

她笑起来："是吧！多可爱啊。"

孟广龄的作息时间相当固定，晚上十点半之前必定准时休息，让孟箫把孟小阮的节目录下来，他第二天有时间再收听。

但孟小阮一直没回来，老爷子睡不着，强忍着瞌睡跟老祝下象棋，孟小阮一进门就被抓了个正着。

借着光，发现孟小阮居然擅自修了眉毛，孟爷爷怒了。

他对孙子孙女的教育方针归结为八个字——惩前毖后，治病救人。

既然要治病救人，那惩罚就得直击灵魂，所以孟爷爷让孟小阮起床后背五十遍《大学》。

好在第二天是周六，孟小阮六点被她爷爷拽起来，要蹲着，背的声音要大，背一遍在地上画上一道，写满十个正字，处罚结束。

背之前孟小阮老老实实地承认了错误，并且弱弱地申请："能不能不背啊，或者，咱们背个短点的？《静夜思》怎么样？"

孟广龄哼了一声："再啰嗦我让你背《离骚》。"

《离骚》和《大学》的字数相仿，但《离骚》佶屈聱牙极难背诵。孟小阮小时候背过，因为把考试的分数改得高了些，被她爷爷惩罚背《离骚》二十遍。

她磕磕绊绊地背了几乎一夜，谁监督的？当然是孟箫，孟箫作为哥哥没有及时发现妹妹的堕落行为，不幸被连坐。

孟小阮赶紧乖乖地背起来："大学之道在明明德……"

"大声点！"

"在亲民，在止于至善……"

背了一遍，孟广龄又觉得孟小阮太闲，派给她分盘香的活。

明夷堂的花木茂盛，蚊虫自然也就多，每晚都要点蚊香才能入睡，蚊香都是两盘拼在一起的，要用手先分开。

明夷堂里的人年纪都大了，手抖眼花，孟爷爷主动承担起了分盘香的工作。他自己做不好，弄了半天掰碎了两盘，剩下的都丢给了孟小阮，自己去照顾他心爱的海伦了。

看着厚厚的一摞，孟小阮几乎要哭出来："您这是擅加刑罚，我反对，我抗议！"

孟爷爷驳回："抗议无效！"临了还安慰她一句，"多年的大爷熬成爷，等你有了孙女就好了。"

千不甘万不愿，《大学》还是得背，蚊香还是得拆。

"知止而后有定，定而不能掰……"

唉，背错了。

晏禾从门口经过，看到她一副可怜巴巴的样子，将蚊香拿到手里给她示范："要这样。"

手指选中最外围的一截，沿着这一根的衔接处旋转，转到最中心的一点，两股拼接的地方轻轻一划，然后用手指用力一顶，一圈蚊香就落在了掌心。

孟小阮觉得很神奇："我试试！"

又拿起一盘，她学着他的动作："是这样吗？"

他纠正她的动作："轻一点。"

于是她屏住呼吸，一点点地转动着手里的蚊香。

“接着背！”

孟广龄大喝一声，孟小阮吓得手里一抖，掰掉了一截。

她忍不住跟晏禾吐槽：“我爷爷罚我背《大学》呢，现在背了还不到十遍。”

孟广龄不许她偷懒：“嘀嘀咕咕干什么呢，快点继续背。”

孟小阮看了看晏禾，心里忽然有了主意，脸上故意做了个为难的姿态：“晏医生跟我说，要我帮他点忙。”说完冲晏禾眨了眨眼睛。

孟广龄狐疑地看了看孙女，又用目光咨询晏禾：“是吗？”

晏禾轻咳了一声：“是啊，孟爷爷。”

孟广龄对晏禾还是比较客气的，倒也不好拒绝孟小阮去帮忙，冲着孟小阮说道：“那你就去吧。”

孟小阮乖巧地跟在晏禾身后，直走到孟广龄的目光看不到的地方，才舒了口气。

“谢谢你啊晏医生，我请你吃‘可爱多’，你要吃什么口味的？”好在出门的时候，她顺走了自己的钱包。

晏禾看着她：“你不是要帮我的忙吗？”

“啊？”孟小阮的眼神有些哀怨，“我就是随便说说。”

他笑起来：“那你回去继续背《大学》？”

当然不！

孟小阮只好跟着晏禾去了前院。

前院她来过两次，只不过来去匆匆，没仔细观察过，院子很干净，地面的青石上没有一点浮土，甬道的两旁种了一些低矮的灌木，简单得有些单调。

最前面的建筑是祠堂，高高的石基上，青色的墙体带着厚重的年代感，朱红色的大门也已经在岁月的侵蚀下变得斑斑驳驳。

晏禾略停了停。

“这是晏家先祖的牌位，过年的时候才会祭祀。晏家除了从医的这支，还有别的支族，早年还会过来一起祭祖，这几年基本没人来了。”

尤其在他父亲过世之后。

孟家也是祭祖的，前几年族中的人还组织过修族谱，每家轮流主持祭祀，以前还有酬神仪式，这几年逐渐简化了，大家聚在一起祭拜祭拜，吃个饭就算了。

发展的真谛似乎就在于简化，什么都可以简化，仪式简化、节日简化、祭拜简化，渐渐地，很多东西也就显得不那么重要了。祖先对人们来说只是一个个模糊的名字，厚厚的族谱，也不过是一摞发黄到脆弱的纸。

孟小阮很慎重地在门外拜了拜。

晏禾轻声叹息：“你拜，他们也看不见。时间会湮灭一切，光荣，耻辱。‘二十年前谁是我，三十年后我是谁’不过如此。”

孟小阮看过一本书，说尊祖敬宗实际是发源于生殖崇拜，祖先的伟大之处就在于生育了后代。这个说法，对，也不对，生而为人，一点点耕耘，一代代绵延，撑起一个门庭，给后辈以余荫，而沾着的后辈，继承着祖辈的希望，挺直了脊梁做人，勤勉做事，继续耕耘、继续绵延，这不是简单的重复，而是一种信念的传承。

她想了想，最后只说了一句：“只要你还在，他们就不会消失。”

再往后走是诊室，然后是配药房。

最后面的一排建筑是明夷堂的最高建筑，一座二层楼房，挨着晏禾的房间。

晏禾停在了书房前，孟小阮抬头看了看门上的一块小匾，上面有三个篆书大字，她仔细分辨了半天，是“半闲楼”。

旁边是一副对联：一生哪有真闲日，百岁仍多未了缘。

于是孟小阮问：“这半闲指的‘偷得浮生半日闲’的半闲？”

晏禾看了半晌，目光有些复杂：“我父亲取的，那时候他还年轻，大概是这个意思吧。但里面都是医书，没见他什么时候闲过。”

推开门，果然像他说的，都是医书，书多得书架已经塞不下，很多堆在地上，书的一角已经卷了起来，看来经常被人翻阅。

晏禾把孟小阮让到一张桌前，孟小阮嗅了嗅，赞了一句：“好香。”

不是书墨的香气，这种香气很别致，让孟小阮想起了旧式小姐闺房的味道。

晏禾指了指桌上的药材：“是这个。”

“这是冰片，”他给她介绍，“这是藿香，这是艾叶末，这是丁香，这是苍术。”

孟小阮的目光随着他的手指一样一样分辨着：“这些是做什么的？”

“做香包。”

他给她解释，这是晏家的习俗，要在端午那天给邻里分发香包，香包里放了中药材，有提神醒脑的作用。

“跟晏家做邻居真好，”孟小阮有些羡慕，“春天有金银花茶，端午节还要送香包。”

晏禾接下去：“三伏天送三伏贴，秋天送枸杞茶，春节送春联。”

这些习俗已经传承了几代，晏禾自打接手了明夷堂，也把这些习俗继承下来了。

晏禾要孟小阮帮他包香包，工序不复杂，先把各色药材放进去，包好，之后拿缎带打个结。

孟小阮有些怀疑：“就这样吗？我见到的香包好像不是这样的。”

孟爷爷的性格虽然有些刻板，但从来不会亏待两个孙辈，每年端午的时候都给她买漂亮的香包。孟小阮就把它戴到学校去，同学中还有带鸭蛋的，互相撞蛋，最后选出一个鸭蛋王来。

她的手很灵巧，两分钟就能包一个，但几百上千个香包，还是包了整整一个上午。

孟小阮本想躲过背《大学》，谁知道回去的时候她爷爷还没忘记这个茬，让孟小阮补足了剩下的27遍。

她一声哀叹，蹲在地上又背了27遍。

孟爷爷捧着茶杯站在旁边监督她："小样，你一抬爪子我就知道你要耍什么心眼。"

图书馆在招募志愿者，孟小阮填了表格，拿到了一个挂牌，算是正式上岗了。

她负责的是三楼中文阅览区，相比其他楼层，这层的读者最多，虽然墙上也贴了标语，让大家在看完后将书籍放回，但真正履行的人少之又少。

孟小阮要按照索书号将书籍放回到书架上，这项工作看起来简单，做起来却很麻烦。这一层分东南西北四个区，匆匆转一遍就要半个小时，以往有三个志愿者同时工作，这周也巧，那三个人都请假了。

好在有推车，书放在推车上能省不少力气，孟小阮推着车往东区走，看到个老大爷从书架上取了厚厚一摞书。

为了方便其他人，图书馆有规定，每次每人最多只能取三本。

这大爷年纪大了，腿脚都有些不利索，孟小阮也担心他被书砸到，赶紧提醒他："大爷，一次最多只能拿三本。"

大爷的脸色顿时有些不好："我乐意！"说完嘴里还在嘟囔，"插根鸡毛就当令箭了，你算老几啊！"

声音有些大，在附近看书的读者都听到了。

孟小阮示意他压低声音："您声音可不可以小一点，不要打扰到别人。"

大爷的声音反倒拔高了许多："你管我！"

理是和讲道理的人讲的，这大爷显然是不想讲理，孟小阮有些无奈："不是我要管您，这是在公共场所，您要遵守这里的规定。"

"屁的规定！"大爷啐了一口，"我遵守了一辈子的规定，老了老了你还让我遵守规定？”

有人从孟小阮的身后走过来，声音不大，带着威压：“那您吃了一辈子的饭，老了就不吃饭了？”

他在笑，目光却很冷淡：“按照规定，一次取三本以上图书罚款五十，念在您初犯的份上，钱就免了。如果您下次再违反规定，图书馆会将您加入黑名单，三年内市区所有图书馆都不允许您进入。”

大爷有些蒙，讷讷两声：“你谁啊？”

他的目光里透着不屑：“您说我是谁？”

被他的视线一扫，大爷的心里一阵发突，又怕真的被纳入了黑名单里，愤愤然地将多出的书丢到了孟小阮的推车上。

等到这大爷走远了，孟小阮笑起来：“图书馆还有这个规定，我怎么没听说？”

来人正是晏禾，他轻声一笑：“有没有都是次要的，只要他信了就行。”

孟小阮眨眨眼睛，故意问他：“你谁啊？”

他指了指孟小阮的胸牌：“你的领导。”又补充一句，“暂时的。”

晏禾就在三区的阅览室看书，孟小阮有些诧异，这层都是文学作品，她记得晏家的半闲楼里都是医书，以为晏禾也只爱看医书，没想到他也会看文学作品。

孟小阮看不到封面，只觉得他看得很认真，书页翻得极慢，他坐的位置光线有些暗，大概也因为暗的缘故，偌大的桌子旁，只坐了他一个人。

她走过去将窗帘拉到了一边，阳光立马打进来，他抬起头看向孟小阮，伸开五指虚虚遮了下眼睛。这个动作带了点孩子气，他一直是个沉稳的人，有时甚至带了点暮气，像一张有了年月的黄花梨书案，木料是奢华的，光泽却是暗哑的。

他看着她，有些无奈，收了书，对孟小阮说：“普罗米修斯小姐，咱们去吃午饭吧。”

普罗米修斯从天上盗了火种，给人间带来了光明。

孟小阮点点头："好的，领导。"

孟小阮下午还要在图书馆工作，就在图书馆附近选了个广式粥铺。

她点了份明火白粥，一上午的体力劳动，实在饿狠了，粥一上来就舀了一口放到嘴里。

"烫！"

晏禾的提醒刚传到耳朵里，灼热的感觉就传到了舌尖，孟小阮的眼睛里含了点泪花，人有些委屈："摸着不热的呀。"

他有心责备她一句，又觉得她实在可怜，找服务员要了些冰块。

"含着就好，化了就吐出去。这些冰块未必干净。"

孟小阮嘴里含着冰，一面发出"呜呜"的声音，一面点头。

冰敷了一会儿，孟小阮好了一些，拿着勺子怏怏地搅着粥："你借了什么书吗？"

"《智惠子抄》。"

孟小阮读过，智惠子是作者高村光太郎妻子的名字，这本书是诗歌、散文与日记的合集，囊括了作者对亡妻的爱与思念。

他说下去，却没说这本书。

"我大学时有个室友，喜欢上了舞蹈学校的一个女孩子，他们谈了一场惊天动地的恋爱。毕业就结了婚，听说很恩爱。"

孟小阮听着有些羡慕："校园爱情完美收官的很少，但是想想多幸福啊，最美好的年华里遇到最美好的那个人。"

她的舌头还是疼，一副龇牙咧嘴的样子，眼中却满满都是憧憬。

她羡慕的是这样的爱情吗？他偶尔听孟广龄说过，她从未谈过恋爱。

孟小阮继续追问："然后呢？"

然后呢？幸福过后未必仍旧是幸福，他沉默了片刻："去年同学聚会的时候，室友跟我说，他离婚了。

“据说分手的时候很难看，两个人用最恶毒的语言攻击对方，决绝地表示今生今世再不相见。

“室友喝得大醉，一遍一遍对我说，你知道吗？我现在一闭眼还是她当年的样子，围着红围巾，冷得直搓手，却一直守在站台，看我下了车，扑过来，脸上的笑，我一辈子都忘掉。”

他捏了捏眉心，理解不了这种感情：“为什么呢？”

为什么呢？他想不通？既然分手又何必怀念。

孟小阮低头喝了一口粥：“晏禾，你从来没爱过什么人吧？”

出了门，听说附近发生了一起劫持案，警方在调查，周围的路段都封掉了。他们绕到了另一条路，花坛里野玫瑰开得正艳，天热起来，花香在高温里发酵开来，香得醉人。

孟小阮低头踢着一枚小石子，忽然问他：“如果有个对你来说很重要的人，在路上被劫匪劫走了，你当时在路的另一侧，追肯定是追不上的，你会怎么做？”

晏禾的回答很简洁：“报警。”

孟小阮瞬间有些失落。

嘴里有些苦，却又不知道苦从何来，她只能告诉他：“如果是你爱的人，你会明知道追不上也要追，哪怕有万分之一的可能，也想要抓住那一点点的奇迹。”

她又重复了一遍饭桌上的那句话：“晏禾，你从来没爱过什么人吧？”

晏禾下午有事，他们在图书馆门前分了手。

孟小阮接着回去整理书，手机一振，收到了晏禾的短信：“药在三楼的借阅台。”

她过去，负责借阅书籍的是位老阿姨，将药递给她，一瓶西瓜霜、一瓶维C，还附着一张字条：舌头还疼的话，将西瓜霜喷在患处，维C不要服用过量。

她捏着字条，心里觉得暖，想笑，舌头疼得厉害，然后心也疼了，又有些想哭。

为什么呢？他明明不爱她，却对自己这样好。

她想她终究是太贪心了，靠得越近想要的就越多。

端午那天，孟爷爷在门口插上了艾蒿，这是孟家的传统。孟小阮小时候还跟她哥哥一起用彩纸折过葫芦，挂在艾蒿枝上。

脸盆里是孟爷爷泡的艾蒿水，端午这天要用艾蒿水洗脸，据说能够避恶明目。

洗了脸，孟小阮去找了晏禾。

晏禾正忙，看到她过来，停下手头的工作。

孟小阮有些不好意思，挣扎了半天，递给他一个香包。

丝线缠成了一个六面的菱形，下面缀了条穗子。

这香包的造型太熟悉，让晏禾想起他的童年来，在漫长的岁月里，他很少回忆，甚至也不曾梦到过，因为他的人生，是从十七岁才开始。

他还小的时候，大概四五岁，就显出和别的孩子的不同来，不喜欢热闹，也不爱和同龄人玩耍，总一个人默默拿着题板算题。

偶尔做题做累了，他会蹲在母亲身旁看她裹香包，用各种丝线缠成一个六面的菱形，下面缀上长长的穗子。母亲的手很巧，他的目光总是来不及看清丝线是如何穿梭的，等她的动作慢下来的时候，已经缠好了。

她会把缠好的第一个香包挂在他的胸前，然后爱怜地摸摸他的头。

回过神来，见孟小阮踮着脚，把香包挂在了他的脖子上，顺势摸了摸他的头。

“端午快乐，长命百岁。”

对，是这样，他母亲也会说，晏禾啊，端午快乐，长命百岁。

所有他刻意遗忘的，在这一刹那一齐涌了过来。

他上面其实有个小哥哥，小哥哥早早夭折了，母亲于是更加疼爱他，几乎一离开她的视线，就会惊慌地叫他的名字。

然而八岁那年，母亲过世了。

他并没有哭，或许因为年纪太小，对生离死别没有太深刻的了解，只是总觉得母亲在叫他的名字，晏禾啊，回家吃饭了。

他跟着爷爷和父亲一起生活，这之后又经历了爷爷的过世，直到十七岁那年，父亲也走了。

他终于不再一个人做题，去努力融入这个世界，学着他父亲的样子，做一个普通而正常的人。

他觉得，他的人生是从十七岁开始的。

而就在此刻，当记忆的闸门再次打开，他重新记起母亲给他的怜爱和温暖的时候，忽然发现，他的人生，或许在十七岁那年已经结束了。

晏禾迟迟没有动作，孟小阮不安地看着他，她出门的时候，只匆匆擦了把脸，有的水珠还没有蒸干，落到了下颌，她有小巧的下巴，水珠汇在那一点，将坠未坠。

素白的一张脸，不谙世事，纤尘不染。

他伸手，替她揩掉那水珠，以同样的话语祝福她：“端午快乐，长命百岁。”

第四章

桂花

NI
QINAIDE
WO

《本草汇言》说，桂花味辛甘苦，气温，无毒，散冷气，消瘀血，止肠风血痢。赠你一瓶桂花的香气，让你知道，我所在的城市，有三秋桂子十里荷花，还有藏在这甜香里，化不开的思念。

孟小阮真正和丁穗熟悉起来，是在微信朋友圈里。

让她万万想不到的是，丁穗居然在做微商。

而且丁穗无所不做，从精油香皂到修身内衣，从保健内裤到治疗类风湿、关节炎的袜子，从儿童早教书到卵巢按摩术。

丁穗这个微商还做得甚有职业道德，精油香皂自己试过之后，发朋友圈告诉大家，脸上起皮。

修身内衣穿了一段，严肃抗议罩杯没长。

保健内裤穿了并没有什么效果，类风湿、关节炎她没有，主动提供了袜子给明夷堂的老人，隔了一段时间悻悻地表示，能不能治病不知道，脚指头倒是露出来了。

儿童早教书写了上万字的读后感，从插图到内容批判得狗血淋头，至于卵巢按摩术，她坚持了一段时间之后实在坚持不了，跟大家表示，有病还是去医院治病吧……

消沉了一段时间，孟小阮以为她终于放弃了微商大业，没承想她又开始风风火火地卖起了一种药丸，全名很复杂，叫俄日柯勒藏密长寿丸。

据说俄日柯勒是一种少数民族语言，含义是神奇，藏密是藏传佛教，长寿丸好理解了，功效就是保人长寿。

所以这个名字的意思是，一种神奇的藏传佛教流传出来的长寿药丸。

还说这药丸的主要成分是犀角和牛黄，可以生死人肉白骨，只要还有一口气没断，就能从阎王手上夺活口。

孟小阮还看到丁穗发过一组照片。总代理的公公入院不治，医生已经让家里准备后事，总代理舍不得老人，凄惶无助之时，抱着试试看的心态给老人吃了一颗俄日柯勒藏密长寿丸，没想到老人居然活过来了。

第一张图片老人在床上脸色灰败，第二张老人被家人喂下了药丸，第三张老人已经能够下地走动，第四张老人开心地回归到了广场舞队伍之中……

也就是这味药，引发了丁穗和晏禾的矛盾。

晏禾的微信名叫日安，晏字拆开，他的微信很少用，只加人，不发朋友圈。

丁穗的这些广告，晏禾从来不回复的，孟小阮一度怀疑晏禾把丁穗的朋友圈屏蔽了，直到看到晏禾在那条“绝症老人濒死复活”的微信下面评论了俩字：胡说。

这俩字太扎心，引发了丁穗的激烈反击，洋洋洒洒写了几百字，全方位多角度地描述了这药的神奇之处，引用了多个案例，充分证明了这味药非但不扯，而且远比这组图片更加神奇，语言已经无法表达它的逆天之处，谁吃谁知道，谁用谁受益。

晏禾的回复还是俩字：胡说。

孟小阮知道这个药肯定没广告语说得那么夸张，但是如果有犀角和牛黄的话，应该还是有效果的吧。她听说有一种安宫牛黄丸，原料有天然犀角，效果很好，网上已经炒到了几万元一颗。

她默默地围观着俩人在朋友圈里的斗争，没料到战火烧到了自己身上。

丁穗要孟小阮做个见证，她要亲自演示这款俄日柯勒藏密长寿丸的神奇之处。

其实孟小阮也挺好奇，丁穗一叫，孟小阮就到了。

按丁穗的设想，是要找个绝症病人来试药。

这一丸药，丁穗购入的代理价是29000元，售价29888元。

为了验证效果，她免费提供。

孟小阮终于明白丁穗为什么总是一种明天就要断粮的姿态，她的钱都用在买微商产品上了，而且所有的产品一件都没卖出去，全都她自己用了。

明夷堂里是有几个危重病人的，丁穗一说，大家都很犹豫。

还是晏禾断然拒绝："不像话。"

他从丁穗手里接过药盒，大概要走高端路线，包装十分精美，檀香木的盒子，上面还雕了寿星托着寿桃。

一打开，一种淡淡的香气弥散在空气中，药丸也不是普通的中药药丸，看起来倒像是修仙文里描述的金丹。

比玻璃弹珠要大，但比乒乓球要小，金光隐现，光华流转。

他拈起药丸问丁穗："我来验证，你这药可保不住了，不后悔？"

丁穗一咬牙："不后悔！"

晏禾先用指甲划破了一点表面，观察了一番，又将药丸用力拈碎，闻了闻味道，最后在舌尖一触。

做完这一切，他淡淡一笑："我可以肯定地告诉你，根本没有犀角和牛黄。知母、黄檗、熟地黄、山茱萸、山药、茯苓、泽泻，一共只有这七味药。"

丁穗瞪大了眼睛："你骗我吧？"

她从小在美国生活，长大后又在日本留学，对中医了解得不多，甚至有那么点偏见，觉得中医所谓的经脉、气血学说都是胡说。

她当然知道明夷堂在江城很出名，但她觉得这种名气是以讹传讹捧起来的，难道不是年纪越大医术越好吗，晏禾也不过比她大几岁。

至于这个药丸，那可不是普通的中药，而是藏药，西藏有净透的蓝天，皑皑雪山，有终日不停的转经筒，有神秘丰富的传承。

晏禾没理会她的质疑，告诉她："你等下。"

转身进了药房，再出来的时候，他手上拿了两颗药丸，捏开其中一枚蜡封，递给丁穗。

"闻闻。"

丁穗在药丸上嗅了嗅。

晏禾又把捏碎的那枚药丸递给她："再闻闻这个。"

丁穗又闻了闻，脸色有点不好："怎么会……"

她兀自强辩："也许凑巧呢，中药味道都差不多，这两种药相似也……说得过去吧。"

晏禾捏开另一枚药丸的蜡封递给她："你再闻闻这颗。"

见孟小阮一头雾水的样子，晏禾给她解释："这是安宫牛黄丸。"

他问丁穗："你觉得味道相似吗？"

丁穗摇摇头。

"你这枚药丸可是宣称有犀角和牛黄的，却和安宫牛黄丸的味道截然不同，你觉得是我这里的问题，还是你那枚药有问题呢？"

丁穗的脸色变换了半晌，终于对这味俄日柯勒藏密长寿丸起了疑心。

"这一枚，"晏禾指了指先给丁穗闻的那枚药丸，"是知柏地黄丸。"

"我猜这家公司为了省事，干脆买了市面上的中成药在外面涂了层东西。"

"那……那……"丁穗还是不死心，"濒危老人转危为安这个，不是假的吧？"

晏禾一挑眉："知柏地黄丸主治肾虚，所以，你说呢？"

"哪怕真的有牛黄和犀角又能怎样？这两味药的价值虽然相对高一点，又不包治百病，至于产品说明书上写的含有绿松石等多种名贵宝石，更是扯淡。绿松石是一种铜铝类盐酸矿物质，真做成药你敢吃吗？"

丁穗跺跺脚，转身跑走了。

晏禾没想到丁穗的反应这么大，收起药丸，问孟小阮："她这是在心疼那 29000 吗？”

心疼是肯定心疼的，不过孟小阮猜丁穗回去做的第一件事，应该是在朋友圈里发辟谣公告。

丁穗也确实发了辟谣公告，甚至和上线代理狠掐了一架，在微博四处@大V打假。凑巧的是，这则辟谣公告被孟箫看到了，他虽然做财经新闻，但觉得这事很有卖点，于是联系了同事，将整件事报道了出来。

这款长寿药的代言人是一个一线当红明星，被骗群众的怒火免不了烧到了明星身上，明星的粉丝誓死捍卫明星的尊严，引发了一轮又一轮的骂战，一次又一次地上了微博热搜，连带着晏禾这个名字也家喻户晓。

孟小阮在浏览微博的时候，无意间发现了一则关于晏禾父亲的旧事。

那人说晏禾的父亲也是名医，只不过十四年前治疗事故治死了人，死者家属杀死了晏禾的父亲，自己也进了监狱。

是这样吗？孟小阮忽然想明白晏灵枢为何成了明夷堂的禁忌。

她私下里问她爷爷：“晏禾的爸爸您认识吗？那当年晏大夫的事，究竟是怎么回事啊？”

“当年的事啊，”孟爷爷陷入了回忆，“有人说那个人的病症很重，晏大夫沽名钓誉，三帖药肯定治不好，但他坚持治，结果把人治死了。但我总觉得不会，我见过晏大夫一回，是个很好的人，那之后明夷堂就关了，还是你哥跟我说起晏禾，我才知道他儿子接手了。”

说完了，他还义正词严地教育孟小阮：“‘静坐常思己过，闲谈莫论人非’，少打听别人的事。”

孟小阮获得了有效信息，乖乖地点点头：“哦。”

孟爷爷闲谈论人非的瘾可比孟小阮重多了，几乎已经达到了哪里有热闹哪里就有他的程度，上次路口发生了交通事故，他为了挤进去看看，谎称出事的是他的同事，结果进去一看是只猫。

俩人正说着呢，有人过来招呼孟爷爷：“快，快，来了个患者。”说完等不及孟爷爷，先往前院跑了。

孟爷爷腾地从椅子上站起来，想想又觉得不好意思，跟孟小阮解释了一句："我跟过去看看啊，这老丁岁数也不小了，万一摔个跟头呢。"

其实明夷堂每天都有患者登门，不知道今天的患者有什么稀奇的，惊动了整个后院的人，孟小阮坐了一会儿，发现后院的工人有一半过去看热闹了。

气得阿婆直跺脚："这群挨千刀的。"

孟小阮最后也跟过去了，她到的时候，已经围了不少人。

当中的人大概六十出头的年纪，人瘦得有些脱相，精神倒还好，肩膀上扛着一卷全开纸，手上扯过一头在计算着什么。

后面跟着的大概是他的儿女，儿子在跟晏禾说话，女儿不错眼地盯着老人，伸手要接过老人肩上的纸，被老人一把推了个踉跄。

丁穗拉了拉孟小阮的袖角："听说是个物理学家，得了怪病。"

老人的儿子也有四十岁左右了，人很客气："能不能帮我爸爸看看，我们去了很多地方，检查也做过，除了红细胞数值有些低，倒也没看出什么来。

晏禾示意他们进诊室，老人不耐烦起来："我没病，不治！"他扫了晏禾一眼，大概见他还年轻，更加轻视，"现在阿猫阿狗都能当大夫了吗？"

这话听起来实在不顺耳，明夷堂的人都不怎么高兴，他们对晏禾都有一种盲目的崇拜，平时聊天的时候，也总是很亲切地称他为"我们小晏"。

最后到的阿婆正好听到了这句话，想说些什么，到底忍住了。

还是丁穗嘴巴快："您怎么说话呢！"

自从上次长寿丸事件之后，丁穗迅速从晏禾的表妹化身成晏禾的迷妹，对晏禾各种推崇，以前提起晏禾只肯叫他的名字，现在倒一口一个我哥。

还是老人的儿子出面道歉："对不住对不住，家父久染沉疴，心情不好，失礼的地方我给大家道歉了。"转过头来看晏禾，"晏大夫，请一定给家父好好看看，他已经病了两年了。先前只是晚上做噩梦，我们也没当一回事，给他买了安神口服液来吃，吃了一段时间也不见好，渐渐地，早上起来四肢麻木，现在只要一睡觉，半身就会发麻，老人现在晚上几乎睡不了两个小时。原本一百七十斤的体重，得病两年来，瘦到了一百斤。”

说到这里，他声音中已经带出了哽咽：“老人家受苦，我们做儿女的夜里也不好受，早就听过明夷堂的大名，我们住在省城，飞机也要一个多小时的里程，您就看在我们大老远赶过来的份上，给我父亲看看。”

晏禾还是那副亲切而温暾的姿态，一双笑眼里满是对老人的怜惜，伸手去扶老人的肩膀，被老人一把甩开，他却毫不介意，低头去看老人手里的算纸。

孟小阮忽然明白为什么总觉得晏禾的亲切中带着冷意，是因为他的表情太完美，完美到像一个模板，也许世间医术和医德已臻极点的医生就是这种姿态，想患者之想，忧患者之忧。

但是会有这样的人吗？只要是人，总有七情；只要是人，总有六欲，他无欲无求，只剩一颗仁心，这颗仁心有几分是真，便只有他自己知道了。

她怀疑，却更觉得心疼。

老人不耐烦：“看什么看，你看得懂吗？”

晏禾挪开视线，有些无奈地对老人的儿子说：“还是需要患者本人配合才行。”

老人的儿子只好苦苦哀求，老人就是不为所动，到后来干脆用耳机塞住了耳朵。

老人的儿女也实在没办法，只好打算带老人回去，晏禾抢前几步拦了拦。

“老人家，”他伸手摘下老人的耳机，“看不看病是您的自由，但我有一言相告，希望您暂时止步。”

老人气哼哼地停住："快说！快说！"

"您的病症已经危重，如果坚持不治疗的话，可能只有两个月的寿命。"

听完这句话，老人的儿女顿时脸色惨白。

老人一阵冷笑："这就是你们这些江湖骗子的手段？两个月？我信你才怪。"

晏禾的神情不变："我可以分文不收。"

既不收钱，那就是真心治病了，老人的儿女对晏禾更信了几分。

老人愣了片刻，语气更加不耐烦："两个月就两个月，足够我把手头的演算做完了。"

晏禾摇头："您这个演算，两年也做不完。"

老人火了，几乎要挽起袖子给晏禾一拳，还是儿子劝住了他。

"咻咻"地喘了几口气，他粗声问道："我要是做完了呢？"

晏禾的语气毫无起伏："如果您做完了，大可以把门口那块牌子摘下来。"

门口"明夷堂"的匾额已经传了五代，晏家的祖上治愈过一位名士，这位名士便手书了"明夷堂"三个字赠予晏家。此人书画双绝，可惜传世的作品少之又少，去年苏富比拍卖，一平方尺的价格已经高达七位数字。

甚至有些书法爱好者，特意来到明夷堂与这块匾额合影。

明夷堂的"明夷"是卦名，晏家祖上取名的时候卜了一卦，先得既济卦，后得明夷卦，都不太吉利，这位祖上索性就把医馆取名"明夷"，以此警示后辈，卦虽不好，人却要忍耐自重，坚守正道。

因此对明夷堂的人来说，这块匾额不只是晏家的门面，还是晏家百年传承的精神象征。

甚至在晏灵枢不幸过世，晏家后继无人的情况下，晏家也只是紧闭大门，未曾将这块匾额摘下来。

他们坚信，只要匾额还在，晏家总有一天会重开大门。

这话一出，明夷堂的人齐齐沉默了。

老人倒来了兴致：“小子，你知道我是谁吗？”

晏禾点头：“我知道。”

老人张了张嘴，不知道是该为了这小大夫对他的轻视而发怒，还是应该为他的年少轻狂感到好笑。

晏禾微微一笑：“如果您没算出来，就让我给您治病吧。”

老人哼了一声：“两个月是吧，行，我赌了。”

老人的儿女还待再劝，老人已经甩开他们先一步出了门。

这热闹倒是挺热闹，可是热闹看完之后，明夷堂的人怎么都觉得不是滋味，晏禾的医术他们是不担心的，假如世界上只有一个人能治那老人的疾病，只能是晏禾。

但晏禾赌的并非医术，而是那老人究竟能不能在两个月之内演算完。

丁穗私下里查过，这老人名叫徐飞卿，著名物理学家，为人倨傲，网上虽然对他褒贬不一，但都不否认他的能力。几年前他发现的一种新粒子更以他的姓氏首字母命名，称为 x 粒子，瑞典皇家科学院曾邀请他做客座教授，但被他拒绝了。

一个简单的数值，晏禾居然赌他两个月的时间都算不出来，这不是开玩笑吗？

晏禾似乎完全没意识到自己给大家带来了多大的压力，他照旧接诊，照旧在药房里配药，仿佛这个赌约根本不值一提。

电台给每个员工发了两张美术馆的门票，据说有个新流派的画家正在美术馆做展览。孟小阮捏着这两张票，第一时间就想邀请晏禾。

但怎么开口呢？最后她只好找了个借口：“我们单位的新规定，要带伴侣一起去看才行，我又没有男朋友，孟箫抽不出时间来，你能陪我一起去吗？”

晏禾有点惊讶："还有这种要求吗？"

孟小阮用力点头："很不人道对不对？据说是响应上级的要求，现在不是全国开放二胎吗……"

晏禾不太理解开放二胎和带伴侣看展览有什么必然联系，但看孟小阮一副生怕他拒绝的忐忑样子，还是答应了下来。

美术馆的位置有点偏，附近就是森林公园，风景倒好。

大概是赠票比较多的缘故，来观看画展的人还不少。

这位画家的画风确实很新锐，新锐到都是一大片一大片的几何图形，孟小阮实在没看懂其中表达的深刻感情，就是觉得色彩挺鲜艳的。

晏禾给她讲解："你看这幅，三角在数学中代表着稳定，但在情感中就会引起纷争，这个三角十分抽象，几乎被拉成了一条直线，意味着三个人的博弈。"

这幅画的名字叫《我与我的太太和情人》，好像……有点道理?

她又欣赏了《摩天大厦》《冰冷的都市》等几幅画作，终于对自己的审美丧失了信心："咱们还是出去转转吧。"

她走得口干舌燥，去自助机前买了两罐可乐，递给晏禾一罐。

晏禾打开拉环，把手里的这罐递给她，忍不住提醒她："可乐腐蚀牙齿，要少喝。"

她"嗯嗯"应着，一口喝掉了一半。

晏禾再去开另一罐，手一钩，拉环倒是掉下来了，可乐没打开。

孟小阮有点尴尬："我再去买一罐吧。"

晏禾说不用，他将门票折成了一个菱形块，用尖角处对着可乐密封的弧线摩擦数秒，"嘭"的一声，可乐打开了。

孟小阮大为惊奇："怎么做到的？"

晏禾给她解释："铝的熔点比较低，受热会变形，里面的气体往上一顶，可乐罐就打开了。"

孟小阮一双眼睛亮晶晶的："好厉害！"

晏禾从小到大不知道被多少人称赞过，大家的夸赞含蓄且长，掺杂着社交礼仪的那种客气，第一次听到孟小阮这种简单而直接的称赞，他有种淡淡的成就感。

他有些新奇，这样微不足道的一件事，为什么会给他带来成就感？他每天接诊的病例比开个易拉罐要难百倍千倍，为什么从来没给他带来过成就感？

是自己做得还不够好吗，还是说因为夸奖他的人，不值得他心生喜悦……

展厅里在放音乐，他们离得不远，听得倒清楚。

“是《琵琶语》！”孟小阮第一时间就听出来了，她皱皱眉，“我最不喜欢听的就是这首曲子。”

她解释了一番：“我们大学考英语四六级的时候，考试之前反复放的音乐就是《琵琶语》，学校给我们每个人发了一副耳机，自己调到播四六级听力的频道。我第一次考四级的时候，怎么也调不到那个频道，后来终于调到了，只听到了最后一句——听力考试已经结束。”

她笑笑：“从此我一考四六级就紧张，一听《琵琶语》就想上卫生间。”

她摸了摸肚子：“哎哟，我现在就想去卫生间。”

风景不错，阳光正好，两个人就沿着小道往前散步，空气里满是植物的味道，这味道算不上难闻，也算不上好闻。孟小阮用力嗅了嗅：“松树味儿。”

道旁就是松树，江城的松树都是观赏用的油松，树冠很大，摊开来遮天蔽日。

有风刮过，卷起了一点尘沙，晏禾一低头：“好像进眼睛里了。”

这不算什么大事，眼睛受到尘沙的刺激会流泪，眨眨眼皮，就被泪水冲到眼角了。

孟小阮停在他面前：“是左眼吗？”

她踮起脚来，往他的左眼里面吹了口气：“好点没？”

她的喘息间还带着可乐的甜味，吹到眼睛的气是暖的。

她担心没吹出来，凑近一点又吹了一口，他睁开眼睛，看到了她的唇，软软的，像果汁糖。

心里有种莫名的焦躁，他往后退了一步，闭上了眼睛，良久后才说：“好了。”

这个动作太亲昵了，孟小阮忽然反应过来，耳根热得很，脸涨得通红，隔了好久才勉强做出一副不在意的样子：“你眼睛不舒服，我来开车吧。”

美术馆之行后，孟小阮开始躲着晏禾。

不幸的是，她这边极力安静地做个透明人，她爷爷却惹了大麻烦。

孟爷爷作为一个植物学家，每天都在研究他心爱的植物，忽然有一天，他在药圃里发现了一株鹿角蕨。

至于这植物珍稀在哪儿，孟小阮是不清楚的，只清楚她爷爷自打发现之后，兴奋得直搓手，更是连夜准备好了花盆小铲，把鹿角蕨移植回来。

祸就是在移植过程中惹下的，也许铲得太深，伤了一棵桂花树的根。

虽然孟爷爷极力呵护，没几天，这棵桂花树还是以肉眼可见的速度枯萎了。

更可气的是爷爷没胆量承认错误，把孟小阮推了出去，还振振有词：“我惹了祸是要被开除的，开除了我怎么撮合你哥和丁穗呢？你被辞了也没什么损失。”

对此，孟小阮已经淡定了。

基本上爷爷的锅，不是她扛，就是她哥扛，她爷爷养这两个孙辈，就是为了背锅的。

晏禾正在诊室研究药方。

江城今年的夏天来得比往年更早，刚进入六月，天已经像火烧一样，孟小阮从后院走过来，也不过五分钟的路程，却晒得额头汗津津的。

晏禾起身给孟小阮倒了一杯饮料，递给她。

孟小阮尝了一口酸而回甘，有梅子的味，她问："是酸梅汤吗？"

"对，"晏禾坐下来，"但和普通的酸梅汤有点区别，你尝出来了吗？"

孟小阮细品了品，似乎甜味里多了点香，不像普通的冰糖。

她摸不准，于是问他："是什么？"

"桂花，"晏禾说，"桂花放得更多些。"

孟小阮的手顿时一抖，疑心他已经知道了桂花树的惨状。

她抿着唇笑笑，有点胆怯，有点羞涩，悄悄用余光去看晏禾，恰好被他抓了个正着。

他的语气并不严厉，是惯常的那种温和，拿起笔在纸上写着什么，问她："有事吗？"

孟小阮又笑笑，带着点讨好的意味："其实酸梅汤里，不放桂花也行的吧？"

"这是家里的习惯，从祖辈传下来的，你不喜欢可以去了这味桂花。水不要太多，不然味道就淡了，我看你不是很爱吃甜食，冰糖可以少放点。"

孟小阮讷讷点头："桂花也是挺重要的一味中药对吧……"

"花有化痰止咳的作用，果可以暖胃平肝，根可以祛风湿。"

一听说这么重要，孟小阮更加坐不住，她放下杯子，一会儿搓搓手，一会儿假意去看房间的布局，最后深吸了一口气。

"我看药圃里只种了一棵，够用吗？"

晏禾放下手中的笔："药圃的药再多再全，也不可能供应整个明夷堂，很多药材都是从别处进的，我们有长期合作的药材供应商。"

听他这么说，孟小阮略略放松了一点："是……是这样的，我帮我爷爷挖植物的时候不小心伤到了桂花的根……它，它好像活不了了。"

晏禾略有些怔忡，片刻后回应了一个淡淡的“嗯”。

“对不起啊，我赔你一棵行不行？”孟小阮急起来，“我知道那棵是桂花中的天香台阁，我已经向一家绿化公司订了，很快就送过来。”

天香台阁是四季开花的品种，香味浓郁，因为花开的时候像个小小的台阁而得名。江城很少有种桂花树的，这个品种就更少，孟爷爷联系了好多地方，才找到一棵。

他见她紧张，安慰她：“没事的，等树送来了，你和我一起种上就行了。”

孟小阮还是很不安，正想再说点什么，丁穗风风火火地闯了进来。

晏禾捏了捏眉心，问她：“你就不能先敲门吗？”

丁穗“哦”了一声，嘴上模拟敲门的声音“咚咚咚”，学着晏禾的嗓音问：“谁？”然后自己回答，“我，丁穗。”再模仿晏禾的声音，“进来吧。”

晏禾对她无可奈何，问她：“怎么了？”

丁穗一手撸起袖子递到他眼前：“你看，你看，我的皮肤忽然变蓝了，我怎么搓都搓不掉，我是不是身染重病了？”

她急起来，边说话边跺脚：“我百度了下，没有跟我相同症状的，我这一定是绝症吧？罕见病？概率几百万分之一的那种？”

晏禾先观察了一番，然后点点头：“对。”

听晏禾这么说，丁穗这回真急了，眼泪“吧嗒吧嗒”地掉下来：“没法治了吗？我现在还只是胳膊变蓝了，以后会不会全身都变成蓝色的？”

“是，”晏禾告诉她，“会变成蓝精灵。”

丁穗一时不知道说什么了，气得大叫：“你怎么这样啊，有没有点同情心啊，都这个时候了你还开我玩笑。”

孟小阮也替丁穗着急，担忧地看着她的胳膊，问晏禾：“真的没办法了吗？”

“她要是再买那种掉色的衣服，我有什么办法。”晏禾去看丁穗，“回去拿温水好好洗洗，来回洗几次就好了。”

“啊？”丁穗呆住了，收回胳膊仔细又看了一遍，“原来是染上色了啊，我说那件上衣洗的时候怎么掉色得那么厉害。”

她马上不哭了，“嘿嘿”一笑：“行了，不耽误你了，你忙去吧。”说完去挽孟小阮的胳膊，“走啊小阮，咱俩撸串去。”

孟小阮被丁穗架到了巷子口的小馆。

“烤猪皮来四十串、涮肚给我来一锅、金针菇、馒头片、鸡翅、鸡爪子、茄子、青椒、韭菜各来二十串。”

“啤酒……”丁穗想了想，“先来八瓶吧。”

孟小阮被她吓了个趔趄：“能喝完吗？”

丁穗一挥手：“小意思，啤酒就跟水一样。”

按说丁穗是个标准的ABC，但和中华文化对接起来毫无障碍，简直比孟小阮更像江城本地人，哪儿有吃的，哪儿有玩的，混得那叫一个门儿清。

酒才喝了两瓶，丁穗的话说起来就有点飘：“我中文说得好吧？我奶奶教的，在她跟前必须说中文，小时候她还教我书法，一天写一篇大字。她总跟我说起城外的那条惠陵江，说起老院子里的那口水井，说家乡的吃食，我小时候不理解，这么点事翻来覆去地说，其实，她更想的是家乡的人吧。”

提起奶奶，丁穗有些伤感，这时候倒有些岳念知的影子。

“她腿脚不好，走不了远路，心心念念地想回来看一看，一直也没能如愿。她过世之前拉着我的手说，要把她的骨灰带回国，就葬在我姑姑的身边。”

丁穗的姑姑，就是晏禾的母亲。

“奶奶这一辈子，想回国，动不了，盼着我姑姑回来，到最后也没盼到。”

孟小阮问她：“你姑姑是怎么走的？”

“病逝的。”

丁穗又灌了一杯：“其实我姑姑过世之后，我爸曾经打算把我哥接出国的，但我姑父不同意，我哥自己也不愿意，就算了。”

吃得差不多了，丁穗晃晃悠悠站起来：“我去上个卫生间。”

店里进了个少年，吃饭的人多，老板也顾不上招呼他，少年没坐下，四处看了看，瞅着没人注意，挪到一张来不及收拾的桌子上，捡了半串馒头片。

十五六岁的孩子，个子蹿得高，大概营养跟不上，衣裤都显得空荡荡的，他警惕地观望着，察觉到孟小阮的目光，“嗖”地收回了手。

孟小阮有些尴尬，别过头不去看他，心里到底不忍，叫了老板过来，又点了一份腊肉饭打包。

饭是提前做好的，上得倒快。

丁穗上完卫生间回来，看到腊肉饭一乐：“你还能吃啊？”

出了门，孟小阮示意丁穗等了等，见那少年出来，孟小阮把腊肉饭递给他，神色间有些不好意思。

“我们点多了，你能不能替我吃了？或者你知道谁没吃饭，替我转交给他？我没别的意思，就是觉得一口没动过，丢掉可惜了。”

少年的神色有些僵硬，嘴唇嗫嚅了两下，伸手抓过饭盒，飞快地跑开了。

丁穗“嘿”了一声：“这孩子。”

孟小阮没在意：“有时候接受比施与难多了。”

回到明夷堂，桂花树送过来了。

太阳已经下了山，暑气渐渐淡下来，孟小阮邀了晏禾一起种树。等到真的看到树苗的时候，孟小阮的愧疚更深，果真是树苗，又细又小，死去的那棵天香台阁树枝粗壮，不知道有几十年的树龄，花开起来的时候，离得老远就能闻到香气。

晏禾把死去的那棵移了出来，他做得很小心，一点一点将根清理出来，孟小阮生怕砸到他，伸手帮他扶着树。树挪出来之后，放在了路边，等着工人明天清理出去。

之后在原坑里栽上树苗，晏禾培好土，用水将根浇透了，算是栽完了。

整个过程，晏禾不曾说过一句话。

孟小阮觉得，他心里终归还是不高兴的，她也理解这种不高兴，就像她小时候被孟箫偷吃了棒棒糖，虽然后来孟箫补给了她，但已经不是原来的那个了。

仔细想想，这世间似乎没什么是重要的，因为没了什么，日子都依旧要过；但又似乎这世间所有的东西都是重要的，因为每样失去的东西都没法替代，时间如是，花木亦如是。

她觉得对不起他，就更加小心翼翼。

种完树，她亦步亦趋地跟在他身后，像条小尾巴。

过了好久，晏禾才注意到她，有些歉意地摸摸她的头："不碍事的。"

她目送他穿过角门，转回去，发现阿婆在嚷："树怎么死了？！"

阿婆出去拜访亲戚，走了总共有一个星期，没见证过桂树从衰落到死亡的全过程，一回来简直惊掉了下巴。

她蹲下身，爱怜地摸着死去桂树的叶子："怎么我离开没几天，你就出事了呢。"

孟小阮挪过去，不敢暴露了始作俑者，安慰她："阿婆，别伤心了。"

阿婆抹了抹眼睛，干涸的眼眶里有些湿："这是晏禾出生那年，他爸妈亲手种的，种的时候还是根小苗苗，长到这么大，怎么就死了呢？"

孟小阮彻底怔住了。

是这样吗？原来这棵树这么重要，他幼年丧母，后又丧父，人生中一直陪他长大的，也只有这棵树罢了。

是夜，晏禾一直无眠。

《佳期入梦》在讲归有光的《项脊轩志》，最感人的不过几句：庭有枇杷树，吾妻死之间所手植也，今已亭亭如盖矣。

三十一年前，他出生的那一年，父母是以什么样的心情迎接他的到来呢？他手上有张百日时照的全家福，父亲抱着他，手法有些生疏，母亲偎在父亲身边，脸上笑得矜持，目光里却带着浓稠的甜蜜。

也许那天回去，父母就栽下了那棵桂树，盼着他像树一般长大，最后亭亭如盖，最后绿树成荫。

母亲过世的时候，父亲正在外面诊病，母亲最终也没等到父亲的到来，晏禾牵着母亲的手，感觉到她的体温一点点褪尽，终于变得冰冷。

他人生中第一次体会怨怼的情绪：你看，你明知道妻子已经到了弥留之际，为什么不能陪在她的身边？旁人的生死和你又有什么关系？别人口中的伟大，对你的妻子而言又何其残忍，何其自私。

那之后的每一年，他母亲祭日的这一年，父亲总会在院中坐上一整夜。

他只冷笑，这时后悔又给谁看。

待到他父亲过世的时候，最后的最后，其实已经盲了。

父亲睁着暗淡的双眼，说的最后一句话是：我看见阿樨了。

阿樨是晏禾母亲的名字。

他蓦然想起，桂树的别名，叫木樨。

隔山隔海，隔了三十一年的光阴，他终于明白当年父母为什么会种下一棵桂树，原来那是他们的爱情。

你眼中的痛苦不堪，在他们心中却甘之如饴。

第五章
麝香

NI
QINAIDE
WO

《中国药典》说，麝香性味辛、温，归心、脾经，用于热病神昏，中风痰厥。银杏满地叶翻黄，独枕西窗月孤凉。恐无青鸟托尺素，对影徒燃一脉香。

晏禾在窗下看到了海伦，他知道这盆月季是孟广龄的爱宠，平时连看都舍不得给人看一眼，不知道谁把花放在了自己这里。

早上碰到孟广龄，晏禾主动提起了花的事。

谁知道孟广龄神色有些不太自然地说："送你了。"

晏禾再问，一扬手，人走了。

又过了一会儿，让孟小阮送来了一本厚厚的种植笔记，说是海伦的说明书。

晏禾看着这盆娇弱的花，有些为难。

孟小阮倒明白是怎么一回事，她跟爷爷说了桂树是晏禾父母种下的，爷爷嘴上没说什么，心里肯定觉得愧疚难安，自己手里的东西，也就这盆海伦稍稍能够弥补晏禾的损失，于是忍痛把海伦送给了晏禾。

孟小阮既然已经替爷爷背了锅，自然不能在这个时候拆台，只好想了个借口。

"爷爷知道我闯了大祸，送海伦过来是为了赔偿。"

晏禾表面收下了，隔了两天又给孟爷爷送了过去。

孟爷爷正对着墙角擦泪。

扦插、嫁接，一点点呵护长大，孟爷爷对待海伦比对自己的孩子还要上心。时间久了，就觉得海伦是通人性的，天气好的时候花开得也好，天气不好了，枝叶就蔫了下来。

那本种植笔记是他几年来的心血，海伦和一般月季不一样，不耐寒不耐热，极容易染病，孟爷爷眼神不太好，戴着老花镜，手里拿着放大镜，每天早晚两次观察海伦的叶子，生怕染上了白粉病。

这样娇养长大的海伦，他自然极其舍不得将它送给晏禾。

每天一早他就跑到晏禾门前转悠，想要看看海伦长得好不好，又觉得自己已经下定决心送人了，就不能黏黏糊糊地舍不得放手。

见到晏禾，孟爷爷有些尴尬地清了清嗓子："被花粉迷了。"

晏禾也没揭破，态度很谦恭："我来是想拜托您一件事情。"

孟爷爷点点头："你说，你说。"

"我不太擅长照顾花木，海伦您能不能替我养着？"

孟爷爷高兴得几乎跳起来，想了想，眼中的光亮很快又熄灭了："别，都送你了，怎么还能我养着？"

"我很喜欢海伦，舍不得让它受罪，万一养死了，不但辜负了您的一片心意，我心里也觉得可惜。您帮我照看着，也省得我为它担心。"

孟爷爷完全被他说服了，连忙问："我什么时候能接回来？"说完又觉得这话不合适，赶紧改口，"我什么时候帮你照看？"

晏禾心里觉得好笑，面上还维持着谦恭的表情："一会儿我给您送过来。"

"不用，不用，"孟爷爷站起来，"我自己去接就行，顺道抻抻胳膊腿儿。"说完几乎一溜小跑，去接海伦了。

孟小阮围观了这一场，有些不好意思："我爷爷一辈子痴迷花木，有点单纯。"

孟广龄自年轻时候起就痴迷植物，后来做了大学老师，一上课讲起植物来就滔滔不绝，学生中有不听课的，他极愤怒，几次摔了书，骂他们玷污了自己心爱的学科。

学生自然对他很不满，上课时总发出各种怪声，他终于有点感觉，问班长，班长自然不好说实话，敷衍他，说他想多了，他就真的以为想多了，继续兴致勃勃地讲他的课。

一辈子不懂钻营，也不会看人的脸色，同期的同事都升了教授，他还在讲师上苦熬着，直到后来做的项目获了奖，才破格提升了教授。

晏禾倒很欣赏这种人，自有坚持和风骨。

他笑："人必有痴，然后有成，挺好。"

孟小阮看晏禾的神色有些倦怠，猜他晚上没睡好，怕他担心与徐飞卿的赌约，但又不好直接问，于是委婉又委婉地鼓励他。

晏禾也不知道她从哪里找来那么多的心灵鸡汤，他从不信这些，心灵鸡汤是给那些缺乏动力的人炖的，他自问从小就足够坚强。

但他这几天确实睡得不好，有时整晚睡不着，有时睡了，又是整晚的梦。

梦里他还是儿时的样子，阳光明晃晃的，他就在诊室旁的台阶上坐着，抱着题板默默算题。

有个病人的孩子跑来跟他说话，他不愿意搭理，那孩子就一把夺过了他的粉笔，他很不高兴，伸手把那孩子推下了台阶。

父亲从诊室里出来，看着他说："这孩子，是没有感情的。"

父亲也有一双笑眼，性子极温和，晏禾从未见他发过脾气，甚至连高声说话的时候都没有过，仿佛世间没有他不能包容的事、世间没有他不能包容的人。

但父亲跟他说这句话的时候，眼中只有冷漠和嫌弃。

他从梦里醒来，记忆和梦境混杂在一起，他早已经分不清真假。

他敷衍孟小阮："没什么，不过是做了噩梦。"

"我教你个办法，"孟小阮用手比画着，"早晨太阳升起的时候，对着西墙……"

她指了一个方向："口中念咒'夜梦不祥，画在西墙，太阳一出，化为吉祥'，一边说一边在墙上画圈，要连续说七遍。"

他猜这又是她爷爷教她的方法，她爷爷也真不会带孩子，把孩子带得满脑子迷信思想。

孟小阮见晏禾不当回事，继续念叨：“还有个办法，在枕头上吹三口气，摸三次，然后把枕头翻过来再睡就可以了。”说完不放心，又问他一句，“记住了吗？”

晏禾无奈地给她复述了一遍，没等他说完，有人过来叫他，说前院来了病人。

孟爷爷抱着海伦回来后，才想起来自己忘了把种植笔记拿回来了，他想接着那册子写，派孟小阮去晏禾那里取回来。

孟小阮过去的时候，晏禾已经给病人开完了方子，病倒不难治，只是要戒烟。

那大叔一见就是个老烟民，指甲都已经熏得焦黄。

既然诊完了病，晏禾的语气就随意了许多：“您早该戒烟了，这么多年，买烟的钱都能买辆宝马了。”

那大叔有些不服气，瞟了晏禾一眼，问他：“你抽烟吗？”

晏禾摇头。

大叔得意起来：“那你的宝马呢？”

晏禾有些不解：“在车库里。”

大叔一哽，扯过方子就走了。

孟小阮正坐在旁边喝酸梅汤，一口水差点喷出去，她呛得厉害，抹了一把眼泪。

晏禾很奇怪：“很好笑吗？”

孟小阮看着他：“你不会不知道笑点在哪里吧？”

“那这个，”孟小阮问他，“一人做事一人当，小丁做事小叮当呢？”

晏禾一丝不苟地说：“‘一人做事一人当’是句老话，‘小丁当和小叮当’是同音字，笑点在这里？”

孟小阮有点挫败："难道不好笑吗？"

晏禾笑了："我知道你笑什么，不过我的车不是省出来的。"

小赵曾经无意间跟孟小阮说过这款车型，是宝马中的高配，要近二百万。

孟小阮有些好奇："那是哪儿来的？"

"挣出来的。"

明夷堂肯定是赚钱的，但这么大个医馆，还有十几个工作人员，每个月的支出就是很大一笔。

孟小阮还想再问，门房大爷跑进来："晏大夫，你快过去看看吧。"

晏禾接诊的条件比较苛刻，有专门的工作人员负责审核，条件够了，才排上就诊的日程。

闹起来的情况也不是没有，大部分都是为了争个先后，吵吵也就过去，从未惊动过晏禾。

这回看来事情比较大，晏禾一面往外走，一面问情况，孟小阮跟在后面，听了个大概，有个少年跪在门外，求晏禾替他弟弟治病。

出了门，外面已经围了不少人，那少年对着正门跪得端端正正，怀里抱着个三四岁的孩子。

孟小阮"咦"了一声，原来就是上次在饭馆里碰到过的少年。

那少年见晏禾出来，"砰砰"磕了几个头，很快磕破了额上的油皮，溢出血来。他全然不觉得疼，只连连重复："求你救救我弟弟。"

晏禾看着他，没有动。

围观的人有些不忍心，低声交谈着，邻居干脆出声帮着劝："这孩子怪可怜的，晏医生救救他弟弟吧。"

孟小阮过去扶这少年："先起来再说话吧。"

少年拂开她的手，固执地跪在地上，眼睛一直盯着晏禾："求你救救我弟弟吧。"

晏禾微微一笑："你有诊金吗？"

少年一愣，舔了舔干裂的下唇："我……我现在没钱。"他怀里的孩子剧烈抽搐了一下，嘴唇青紫，牙关紧闭，眼睛往上翻了翻。

这么危急的情况下还谈钱，实在有些不通人情。

围观的人里除了附近的邻居，就是慕名来瞧病的，听晏禾这么说，都有些鄙夷，还有人要替这孩子出诊金，让晏禾先治。

孟小阮很急，但是插不上话，晏禾看了她一眼，知道她要说什么，蹲下来，先试了试孩子的体温，然后握住孩子的手腕，诊了诊脉。

之后摊开手，要将孩子接到自己怀里，少年往后缩了缩，晏禾见他拒绝，没继续坚持，只跟他说："带你弟弟跟我来。"

进了诊室，晏禾示意少年把孩子放到病床上。

"你弟弟这段时间是不是感冒咳嗽？"

少年点点头："我给他喂过药了，时好时坏，有时候烧起来，喂了退烧药就好，可是第二天继续烧。"

"炎症下行，是肺炎。"

少年急起来："能救吗？"

"肺炎倒无碍，他现在因为高烧引起了抽风。你看——"晏禾指着孩子，"大约五分钟就要抽一次。现在给你两个选择，一是赶紧送医院，二是由我给你弟弟治，不敢保证救活，也不保证会不会留下后遗症。"

少年的神色急速变换，床上的孩子痛苦地呻吟了一声，他冲过去拉住了弟弟的小手，犹豫了两分钟，他咬咬牙："治！"

晏禾脱掉了孩子的鞋袜，拿出三棱针先刺了孩子的手指与脚趾，接着刺向孩子的耳尖、百会和大椎穴。

血珠从刺过的穴位冒出来，大概是疼了，孩子大声哭起来。

少年急了，将弟弟搂在怀里哄了又哄："不哭啊，不哭。再忍忍。"

晏禾示意少年让开，换了毫针刺向涌泉、人中等穴位，孩子的抽搐慢慢停止了，隔了一会儿，缓缓睁开了眼睛。

少年大喜，摸了摸弟弟的额头："好像不那么烧了。"

晏禾在纸上写了几味药，略略思考，又添了一味麝香。

大概是耳濡目染久了，孟小阮也稍稍了解点药理药性，知道麝香是开窍醒脑的。

他把药方递给孟小阮："替我把药拿过来。"

除了天知堂，晏家是有公共药房的，还有专门负责抓药的大夫，天知堂不对外开放，也不许外人进出。

孟小阮一路小跑着把药抓了回来，剂量很小，都是粉末，晏禾先把药粉给孩子服下，转头又开了张方子，让孟小阮再去取。

孩子服了药，嘴唇已经由青紫变为红色，人虽然照旧蔫蔫的，但总归不是原来病危的样子。

诊室内就有药炉，待孟小阮拿了药回来，晏禾亲自煎了，孟小阮围着看了一会儿，问他："要我帮忙吗？"

晏禾说不用："你说同一个方子，为什么对有的人起效，对有的人就没作用呢？"

孟小阮想了想："因为每个人的身体状况都有差别吧。"

"这是一方面，"晏禾耐心给她解释，"药材也有差别，同一种药材，可以分为几等，比如说芦根，要除去芽和须根，有的药商以次充好，芦根的效用就大打折扣。另外，同样煎药也有区别，用什么火，煎多久，怎样煎才能把药性最大限度地发散出来，这些都有讲究。药房里的祝师傅已经煎了四十年的药，他煎出来的药，最节省药材。"

少年攥着弟弟的手，认真地听着，眼睛一点点亮起来，再看向晏禾的目光里，就多了仰慕。

晏禾做事的速度并不快，有时甚至让人觉得很慢，但他自有节奏，缓而稳，不炫技，不浮躁，他弯腰看了看炉火。

“其实炉火也有讲究，急火自然不行，但也不能太弱。现在很多药房都用电煎药，固然省心，热力也稳，却忽视了煎药的过程中，火力是需要变化的。催出药汁的时候，火力要强一些，待药汁出来的时候，就要用火慢慢煨。”

他在药炉旁坐下，静静地看着炉火。

药煎好，盛出来晾了晾，隔了一会儿，用手腕试了试药汁的温度，示意少年把他弟弟扶起来，拿着勺子喂了进去。

孩子还有点糊涂，一勺药倒洒了一半，下一勺，晏禾舀得更少一些，孩子吃了进去，味道不好，小小的眉头拧了起来。

还是他哥哥在旁边劝：“小宝乖，吃了药就好了。”

吃了药，晏禾示意孟小阮将桌上的青花瓷坛拿过来，从里面夹了一颗蜜渍的梅子，喂进了小宝的嘴里。

又过了半个小时，小宝的脸色已经恢复了红润。

“你和小宝先在这里住下吧，后院有病房。晚上我会派人把药送过去，按时服用就可以了，如果小宝再烧起来，可以再来找我。”

送走了兄弟俩，孟小阮问他：“小宝是不是没危险了？”

“不好说，小孩子的体温调节系统还不完善，一旦烧起来，容易引发各种后遗症。不过现在看小宝是没什么大问题，再观察两天吧。”

晏禾大概是累了，脸色不太好，坐下来喝了口水。他说：“小阮，如果我今天坚持不救小宝，你是不是求也得求到我救？”

这是他第一次叫孟小阮的名字，之前在两个人的场合时，他只称呼她“你”。

他的声音有点哑，也许因为倦了，有些慵懒的味道。

孟小阮想了想：“会的吧，但是如果你坚持不治，应该也有你的难处。”

他握着杯子，单手摩挲着杯底的圈足，脸上有个难辨的笑意：“你不会觉得我是见死不救？”

他知道孟小阮看得出他笑容背后的伪装，第一眼就知道。

在山寺中，她看他的目光里是带着探究的，而他从未在别人的目光里看到过这种情绪。

他所得到的目光一直是欣赏的、依赖的，仿佛只要把自己托付给他，他就会宵衣旰食、殒身不恤。

她看得破和他知道她看得破，一直是两个人之间微妙的隐秘。

晏禾忽然戳破，令孟小阮有片刻的手足无措。犹豫了片刻，她说："不是这样的，我是觉得……你现在这样太辛苦了。"

说到这里，她的声音低下去，几乎在喃喃自语："做你自己不好吗？"

晏禾僵住了。

他只知道她看得破他微笑背后的冷漠，却没想到她看得这么透。

他其实一直在扮演他的父亲。

对于父亲，晏禾说不上是什么样的感情，或许根本就没有感情，就像他父亲当年说过的，这孩子，是没有感情的。

但是这个人给他带来了很多东西，厌恶、愤怒、怜悯、质疑，几乎所有和负面情绪相关的，都得自他的父亲。

世人都说晏禾是神医，但他的天赋并不在医术上，他父亲晏灵枢才是真正的医学天才。

他父亲一生治病救人，半生被人景仰膜拜，却死得那样无名誉。

临终前，江城大半的报纸都在指责他沽名钓誉。

晏禾将那些报道挑出来，一个字、一个字念给父亲听，问他："你后悔吗？"

父亲只笑，他的一生是笑过来的，在生命即将终结的时刻，也还是笑着的，之后艰难地抬起胳膊，用尽全身的力气，拍了拍晏禾的肩膀。

父亲说："晏禾啊，能问出这个问题来，证明你，还是不懂感情啊。"

他几乎要生气，但又有些意兴阑珊，蹙着眉看着病床上的人。

父亲的眼里有温柔的光，这是晏禾一生中，唯一一次也是最后一次，从父亲眼里看到慈爱。

父亲说："我是在夸你，以前你没有，现在只是不懂罢了。"

他是不懂啊，不懂什么叫爱，不懂父亲的一生，他要弄明白，最好的办法，就是成为那个让他不懂的人。

他几乎成功了，却输在了孟小阮这里。

他笑起来，以他自己的姿态，凉薄而又孤独。

抱着弟弟来求医的少年原本就在这附近住，医馆的阿婆认识他，说他叫少辉。

少辉可怜，爸爸原本在工地做工，出了意外，人没救回来，妈妈拿了大笔的补偿款，却丢下他们跑了。

这之后少辉就辍学了，居委会帮他们兄弟俩申请了低保，少辉年纪小，一直打零工，他弟弟小宝身体又不好，隔三岔五就要看病买药，兄弟俩过得很困难，好在小宝听话，哥哥出去做工了，他就老老实实在院子里坐着，谁哄也不走。

这样的人家并不罕见，至少新闻上隔三岔五就有个报道，看的人也不过唏嘘一番，可是亲眼见到了又是另一番滋味。

小宝已经三岁了，比正常的三岁孩子要瘦小许多，营养跟不上，头发又稀又黄，人倒很乖巧，晏禾去看他，他虽然有些怯，却还是用细细的嗓子叫了一声："叔叔。"

晏禾给他测了体温，体温控制住了，没继续烧。

孟小阮送了小宝一个魔方，小宝先看过哥哥的脸色，才伸出手接过来，扭乱了还原不了，有点急，伸手递给孟小阮。

"姐姐，怎么玩？"

少辉接过来，三下两下还原了，又还给了小宝。

孟小阮倒有点诧异，还原魔方需要一定的技巧，没练过却能拧得这么好的人，大多都很聪明。

出了门，孟小阮才反应过来小宝的称呼。

她笑起来：“晏医生，小宝叫我姐姐，叫你叔叔呢。”

晏禾告诉她：“有这么个说法，不知道你听说过没有。相隔七岁就差了一个辈分，这么算，你也该叫我叔叔的。”

孟小阮给他算：“你跟我哥哥是同学，给你长了辈分，我哥岂不是占了便宜？”

孟箫知道孟小阮和孟广龄在晏禾这里，在这期间也来过，选的时间很好，晏禾不在，丁穗也不在。

孟箫父母当年的婚房就在前一条巷子里，因为巷口有一棵槐树，就叫槐花里。

至于这里的地名为什么都叫某某里，据说是当年有个沙俄公爵，在这里买了好大一块地居住，“地方”在俄语里叫“里亚”，祖辈沿革，传着传着“亚”就给传丢了，干脆就叫某某里。

孟箫从出生到八岁一直住在槐花里，槐花里和金银里同属一个学区，他自然也就和晏禾一个幼儿园。

孟小阮问晏禾：“你还记得我哥吗？”

“孟箫？”

孟小阮简直有些惊喜：“你真的记得呀！”

孟箫，晏禾是记得的。

他推下去的小孩，就是孟箫。

幼儿园的同学里，孟箫算是他印象深刻的，身边总围着一群小女孩，那群女孩叽叽喳喳的，还总为了孟箫跟谁玩不跟谁玩吵成一团。

如果说晏禾是树荫下沉默的影子，孟箫就是骄阳下骄傲的孔雀，俩人同班，甚至午休的小床都挨在一起，却从未说过一句话。

还是那次孟箫来抢他的粉笔，他一怒之下把孟箫推下台阶，才算有了第一次互动。

那次孟箫磕到了脑门，划了个小小的口子，他还记得孟箫照完镜子后，哭得几乎抽过去。晏禾烦得很，赔了孟箫一套电子积木，这套电子积木是晏禾舅舅从国外寄过来的，在那个年代算是稀罕玩意，孟箫摆弄了一会儿问他："我不想要积木，你把你那套西装送我好不好？"

西装是和电子积木一同寄过来的，晏禾只在幼儿园公演的时候穿过一次，黑色开司米，搭配一件白色衬衫，脖子上系了个领结，裤线压得笔直。

年幼的晏禾有张漂亮的脸，只是不爱笑，也不爱理人，穿上这套西装，倒像是电视剧里的小少爷。

他不明白那套西装有什么好，乐得省下电子积木，很痛快地答应了。

后来俩人上了小学，不同班。

孟箫的身边照旧围着一群女孩子，偶尔路上遇到了，彼此从不打招呼。

直到晏禾母亲去世那年，孟箫才第一次主动跟晏禾说话。

"你，别太伤心了。"

晏禾没理他。

那时候晏禾已经跳级到了五年级，在他看来，身边这些人都是草包，孟箫也不过比其他草包长得好看一些罢了。

那之后，又过了两年。

晏禾再见到孟箫的时候，他身后背了个筐，里面蠕蠕地有什么在动，晏禾走近了才看出是个两岁左右的小孩。

孟箫得意地向他介绍："我妹妹猫儿。"

那是个和孟箫长得有几分相像的小姑娘，皮肤白得像初雪，嫩得像点过石膏，刚刚凝成的水豆腐，晏禾疑心一个不小心，会把她碰碎了。

小孩子警觉，乌溜溜的眼睛扫过晏禾，发现是个陌生人，嘴巴一撇就要哭，孟箫眼疾手快，趁着她张嘴的工夫塞了颗糖进去，大概品到了甜味，她吧唧吧唧嘴，笑了。

孟箫喋喋不休地说给晏禾听。

“我妹妹是早产儿，出生才一斤多点，吃奶都没力气，哭的时候像小猫叫，我爷爷就说，小名叫猫儿吧，猫狗好养活。”

他完全没看出晏禾的不耐烦，从他妹妹什么时候长出了第一颗牙，讲到他妹妹九个月大就会叫哥哥，再讲到他妹妹一见他就撒娇，怎么哄都不肯自己走路。

晏禾无动于衷，从头至尾没有说过一句话。

只是在很久以后，在晏禾双亲故去，孑然一身的某一天，他忽然想起当年孟箫背着妹妹的样子，有那么一瞬间，他忽然想，如果他的小哥哥还活着，该多好。

晏禾叫了一声孟小阮的乳名：“猫儿。”

孟小阮一呆，有点窘，这个名字从小叫到现在，左右邻居也是知道的，老远就会喊她猫儿。

她羞赧地笑笑：“你知道呀。”

他比量个高度：“我见过你，当时你哥哥背着你，那时候的你大概有……这么高？”

孟小阮倒好奇起来：“我小时候长什么样子？家里着过一次火，我五岁以前的照片一张都没留下来，我哥说我小时候长得可丑了，吊梢眉，三角眼，皮肤黑黄黑黄的，动不动就流哈喇子，他有一次想把我卖了，问了一圈没人要，都嫌丑。”

他笑起来：“是，特别丑。”

其实孟小阮总疑心她哥哥是在骗她，她三四岁的时候就有了记忆，小时候家里来人总要夸她可爱的。

但她也不确定，毕竟她是早产儿，胎里带来的不足，在暖箱就住了几个月。

得到了晏禾的佐证，她稍稍有点失落：“原来是真的啊。”

她失落的样子极乖巧，睫毛垂下来，鼻子一抽，鼻梁处堆起了一点褶皱，唇抿着，脸颊有个小小的肉窝。

晏禾伸出手拍了拍她的头，安慰了一句：“可怜的丑小鸭。”

少辉在弟弟病情稳定之后，就开始到前院帮忙，一早起来就清扫甬道的落叶，他知道这条路一直清扫得极好，所以不但将浮灰清扫干净了，连石缝里的杂草都清理了。

干完，还用水将路面反复刷了几遍，太阳升起来，将水一蒸，简直干净得像新铺的一样。

晏禾既不说好，也不让他停。

后院的工人提起少辉来，都要赞一句，是个勤快的孩子。

连着做了几天，少辉站在了晏禾的诊室外。

晏禾让他进来，给他倒了杯茶，然后坐下来处理明夷堂的账目。

晏禾既然不问，少辉就不太好说，迟疑了好久，他才开口：“晏医生，我想拜你为师。”

晏禾停下手头的工作，看着少辉。

晏禾的目光并不严厉，甚至也没有任何压迫感，但少辉觉得格外紧张。晏禾的目光太凉，不是寒冰的凉，像出鞘的利剑，就指在他的眉心，逼在他的颈间，让他动都不敢动，生怕一个莽撞，血溅当场。

良久，晏禾才回应了一声：“嗯。”

不说好也不说不好，仅仅是个表示知道了的“嗯”。

少辉挣扎了一下：“你答应吗？”

晏禾反问他：“你说呢？”

少辉有瞬间的茫然，他试探着问了一句：“你不答应？”

晏禾只回应了一个“嗯”。

少辉沮丧地走出去，想了想，跪到了医馆门外。

医馆门口的人向来不少，有好热闹的过去打听，听他说是想拜晏禾为师，有鼓励的，也有劝他放弃的。

“明夷堂的医术向来是父子传承的，你一个外姓人，晏医生不会收你的。”

起初也还好，就是膝盖有些疼，到后来阳光烈起来，明夷堂是坐北朝南的方向，正午光照最足，医馆门外不种树，光秃秃的没个遮拦，少辉的衣服慢慢洇开，最后湿得像从水里捞出来的一样。

看门的老头递给他一瓶水：“喝吧，别中暑了。”

他跪得有些迷糊，眼前是白晃晃的光，手里接过来，咕咚咕咚灌下去，不渴了，但膝盖疼得像攒了一把针，先是一根一根扎，之后是一把一把扎，他疼得有些麻木了。

孟小阮下班的时候，少辉还在门外跪着。

她一般直接从后门进后院，最近后巷在修路，后门暂时关了，她就只能从前门绕。

看到少辉，她有点惊讶，问清楚了原因，倒有些同情他。

她知道少辉很倔，也就没劝，吃了晚饭有些不放心，走到门外看了看，少辉还在门口跪着，少年的肩膀羸弱不堪，但一直咬着牙挺着，大有一股要跪到海枯石烂的劲头。

晏禾在自己的房间。

医馆的人大都在食堂用餐，连丁穗都不例外，晏禾偶尔会去，大部分时间都是阿婆将饭给晏禾送过去。

孟小阮先去了诊室，又去了天知堂，都扑了空，迎面碰上了丁穗，丁穗在外面买了饺子，给晏禾带了一份。

晏禾不爱吃饺子，确切来说，他不太喜欢吃面食，其实他的喜好并不明显，即使特别爱吃的，可能只会多吃几口，特别不爱吃的，他也从不浪费。

丁穗敲了门。

也许是在自己家里，晏禾穿得比较随意，上衣的扣子解到第二颗，露出了胸口一片皮肤。

孟小阮见惯了他衣饰整齐的样子，第一次见他生活中的姿态，略略有些不好意思。

晏禾把她们让进来，告诉丁穗：“你自己吃吧，食堂里煮了绿豆粥，我喝粥就可以了。”

丁穗不答应：“头伏饺子二伏面三伏烙饼摊鸡蛋，老话就是这么说的，今天是头伏第一天。”

房间很简洁，家具很少，客厅里除了沙发茶几，就是墙壁上挂的一台电视。

没有饭桌，丁穗直接把饺子放到了茶几上，找了一圈没找到凳子，干脆将沙发上的抱枕放到地上，坐到了屁股底下。

孟小阮第一次来，有些拘束，低头翻着手里的医书，极厚的一本，她拿起来的时候都觉得手腕发酸。

晏禾对她说：“冰箱里有西瓜。”

孟小阮以为他想吃西瓜，去了厨房，厨房很小，大概因为不开火，煤气灶上只有一个烧水壶。

打开冷藏室的门，确实有一半西瓜。

孟小阮抱了西瓜出来，问晏禾：“刀在哪儿？”

晏禾起身拿了一把水果刀，又拿了一个勺子，把勺子递给孟小阮，用水果刀将西瓜表皮的那一层削掉，示意她：“吃吧。”

孟小阮捏着勺子发呆：“我自己吃吗？”

虽说是一半，但也是硕大的一半，孟小阮掂量着，得有十五六斤，别说她已经吃过饭了，就算没吃，这么大的西瓜也足以把她撑死。

晏禾再次起身，从厨房拿了个碗出来，用勺子在西瓜芯里剜出一块，再次递给孟小阮。

孟小阮喜欢吃西瓜，尤其喜欢吃最甜的西瓜芯，一个西瓜切开来，只有剜着吃才能吃到完整的西瓜芯，每次吃西瓜的时候，她爷爷和哥哥从来都是先把西瓜芯剜出来给她，然后再吃剩下的。

他们的疼爱都实际，不在嘴上说多爱她，只在饮食上宠她，红烧肉给她剥出最瘦的一层，桃子挑最大的给她留着。孟箫去山东出差，只要节气赶得上，肯定要给她寄烟台的樱桃，去广西，必定寄杧果，上次去和田，碰到的时节不好，天冷，就这样还扛了一摞馕回来。

孟爷爷去广州开会，回来的时候带了好多资料，行李超重，就这样，还给孟小阮带了一盒杏仁饼。

孟小阮不知道晏禾从哪里知道的她爱吃西瓜芯，大概是前几天她吃西瓜的时候发了朋友圈。

她发朋友圈不分组，谁都可见，晏禾从来不评论不点赞，她曾经一度疑心他把自己屏蔽了。

孟小阮舀了一勺，西瓜甜，真甜，几乎从舌尖甜到了心里，她舔了舔牙床，心满意足。

晏禾很喜欢看她吃东西的表情，眼睛眯成一道缝，嘴巴塞得满满的，人几乎幸福得要哼出声来，像一只进食的鼹鼠。

丁穗先看了看晏禾，又看了看孟小阮，想从他俩的脸上看出点八卦来。

察觉到丁穗的目光，孟小阮的脸有些红，晏禾收回视线，神色很平静。

丁穗有些摸不清楚，就不再想，朝晏禾说道：“Vincent，给我vinegar。”

孟小阮一蒙：“Vincent是谁？”

“我哥啊，我给他取的。”

晏禾沉默了片刻问她：“你给人取名不经本人同意吗？”

丁穗没搭腔，看看孟小阮：“你也有，Lily。”

孟小阮读书的时候是有英文名的，英文老师给取的，叫Emma，她觉得这个名字不太好，自从取了之后，她在课上总是挨骂。

她捏着勺子有些摸不着头脑："为什么要取英文名？"

丁穗叹了口气："我们总监嫌我说话太接地气，就跟巷子口嗑瓜子的大妈一样，一点海归的气质都没有，提升不了公司的格调。"

于是表哥变成了 Vincent，孟小阮成了 Lily。

丁穗起来接了个电话："合同在左边的 drawer 里，明天我有个 meeting，可能会 late 一点。"

孟小阮呛了一口，怎么听怎么觉得像假洋鬼子。

晏禾起身去厨房拿了醋过来，往丁穗跟前一推："你的 vinegar。"

孟小阮婉转地给丁穗提了点意见："很多海归也不是非要这么说话，就是脱离了母语环境太久，忘了对应的中文怎么表达，你中文这么好，何必呢。"

丁穗忧郁地咬了口饺子："我也不想啊，上面说是要与国际接轨，连公司里的保洁阿姨都说，哪个兔崽子乱丢 litter 啊，净给我找 trouble 呢。"

吃了饺子，丁穗准备走了，孟小阮推说自己有事，留了下来。

什么事呢？她不好意思直说，想编个借口，又没什么理由，最后推到小宝身上："小宝问我怎么拧魔方，你会吗？"

晏禾看了她一眼，孟小阮有些不自在地清了清嗓子："真的。"

"你知道吗？"晏禾说，"你撒谎的时候，眼睛会下意识地先向左下方看。"

"啊，啊？"

孟小阮从来不知道自己还有这样的习惯，难怪她每次撒谎都会被爷爷拆穿。

"你是想说少辉吧。"

一语中的。

孟小阮慌乱地摆摆手："我不是想让你怎么样，就是见那孩子挺可怜的，不行的话，你跟他说一声，省得他做无用功，到头来白白伤心。"

晏禾问她："你觉得我不会收他？"

孟小阮想了想："我倒不知道你会不会收他……但我觉得，你好像不喜欢他。"

晏禾没回答，只告诉她："你跟我来。"

夜色渐深，这个时候的医馆分外安静。

将要满月，月亮丰腴起来，大概再过两天，就是个圆满的环。

入了伏，晚上也依旧热，不同于白日的那种燥热，闷得很，仿佛喘口气都要调动起全身的力量来。

孟小阮跟在他身后，有些没话找话："我同事今天去药店买通草，大夫问买多少，她说来一斤吧，大夫说多，她说那来半斤吧，大夫也说多，最后她问大夫多少合适，大夫给她开了 60g，挺大一包，出门的时候她还挺庆幸，真买一斤不得有几十包，她也没带那么多钱啊。"

晏禾略停了下，等孟小阮跟上来，问她："你同事在哺乳期？"

孟小阮点点头，又怕他看不到："是啊，刚生完小孩。"

她继续问下去："我看到有的同事在喝四物汤，有用吗？"

"四物汤是个补血的常用方子，但是阴虚发热的人不适用。"

这么说着，已经到了门口，门口的人早已经散去，只剩少辉一个人跪在那里，伶仃瘦削的一个人。

第六章 何首乌

NI
QINAIDE
WO

《开元本草》说，何首乌味苦涩，微温，无毒，主瘰疬，消痈肿，疗头面风疮。黑髭鬓，悦颜色。其实若能与君共白首，又哪需何首乌留住这三千青丝。

医馆的台基很高，晏禾站在门口，居高临下地看着少辉。

少辉也看着他，人大概累极了，身子有些歪，目光却依旧执拗。

作为明夷堂的邻居，少辉很早就知道晏家，晏家出事的时候他比小宝还小，长大后零星地听人提起过，也在某个早晨见到了晏禾。

他看到晏禾从医馆出来，人高而清瘦，穿着 件灰色的长款外套。

邻居都热情地跟晏禾打招呼，晏禾也客气地招呼回去，遇到小孩，还会蹲下来聊两句，临了摸摸头，从兜里掏出个波板糖递过去。

就是那个早晨，他发现他妈妈抛弃了自己和弟弟，他追出去，虽然明知道追不上。

他停在一个早餐摊位旁，硕大的油锅热起来，冒着刺鼻的油烟，油条和油饼还没下锅。隔着一条窄窄的马路，晏医生的目光穿过油烟向他看过来，没有温度的一眼。

这一眼，把他激怒了。

他爸出事的那天他在学校里上课，班主任忽然推门把他叫出去，他以为传字条被老师抓了个现行，没想到老师让他赶快去医院。

他疯了一样赶过去，只看到一具尸体。

他爸其实对他并不好，老大一把年纪还只能打点零工，活又脏又累，赚得还少，一不顺心就拿他出气，逮到什么都能打，他的眼角有道疤，就是他爸用铁衣架抽的。

有那么一刻，他是觉得解脱的，更多的是茫然，然后忽然意识到，他再也没有爸爸了。

再也没有一个人打他、踹他，用最恶心、最粗俗的话骂他。

也再没有一个人买一点肉舍不得吃，自己只拿汤泡饭，把肉夹给他，边夹还要边骂："老子累死累活的都填了你这张嘴。"

那个人给了他最难以释怀的伤害，却又给了他最微不足道的温暖。

然后是谈赔偿，他妈天天在吵，使出了所有的泼劲儿，几乎吊死在工地上，愣是多要了十万块。

火葬、入土、烧七，他忙得像在打仗。

一切尘归尘土归土，他以为自己终于能够松一口气，尽情哀伤的时候，他妈走了。

丢给他一套破旧的房屋，还有一个不足两岁的弟弟。

所有的情绪被压到极致，拍成了一张薄薄的纸，他连呼吸都提不起兴致，然而晏禾的那一眼，先是油后是火，点燃了他所有的情绪，熊熊燃烧，让他怒不可遏。

那个人，那个被恭敬地称为晏医生的人，在俯视自己，用一种他最厌恶的高高在上的姿态。

他飞奔离开，踹翻了巷子口的垃圾箱。

晏禾当时的眼神和现在的重合，那种看蝼蚁的姿态，让他觉得浑身的关节都在烧，他疼，他痛，但他只能忍。

晏禾说："起来吧，我不会收你的。"

少辉瞪着他，咬咬牙："为什么？"

晏禾跨过门槛，从台基上走下来，停在少辉的身边，他的声音并不高，但很清晰。

"你想听真话吗？"

不待他回答，晏禾径自说下去："你这个人，知恩却不图报。"

少辉愣了愣，刚要出言辩驳，晏禾做了个动作，让他先听自己说完。

“敏感而又多疑。”

晏禾的语速不快也不慢，没有什么情绪，像单纯地叙述一件事情。

“你并非真的想要学医，只是觉得学医能得到你想得到的东西，所以尽管你觉得现在很屈辱，但只要忍过去，等你有能力的时候，你就可以轻蔑地站在我之上，把你今时今日所受的侮辱都还回来。”

少辉张了张嘴，忽然觉得无话可说。

“你聪明，抱着弟弟跪在我的门口，认为我哪怕为了面子也要给你弟弟治病，你明知道我晏家虽然并非大仁大善，但也绝不会见死不救，可你不信。

“我救了你弟弟，你觉得自己成功了。

“然后你动了心思，想要学医，你便开始向我表现，在我必定经过的地方，在我起来以后的时间。我不收你，你就再次跪到外面，让所有人都看到你的决心。”

晏禾笑笑：“是不是？”

晏禾把少辉所有的伪装都剥掉了，让他赤裸裸地遭受鞭笞。

少辉怒起来：“对，就是这样，其实我早知道你不会收我，你这样的人……”他又看了眼孟小阮，“你们这样的人，你们生来就过着好日子，你——”他指着晏禾，“你爸爸你爷爷都是名医，你生来就有最好的资源，可以住这么大的房子，可以开好车，你要什么有什么，于是可以像个神一样地鄙视我，好像我是烂泥一样。”

他又指了指一直站在晏禾身后的孟小阮：“你……也一样。”

他别过头去：“那天我知道你都看到了，看到我像个乞丐一样捡别人吃剩的东西，你假惺惺地给我买了一份，施与了你那廉价的同情心，回去之后是不是还觉得自己挺高尚？十几块钱就可以满足你当个善人的虚荣心？告诉你，我不稀罕！”

孟小阮有点伤心，这种伤心起初并不明显，像一把锥子刺破了点油皮，然后在无意间迅速扎进了她心脏，扎得她鲜血淋漓。

晏禾的表情很平淡，除了微笑，大部分时候他的表情都很平淡，无悲无喜，无憎无怨。

他对少辉说：“如果这样想能让你好过一些，你就这么想吧。”

停顿了一下，他继续说：“可是少辉啊，你有没有想过，当你度过最叛逆的青春期，长成一个青年，担负起一个家庭，也有妻子儿女的时候，当你到那天，逐渐接受了人生的不公，没有了今时今日的愤怒，你将何以为继呢？”

晏禾的话，像一盆水淋在了少辉的心头，将他的满腔怒火瞬间浇熄了。

那样痛苦难挨的日子里，他之所以能一点点熬下来，不过是恨罢了。

恨他爸他妈，恨世道不公，恨所有鄙薄轻贱他的人。

其实他知道，有多少人伤害过他，就有更多的人帮助过他，素不相识的人，在他门口放一兜菜；邻居做点好吃的，总要给他送来一半；小气又刻薄的工头，虽然嫌弃他总回家照顾弟弟，但工钱却从不少结一分。

他们不求他的回报，不图他的感恩，他欠他们的，还不起，索性不还，再给自己找个不还的理由——他们对自己好，不过是想装个好人。

想通了这些，他号啕大哭。

有多久没哭过了，他爸打他的时候，他没哭；他爸死的时候，他没哭；他妈走了，他也还是没哭。

心干涸了，泪从哪里来？

晏禾没再说话，转身进了医馆。

孟小阮跟在他的身后，沉默不语。

晏禾停下来，站在祠堂门口，月影下，黑幢幢的祠堂庄严而诡异，红漆大门像一张咧开的嘴，带着吞噬光阴的决心。

他问她：“你伤心吗？”

“有点吧，”孟小阮想了想，“但是又想，我做是我的事，他不接受是他的事，既然当初做的时候就没图回报，现在也不能因为他不领情而伤心。”

他继续问她：“那你为什么还在难过？”

“我在想……”她的声音是一贯的轻柔，“为什么会变成这样？”边说边思考，她的语速很慢，“如果成为父母，需要考试该多好……只有考试合格的人才能成为父母，真的因为爱孩子才去孕育生命，给孩子关心、呵护和陪伴，温和而又严厉，孩子做错了能及时纠正，孩子做好了能大力赞赏。不求孩子能够超越自己的阶层，只希望孩子能够明事理，守道德，善良而又快乐地活着。”

她知道不太现实，最后只苦涩地补充了一句：“那该多好。”

回到房间，孟小阮联系了孟箫，孟箫给她介绍了一个民生记者，了解了一番少辉的情况，记者表示明天会过来做个采访。

没两天江城晚报报道了少辉和他弟弟小宝的故事。插图是小宝的照片，小小的孩子，瞪着一双懵懂纯真的大眼睛。

很快有人提出了收养小宝，又有人说要给这两兄弟捐款。最后民政部门出面，说服了少辉，把小宝带去了孤儿院。

少辉也得到了好心人的资助，得以重返校园。

少辉走的那天，孟小阮正在上班。回来的时候，晏禾递给她一张字条，说是少辉留给她的，孟小阮拆开一看，只有五个字：谢谢，对不起。

谢谢她那天给他买了一份腊肉饭，对他那天的口不择言说对不起。

少年的字孤峭挺拔，像他这个人，掩去了锋芒，可还是一截埋在土里的钉子。

晏禾问她：“记者是你找的？”

这其实不用问，也只有孟小阮有这个精力和途径。

他泼她的冷水：“他以后也未必就会是个好人。”

童年已经在少辉的身上留下了太深的伤痕，时间只能平复却不能治愈，不要指望他一番话就能点醒这个执拗的少年。

孟小阮回答他："他现在也不是个坏人。"

她的头发长了，夏天又热，扎了个马尾，可还是糊了一整片后背。她伸手捋了捋头发，风吹到脖子上稍稍舒服了一点。

其实该剪了，她有些发愁，对孟小阮来说，购物和剪发简直是两件苦差，每次买东西时，她都拒绝不了导购的推荐，最后拿一堆没用的东西回家；剪发也是，理发师那种为了推销卡的搭讪，简直让她坐立不安。

"要剪吗？"晏禾问她。

孟小阮的头发极好，水润柔顺，但是她个子娇小，长发没了腰，就显得累赘。

她叹了口气："麻烦啊。"

她几乎有种全剃掉的冲动，这样就可以缩短剪发的周期。

她绝望地说了一句："要是有聋哑人理发店，生意一定很棒。"

晏禾笑，他笑得多，大部分是类似于客套的笑容，没什么情绪，但最近孟小阮发现，他在面对自己的时候，笑容里能多些含义，揶揄的、赞赏的、喜悦的。

她见他开心，也傻乎乎地跟着笑，那种满心满眼只能看见一个人的真诚，几乎灼伤了晏禾的眼睛，于是话脱口而出："我来给你剪吧。"

长廊下，晏禾放了一张椅子，孟小阮先去洗了头，晏禾找了张床单给她围上，先拿梳子将她的头发梳通。

晏禾见过理发师剪头，把头发分成四个区，用夹子夹上，一层一层剪，每一剪都要用心，等到头发落下来的时候，正好形成自然的层次。

只是从哪里剪下第一绺呢，好像选哪里都会破坏现有的美感。

孟小阮等了一会儿，见他迟迟没动作，跟他说："没事，剪吧，剪成什么样都无所谓。”

晏禾终于下了第一剪，一截头发飘下来，散到了地上。

“我有一根白头发，你看到没，”孟小阮指了指，“听说吃何首乌能把白发变黑，我要吃点吗？”

晏禾看到了那根白发：“生何首乌不能食用，含有大黄酚，误食会损伤肝脏。临床上使用的都是熟何首乌。不要乱吃。”

“再者，”他停顿了下，“只有这一根白发，顺其自然就行了。”

孟小阮也只是没话找话，她“哦”了一声：“应该不怎么好吃。”

说起吃，她有点馋了。

“陈记的栗子糕最好吃，板栗量足又细腻，糖也撒得均匀，可惜不是全年都卖，要等板栗下来的时候才有；城西胖哥炒货的瓜子最好吃，同样都是瓜子，胖哥的是自家种的，颗颗饱满，黑糖话梅味的没有焦糖味的好吃；孟家巷，就是我们家那条巷子里有家面馆，牛肉面做得特别好，汤是用牛骨熬的，老板凌晨四点钟就起床熬汤。我上高中的时候起床早，每天都要特意绕过去，从他们家门口经过，汤的味道可香可香了，有时候碰上老板，他就送我一个刚出锅的牛肉饼，用纸包着，咬一口汤汁流出来，烫得舌尖一缩，一个牛肉饼进肚，一上午都不饿。”

孟小阮说的这些，晏禾从未感受过。

凌晨几点起床倒是正常的，他读书的时候也是很早起来，在楼道里背穴位、背经络，背药理药性，他记性很好，书翻过一遍，隔几年都不会忘，但他从未懈怠，每天只睡四个小时，放假的时候就去图书馆，一坐就是一天。

他从不知道陈记的栗子糕做得好，也不知道胖哥炒货的瓜子是自家种的，更不知道小巷深处有个馆子，老板每天早早起来用牛骨熬汤。

他和孟小阮的世界居然隔得这么远。

当落下最后一剪的时候，晏禾长长舒了口气。

然后他拿起梳子梳起来，力道不轻不重，齿尖按压着头皮，头上经络多，经常用梳子梳头皮，可以醒脑通窍。

天太热，原本湿透的头发已经半干，孟小阮从未染烫过头发，头发乖顺地垂下来，没有一点毛糙。

晏禾想起早年看过的一个广告，周润发演的，手里拿着水壶给个女子洗头。

当时的一眼记到现在，总觉得那画面很温馨。

他开始明白自己为什么缺乏感情，因为他从小不愿意和人接触，接触得越少，就越没有什么记忆可以回味。

人生其实都是琐事构成的，朋友勾肩搭背地相视一笑，夜班回来时家里给留的一盏灯，早市上吵吵嚷嚷的讨价还价，邻里之间的客套寒暄。

在他父亲过世以后，他开始学着父亲的样子，和人接触，微笑以对，他也会跟同学聊天，知道上铺喜欢隔壁舞蹈学院的女生，他会主动借出自己的课堂笔记，考试的时候，也会悄悄告诉后桌答案。

但其实，他明白，自己将灵魂剖成了两半，一半扮演父亲，一半审视旁观，并没有真的参与进去。

他有些遗憾，如果早些认识孟小阮，他的人情味可能会多些。

于是他说："当初你要住在槐树里的话，我们见面的机会会多一些。"

"槐树里呀……"

孟小阮念了一声，她对槐树里的房子没什么印象，不同于金银里都是平房，槐树里是有楼的，机床厂建的家属楼，孟小阮的爸爸就是机床厂的工程师。

孟小阮两岁的时候，机床厂倒闭了，她爸爸有同学在美国，于是卖了房子，想尽办法办了签证，跟孟小阮的妈妈一起远渡重洋。

年轻的心总是经不住世界的诱惑，离开了江城这个小小的樊笼，他们终于在大洋彼岸找到了各自的天空。

不能说他们是错的，毕竟最初的最初，他们是想给年幼的儿女创造优越的生活条件，只是走着走着，就忘记了初心。

想起他们来，孟小阮默默说了一句："当年爸妈都还太年轻。"

年轻，所以可以犯错，也许有一天，当他们垂垂老矣，默默在摇椅上等待死亡的时候，回首过往，会有那么一丝一毫的后悔。

她对晏禾说："我还有个妹妹，我妈妈再婚之后生的，今年才七岁，我看过照片，长得很漂亮。"

她其实有很多苦恼，年幼时父母的缺失，长大后的惶惑不安，以及面对妹妹时，那种疏远的亲近感。

"我妈妈对我妹妹特别好，什么事情都亲力亲为，我看过她的facebook，上面全是我妹妹的照片。她现在不工作，是个全职太太，每天起来的第一件事就是思考给我妹妹穿什么样的衣服，给妹妹做什么样的早点。"

然后，她久久没有出声。

晏禾知道，这些照片一定是刺痛了她，她妹妹的一切，都是她曾经梦想过却不可得的。

他伸手拍了拍她的头。

孟小阮叹了口气："其实我懂的。"

"她是故意忘了我们的，她既怕面对，又怕弥补会打破她现有的生活。你说她不爱我们吗？也不是，只不过我们对她来说，代表了一段不想回忆的过往。所以她要加倍对我妹妹好，只有这样，过去才会被现在冲淡。"

晏禾想，其实她比他想得更通透。

周一上班的时候，孟小阮见到了主任的侄女，庄素。

庄素刚刚毕业，见到孟小阮时嘴巴很甜："久仰久仰，孟姐，我最喜欢听你主持的《佳期入梦》了，每天晚上睡觉之前都要听的，不听就觉得像少了点什么，睡觉都睡不好。"

这个恭维，孟小阮是连标点符号都不信的。

主任的意思是让孟小阮和庄素一起主持，还很客气地表示庄素刚毕业，没什么经验，要孟小阮好好带带她。

小赵向孟小阮递了个眼神，这是分权啊。

庄素上岗的第一件事就是建议把栏目名《佳期入梦》改成《庄生晓梦》。

“‘柔情似水、佳期入梦’太娇柔了，‘庄生晓梦迷蝴蝶’多有禅意。”

孟小阮笑笑没说话，她不爱争但不代表她傻，庄素是觉得《佳期入梦》的“梦”字代表了孟小阮的“孟”，改成《庄生晓梦》，当然就带出了她自己的姓氏“庄”。

这个名字报到主任那里，主任沉吟了一番还是给驳了，理由是改名不利于节目的收听率。

小赵私下跟孟小阮说：“其实是因为《佳期入梦》这个名字是副台长定的。”

叫什么名字，孟小阮倒不在乎，她跟庄素的真正分歧是在选材上。

论理，整个节目半个小时，平均分配的话，每个人准备十五分钟的节目，孟小阮比较喜欢诗词、小说和散文，庄素要讲一些哲学、史学的东西。

孟小阮不干涉庄素的爱好，庄素倒嫌弃起孟小阮讲的东西格调不高。

看到孟小阮选了《十二楼》的故事，庄素强烈反对。

《十二楼》是明代李渔的短篇作品合集。故事比较传奇，有的故事，孟小阮觉得比《三言二拍》里收录的还好看。

整体上，孟小阮是比较兼顾听众的年龄分布的，选择的内容以趣味为主，讲解也很通俗，所以她觉得《十二楼》完全没问题。

庄素跟孟小阮共事了几天，也摸清楚了孟小阮的性子，所以觉得这件事孟小阮十拿九稳会退让，没承想孟小阮的态度这么坚决。

她觉得下不来台，到最后，几乎跟孟小阮吵了一架，气冲冲地摔门出去了，过了一会儿主任就把孟小阮叫了过去。

“小阮啊，虽然庄素没什么经验，但我觉得她的话还是很有道理的，《十二楼》我翻了翻，有些色情的描写，很不适合大众。”

孟小阮想解释，主任挥了挥手：“这件事就这么定下来了。”

孟小阮的心里很委屈，她明白主任这是在打压自己，工作中这些都是难免的，在人际交往上，她随了她爷爷的不开窍。

于是在食堂打饭的时候，难免就带出了情绪。

打饭女人叫阿玉，孟小阮认识，上次在楼道里看她哭得伤心，孟小阮不知道怎么劝，递过去一包纸巾。

阿玉看她不高兴，偷偷给她多打了半勺排骨。

全电台的人，就没有小赵不认识的，她见阿玉跟孟小阮说话，吃饭的时候就说起了这个阿玉。

“阿玉这个女人命苦。”

小赵顿了顿，这是她八卦时的爱好，非得等人追问了，才有兴致讲下去。

基本上孟小阮都不怎么接茬，不过这次她倒问了一句：“怎么了？”

“我奶奶家跟阿玉婆家一个村子的，所以我知道。你看她今年也才三十七八岁吧，其实儿子今年都十九了。村里人结婚都早，很多没到年龄领结婚证的，摆桌酒就算结婚了。她儿子从小就不学好，跟一帮小流氓在外面胡混，前年出去打群架，被人打死了，当时这个事情闹得还挺大，都上了新闻。”

“儿子没了，她也够苦的了，婆家还逼着她再生一个，结果折腾两年了也没怀上。上次我去我奶奶家，听她婆婆在家里吵，再不生就让自己儿子跟阿玉离婚，找个年轻的生。”

小赵扭头看了一眼阿玉：“最近听说她怀上了，也挺好，算是苦尽甘来吧。”

孟小阮经常看到失独家庭生二胎的报道，她起初是挺不解的，难道再生一个就能替代上一个？后来她逐渐明白了，再生一个不是为了替代，只不过是为了忘却，忘却上一个孩子的离去给自己带来的痛苦罢了。

她心里挺为阿玉高兴，再做一次妈妈，重新养育一个孩子，但愿阿玉的生活能以这个孩子的出生为起点，好起来。

隔了几天孟小阮等电梯的时候，碰到阿玉在打电话。

“不用看了，我今天挺好的。”

那边说了什么，她“哦哦”了两声：“不流血了，你上哪儿找关系托晏医生看啊，算了算了。”

挂了电话，阿玉看到孟小阮，跟她打了个招呼。

孟小阮问她：“你不舒服吗？”

阿玉的神色有些不自然：“这两天有点流血，没事，休息休息就好了。”

以孟小阮的那点医学知识来看，孕期流血，可能胎儿不太稳当，于是她有点担心。

“真不要紧吗？”

阿玉摇摇头：“我婆婆还说要请晏大夫给我把把脉，我们家哪里认识晏大夫呀，她非要坚持，已经去医馆问了。”

孟小阮没吱声，回头捏着手机犹豫了好久，最终还是给晏禾打了个电话。

阿玉这个情况根本不在晏禾的接诊范围内，孟小阮小心又小心地拜托了几次，他终于还是没忍心拒绝。

接诊的那天恰好周六，孟小阮原本准备去图书馆查资料的，想到阿玉要来，特意在医馆等她。

阿玉的婆婆陪着来的，老人家高颧骨，三白眼，看面相有些刻薄。

两手拽着阿玉的胳膊，几乎是将她拖进来的：“不来你早说啊，我费多大劲给你挂的号？你的死活我懒得管，可别耽误了我孙子的健康。”

孟小阮一看就来气，跟阿玉打了个招呼：“你来了。”

阿玉看到孟小阮一愣：“你也过来看病吗？”

孟小阮委婉地解释了一下：“我不来看病，我住在这里。”

阿玉和婆婆都没听明白，但也不好继续问。

患者看病的时候，家属通常是不可以进的，阿玉走到门外时还有些忐忑，扭过头，目光茫然地落在院子里，然后像抓住了救命稻草一般，死死拽着孟小阮的胳膊。

“你陪我进去吧。”

孟小阮几乎被拉了个踉跄，她有点傻，但很体谅她：“害怕吗？”

阿玉使劲点点头：“对，怕。”

她偷眼看看婆婆，压低声音哀求孟小阮：“你就陪陪我吧。”

孟小阮想着既然是自己介绍来的，总也要服务到底，就陪着阿玉进去了。

晏禾看到孟小阮进来，略略有些讶异，示意阿玉坐下诊脉。诊完，目光复杂地看了阿玉一眼，有半晌没说话。

第一次看到晏禾这种表情，孟小阮有些担忧：“不好治吗？”

晏禾示意阿玉收回手腕：“她的病我治不了。”

孟小阮的心瞬间跌入了谷底，她迅速看了阿玉一眼，目光有些不忍：“那……那是孩子保不住了？”

晏禾没回答，只看着阿玉：“你问她吧。”

阿玉的脸“唰”地就白了，孟小阮以为她会难过得哭起来，没想到她只怔怔地坐了一会儿，突然离开凳子跪到了地上，一面磕头，一面搓着手：“晏医生，求求你。”

怎么最近的来客一言不合就要跪，孟小阮过去拉她：“有话好好说，地上这么凉。”

阿玉不动，眼泪“唰”地落下来：“求求你，求求你。”

晏禾不为所动：“你求我什么？我已经说了，我治不了。”

阿玉只是哭，到最后几乎要背过气去，好半晌，才用低得不能再低的声音说了句：“求你别告诉我婆婆。”

孟小阮倒有几分理解了，阿玉婆婆那个样子，一看就很刁蛮，万一知道了孩子保不住，还不得将阿玉吃了。

她蹲下来拍着阿玉的背：“快别哭了，以后养好身体再要孩子就行了。”

然而孟小阮的话丝毫没起到安慰作用，阿玉索性坐到了地上，哭得几乎要背过气去。

孟小阮只好给晏禾递眼神，希望他先答应下来。

晏禾叩了叩桌子：“这事我没办法瞒着。”

孟小阮没觉得有多难：“就先替她瞒几天不行吗？过几天等她身体恢复了，情绪稳定了再跟婆婆说。”

晏禾的脸上带了点笑，目光是他惯有的寒凉：“你知道她想让我帮她瞒什么吗？”

他低头看了看地上的阿玉：“她根本就没怀孕。”

没怀孕！

怎么可能呢？孟小阮好半天才消化完这句话里的意思。

晏禾的医术，她是从不质疑的，那显然是阿玉在撒谎，假装怀孕骗她婆婆吗？

阿玉渐渐不哭了，她今年三十六岁，但比同龄人都显老，眼角已经攀满了细碎的皱纹。

她慢慢说起来，声音很低，仿佛在用气音。

“我去医院查过，两侧输卵管都堵死了，不能生了。这事我一直没敢告诉我婆婆，她要是知道了，肯定会让我老公和我离婚，我实在是没办法了……”

说到这里，她的眼中重新焕发出光彩来：“听说我怀孕了，我老公再也不出去乱勾搭人了，我婆婆也不整天骂我了，这两个月来，是我过得最舒心的时候。”

很快，她眼中的光亮又一点点暗下去：“我能怎么办呢？大儿子没了，我的心都跟着死了，可这日子还是得过下去，能骗一天是一天吧。”

孟小阮几乎不知道说什么好了。

这事情又怎么能瞒下去呢，等到十月怀胎一朝分娩的时候，阿玉到哪里去找个孩子过来。

阿玉似乎知道孟小阮要说什么，她继续说道：“我想好了，等几天，等我婆婆让我干活的时候，我就说孩子没了，既然是她让我干活流掉的，她也就不能说我什么了。”

说到这里，她紧紧抓住孟小阮的手：“你帮我求求晏大夫，求求他，瞒几天就行……”

孟小阮既觉得她可怜，又有些无语，手背已经被她的指甲抠破了一层皮，到底不忍心挣脱她的手，只好陪着她一起叹息。

能怎么办呢，被命运折磨成这样的苦命女人，阿玉的一生，嫁人，生子，儿子没了，被婆婆和老公苛待，常年泡在眼泪里，常年紧皱着眉。

犹豫片刻，孟小阮去看晏禾：“要不，先别跟她婆婆说了吧……”

她怕晏禾不答应，又添了一句：“求你了。”

晏禾沉默不语，好半晌才说道：“那就这样吧。”

好像马上被执行死刑的犯人，忽然得到了缓刑的机会，阿玉先是难以置信，之后开心地笑起来，很快又觉得自己这喜悦着实悲凉。

眼眶再次红起来，她放开孟小阮的手，真心实意地说了一句：“谢谢你们。”

“你可以走了。”

晏禾示意她可以离开了。

阿玉又踌躇起来：“你能不能给我开一点药？不开的话，我婆婆是不会信的。”

晏禾看着她，没说好也没说不好，就在阿玉以为他拒绝的时候，晏禾开了个方子递给她。

“去药房抓药吧。”

直到阿玉走了，孟小阮才不好意思起来：“对不起，给你添麻烦了，我真没想到会是这样，阿玉……也是可怜人。”

晏禾看着她：“你是不是觉得这世界上很多人都很可怜？”

孟小阮敏感地觉得，晏禾似乎不是很高兴。

她踌躇起来：“不是有这么一句话吗，赠人玫瑰手有余香。”

晏禾笑了笑：“那还有这么个故事呢，农夫与蛇。”

他接着说下去：“我替她瞒下来，不是为了她，而是为了你。你只知道这世界上的人心有多善，却不知道这世上的人心有多恶。”

多恶？孟小阮想，她是见过的，而且远比他想象的要多，但她终究不相信阿玉会做什么，本来这件事情他们就没有参与，现在只是保持沉默罢了。

她从兜里摸出个东西递过去：“谢礼。”

晏禾接过来看了看，原来是个企鹅领带夹。

就是她说的那种，黑脑袋白肚皮，嘴巴一张，就把领带夹上的造型。

他失笑，真是个孩子，委婉地推辞：“我不戴领带。”

“你不喜欢吗？”孟小阮略略有点失望，“和我那个企鹅耳钉是一对。”

“一……对？”

他重复了一遍，这两个字带了点温度，不热，从舌尖滚过，却烫到了心底。

良久，他才说了一句：“喜欢。”

第七章
蚕沙

NI
QINAIDE
WO

《本草纲目》说，蚕沙治消渴，症结，及妇人血崩，头风，风赤眼，祛风除湿。都说春蚕到死思念才尽，那这蚕沙就是一场来过与爱过的凭证吧。

孟小阮一直比较认床，刚搬到金银里的时候，她几乎连续一个星期都没睡过踏实觉，好不容易习惯了，又因为电台的事情心里存了事儿，晚上翻来覆去地睡不着。

她先是数羊，直到数出一片内蒙古大草原来，然后又幻想出一头狼来，把羊一只一只都吞掉了，只剩下一片空荡的草场。

丁穗发微信过来，她输入法用不好，喜欢用语音："阮阮，咱们一起欢快地撸串去呀！"

丁穗建了个群，名字叫"浪货"。

群里加了晏禾和孟小阮，孟小阮真是对这个名字忍了又忍，直到有一天终于忍不了了，问丁穗能不能改个名字。

丁穗还很诧异，期盼着浪迹天涯的二货，简称浪货，不好吗?

……是这个意思吗？那为什么不叫期货?

就算浪货是这个意思，加晏禾又是什么道理呢，晏禾既不想浪迹天涯，又不二。

对这事，丁穗也能说出道理来，咱俩都是借住在这里的，总不好把主人撇到一边吧，反正晏禾很少用微信，当他是空气就可以了。

孟小阮看了下时间，已经过了十二点，直接在群里回复她："这么晚了你还不睡？"

丁穗那边很快回过来："你不也没睡咩。"

手机的屏幕光太刺眼睛，孟小阮干脆开了灯，告诉她："有点失眠。"

丁穗回复她："数羊呀！"

孟小阮直叹气，她都数到了九万九千九百九十九只了。

晏禾在群里发了条信息："数羊对中国人没用，因为英语中 sheep 和 sleep 相似，数羊比较容易进行心理暗示。"

丁穗回了一条："哇，葛格你还没有睡觉咩？咱俩撸串去呀！"

孟小阮被这个"葛格"搞得鸡皮疙瘩掉了一地，那边晏禾回复过来："谁是葛格，不认识，我是 Vincent。"

孟小阮笑趴，想了想把自己的微信名"软软的小阮"改成了 Lily。

第二天，晏禾送了她一个枕芯。

孟小阮拿过来捏了捏，有点"沙沙"的声音，里面塞的好像不是棉花。

"是蚕沙。"晏禾给她解释了一下，"蚕沙有助于睡眠。"

孟小阮抱在怀里嗅了嗅："是蚕和砂子的混合物？不会吧，砂子能枕吗？"

她又用手晃了晃："好像质地比较松软。"又一想，她忽然有个不太好的预感，"和夜明砂有什么关系吗？"

她知道夜明砂是蝙蝠屎，既然和这个蚕沙都是砂科的……

晏禾轻咳了两声："是蚕的粪便。"

孟小阮顿时觉得这个枕芯有点烫手。

"很干净的，杂质已经筛掉了。"晏禾劝她，"蚕沙有清肝明目、缓解失眠的作用。"

想到晚上枕着一坨屎，尽管是吃桑叶长大的蚕宝宝的屎，那也是屎啊！

孟小阮觉得自己大概可能不是失眠那么简单了。

正想着怎么谢绝这个枕芯，前院掀起了一阵吵闹声。

晏禾皱了皱眉："我出去看看。"

孟小阮不放心，也跟着去了门口。

阿玉的婆婆正拖着阿玉在门外叫骂:“晏什么大夫,你赶快给我滚出来,你个臭不要脸的庸医,把人治坏就躲起来了吗?”

眼见着路过的人停下来,阿玉婆婆的声音更大了:“大家都给我评评理,我儿媳妇昨天在他们医馆抓的药,昨晚吃完就流产了。哎哟,我的乖孙哟……”

见到晏禾,阿玉的婆婆猛地冲上来,一把跳起来揪住了晏禾的衣领,她个子矮,整个人几乎吊在了晏禾身上:“你还我孙子,还我孙子!”

孟小阮有点傻,阿玉不是根本就没怀孕吗?

阿玉婆婆腾出一只手去抓晏禾的脸:“我就说小白脸看病不靠谱的,你们别被他骗了呀,什么狗屁名医,兽医还差不多,你平时都是给驴给马治病的吧!”

孟小阮眼见晏禾躲不过,来不及多想,冲上去抓阿玉婆婆的手:“你先放手,放手。”

吊在晏禾身上也实在难受,阿玉婆婆松开手,转过去抓孟小阮的头发:“小贱人,你说,你们究竟给我儿媳妇抓了什么药?我家里可还有药渣的,我去鉴定,我我……我去告你们!”

孟小阮被拽得头皮发麻,幸好今天爷爷回老宅取东西了没见到,她反手去按阿玉婆婆的手,眼睛去看阿玉:“究竟怎么回事,你说啊?”

阿玉只躲在婆婆身后哭。

孟小阮急了:“阿玉,你不解释,我可要跟你婆婆说实话了。”

阿玉婆婆扭过头,满腹狐疑地看了眼儿媳妇,更认定了孟小阮一肚子奸猾。

“天王老子啊,你开开眼吧,我们家命苦哟……我跟你们说啊,我大孙子被人打死了,我小孙子又被这个庸医给害没了,这是让我们老赵家断子绝孙啊……”

孟小阮见阿玉一直不说话，心渐渐凉了，只能死死地瞪着阿玉："阿玉，昨天你明明说过你是假怀孕的，怎么今天你们婆媳闹到这里说流产了呢？"

阿玉婆婆愣了一下，很快反应过来："你扯谎！她的肚子明明大起来了，怎么会是装的？来来来，大家都见识见识这两个人啊，黑的说成白的，流产了愣是说没怀，天理何在啊！"

她抬头看了看房檐下的匾额，心里估算了一下这片地得值多少钱，心里有了计较。

"我孙子长大了是要读博士做科学家的，会给国家做巨大贡献的，你们害了我孙子的一条命，你们要拿多少钱来赔？"

终于说到正头上了吗，过来闹一场就是为了钱。

"赔，赔什么赔，一分钱都没有！"

孟小阮气急了："阿玉，我们好心替你瞒着你婆婆，你怎么能反过身来泼我们一身脏水。"

阿玉飞快地睃了孟小阮一眼，目光闪烁："真没想到你是这样的人，我怀孕怎么可能是假的？全电台的人都知道我怀孕了呀，不信大家可以去问问食堂的领导，我上个月还请假做过产检。我原本不想来看的，还是婆婆都说晏大夫看病好，我才来的……谁知道昨晚一剂药喝下去，就见了红，我的孩子……保不住了……"

七月的天原本闷热难当，孟小阮却觉得自己冷得发抖，这种冷像骨缝里吹进了风，让她浑身战栗。

"你……你……你……"

她原本就不太会说话，气得太过了，甚至结巴起来。

这落在阿玉婆婆眼里，就是心虚的表现，她狠狠啐了一口："臭不要脸的，赔钱，你们赔我们老赵家的孙子！"

一直沉默的晏禾缓缓开口："听我说。"

声音并不高，却带着压力。

嘈杂的人群逐渐安静下来，连那个直跳脚的婆婆也闭了嘴，只拿眼睛翻了翻孟小阮。

他整了整被扯掉扣子的衣领：“这位阿玉女士，确实没有怀孕。”

阿玉婆婆以为晏禾是为了说赔偿的事，没想到开口就是否认，气得伸手指着晏禾骂。

“长得像个人似的，居然不说人话，阿玉，我们走，有地方给咱们说理去，我们去鉴定，去法院起诉你，让你名誉扫地，让你们医馆开不下去！今天能把我儿媳妇治流产了，明天就能治死人。”

孟小阮见她的唾沫几乎喷到了晏禾脸上，挡在晏禾身前：“你去告，你去鉴定，奉陪到底！”

晏禾伸手拍了拍孟小阮的肩膀，示意她不要激动。

“想必我开的几包药你们还没吃完，要鉴定是你们的自由，但是我要提前告诉你们一声，我开的其实并不是药，喝了不保胎只消暑。”

顿了顿，他说：“是酸梅汤。”

围观的差不多都是附近的邻居，说别的他们可能都信，但说晏禾的医术不好，他们绝不相信，听到晏禾这么说，有人干脆笑起来。

“没听说喝酸梅汤流产的。”

阿玉和她婆婆的脸色顿时一变，很快，阿玉的婆婆又叫嚣起来。

“你说是就是啊？万一你在里面掺杂了什么麝香、红花之类的东西呢？”

“每一份开出的方子，我这里都有备份，至于你说我在里面掺杂了麝香、红花。首先，我与这位阿玉非亲非故，昨天是第一次见面，我为什么要谋害她的孩子？第二，我们的药房有监控，抓的每一味药都会记录下来，不存在误放的问题。如果你要调监控，我可以在警方介入的前提下，提供给你查看。”

阿玉的婆婆顿时哽住了。

还是阿玉在后面开口，声音有些抖："我和孟小阮有仇。孟小阮和她同组的庄素关系不好，她……她……她见我跟庄素关系好，所以心里妒忌。"

心凉到一定程度，孟小阮倒冷静下来了："那我为什么不去害庄素？况且，我也只是借住在这里，有什么本事让晏医生帮我害你？"

大概是谎话说多了，阿玉的声音大起来："你还说你没害我！昨天在诊室的时候，你明明使劲推了我一把，我的腰撞到了桌子上，当时我就觉得肚子不舒服，没想到回家就流产了。"

阿玉的婆婆也反应过来："对，对，就是你推的！我儿媳妇就是人太老实，当场就应该去医院检查。哎哟，我的乖孙孙啊……"

遇上这种胡搅蛮缠不知所谓的人，讲道理是没用的，孟小阮直接说："那咱们还是去医院吧，好好检查一下'流产'的原因。"

听她刻意把"流产"两个字咬得很重，阿玉瑟缩了一下，马上又硬气起来。

"孩子都没了，怎么检查？"

事情又僵到了这里，这婆媳二人是铁了心要讹明夷堂一把。

孟小阮掏出手机来，不知道是因为愤怒烧的，还是被人心浇冷的，她第一次面对这么多人毫不退缩。

"那我报警了。"

阿玉的婆婆眼见着她拨通了110，伸手打掉了孟小阮的手机。

"天啊，怎么不收了这作恶的晏家啊……"一巴掌朝孟小阮甩过来，"你们这些挨千刀的！"

晏禾一把握住了她的手腕。

阿玉的婆婆并没把晏禾放在眼里，起先她拽晏禾衣领的时候，晏禾不是也没拿她怎么样，没承想她不管怎么用力，都挣脱不了。

阿玉婆婆这样的人，晏禾见多了，他不关心，所以也谈不上生气，任你打滚撒泼，我自冷静以对，但见到她要打孟小阮，便真的有些怒了。

心里怒极，脸上仍旧是副温文尔雅的神情，甚至还冲阿玉的婆婆一笑。

手一递，晏禾放开了老太太的手腕。

阿玉的婆婆顿时杀猪般地叫起来：“骨折了，骨折了，大家都看着呢，这个庸医说不过我们，就要杀人灭口啊！”

晏禾退后一步拿出手机，不忘告诉阿玉的婆婆一句：“放心，我暂时不报警。”

解锁后他打开一个文件，将手机的音量调到最高。

里面是阿玉的声音——

“我去医院查过，两侧输卵管都堵死了，不能生了。这事我一直没敢告诉我婆婆，她要是知道了，肯定会让我老公和我离婚。我实在是没办法了……”

“我想好了，等几天，等我婆婆让我干活的时候，我就说孩子没了，既然是她让我干活流掉的，她也就不能说我什么。”

“你帮我求求晏大夫，求求他，瞒几天就行……”

“哗”的一声，人群顿时沸腾了。

阿玉的脸又青又白，她怔怔地看着手机，有些不可置信：“你……你居然留了一手。”

她千想万想，没想到晏禾居然将那段话录了下来。

阿玉的婆婆也傻了，她的手攥紧又松开，最后终于扬起，一巴掌扇在了阿玉的脸上。

“你个臭不要脸的东西，我们老赵家怎么对不起你了，你要这么害我！”

阿玉一言不发，腿一软，瘫坐在地上。

阿玉的婆婆眼见着钱没要到，事情又闹到没办法收场，也坐下来，拍着大腿大哭。

事情到这里，大家也都明白是怎么回事了。

有的人感叹，有的人鄙视，还有一些看戏不怕台高的：“老太太，你这可违反了《治安管理处罚条例》，听说要被拘留的，赶紧给你儿子打电话让他过来给你送套衣服拿点饭钱，听说那里面不给钱没饭吃。”

阿玉的婆婆只是哭，恨不得号到十里八乡都听到。

晏禾打电话报了警，阿玉的婆婆听说警察要来，人站起来就想溜，奈何围观的人太多，她马上捂住胸口。

“我……我上不来气了，我……我心脏病犯了。”

围观的人打趣她：“别人心脏都在左边，老太太你的心脏长得倒挺特别，怎么靠右呢？”

阿玉只坐在地上，不动，也不说话，嘴里腥咸一片，刚才婆婆那一巴掌用足了力气，把她的牙打出了血。

她有点想笑，人这辈子，图啥呢？她早先嫌婆婆四处丢丑，现在轮到了自己丢丑，脸没了，心不要了，一切的一切，不过是为了活着。

警察到了，把几个当事人带去警局做了调查。

出了警局，孟小阮一直恹恹的，警局离金银里并不远，步行穿过两条街就可以回去。

她一路垂着头，过了一会儿，肩膀耸了耸，抽抽鼻子，哭了。

她的哭声并不大，显然压抑着，像一只蔫耷耷的小猫。

晏禾没想到这件事对她的冲击有这样大，心口有些微的刺痛，他递给孟小阮一方手帕。

“擦擦？”

孟小阮接过去，带着鼻音说了句：“谢谢。”

大家都觉得她胆小，肯定老爱哭鼻子，其实不是的，她哭得不算多，通常伤心的时候也只找个角落里默默坐一会儿，或者拿出一张纸，随便画些东西，画完了撕了，那些让她不开心的事就算过去了。

她其实说不清自己为什么哭，是因为真心被辜负吗？是因为连累了晏禾吗？

都是也都不是。

她只是想哭罢了。

在这样的夜晚，在这条行人很少的小路上。

这个纷繁的世间，这个欲望和利益纠缠在一起的社会，每一次付出真心都是一场赌博，赢了也不过获得别人的感谢，输了，好像就输掉了自己所有的天真。

再也不信了吗？也不是的，因为付出真心才会伤心，仅此而已。

晏禾在她跟前蹲下来，拍了拍自己的肩膀："来，我背你。"

孟小阮羞红了脸："不，不用，我又没扭伤脚。"

他坚持，甚至有些耍赖地说："你不上来，我就在这里蹲一夜。"

孟小阮犹豫了一下，大概因为今天突破了太多次她的底线，索性她就不去想了，趴在晏禾的身上，用胳膊圈住了他的脖子。

晏禾站起来，感受到她的拘谨，稍稍颠了颠："很轻啊，也就是一筐山药的分量。"

他的速度不快，步伐稳健，一点都不颠。

孟小阮起初还有些不自在，渐渐放松了精神，人有些困，眼睛半睁半闭，迷迷糊糊间，她想起小时候，每次在外面受了委屈，她哥哥就会背她回去。

他也想到了孟箫："你小的时候，你哥哥常背你吧？"

"嗯，常背。"

他想起小时候看到孟箫拿着筐装着妹妹，觉得有点好笑。

如果他有个妹妹，像孟小阮这样乖巧的妹妹，大概也会很宠爱她。

先经过了槐树里，巷口那棵槐树枝繁叶茂，槐花差不多都落了，偶尔还会飘下几瓣来，落在了孟小阮的头顶，她伸手拈下来，小小的，带着点细碎的甜香。

再往前走就是丁香里，原本种了一片丁香林，后来巷子扩建，丁香被砍得差不多，只剩下几棵，都是晚丁香，到现在花期还没过，这香味就浓了，孟小阮经过的时候，几乎要屏住呼吸。

路过一家小超市，晏禾问孟小阮："要吃可爱多吗？"

他知道她爱吃可爱多，尤其是巧克力味的。这种冰糕之类的东西，他从来不吃，小时候家里不让吃，热天吃得过凉会刺激肠胃，长大了就更不吃了。

孟小阮点点头。

晏禾就要店家给拿了一个巧克力味的。店家认识晏禾，还跟他招呼了一声："小晏医生啊。"

在这附近的居民心中，晏医生是晏灵枢，小晏医生才是晏禾。这一点点区分，是对晏灵枢的尊重。

店家看了看孟小阮，起初以为她受了伤，后来发现好像不是那么一回事，觉察到年轻男女之间的微妙，嘴上不说，脸上带了点笑。

见晏禾的手不方便，还很贴心地表示先赊着就好了，以后再还。

孟小阮用嘴巴撕开包装，咬了一口，冰凉的口感让她舒服得呻吟了一声。

晏禾轻声一笑："这么好吃吗？"

孟小阮猛点头："我最爱蛋筒尖尖的部位，那里的巧克力最多了，每次快吃到那里的时候，我都很珍惜……"

吃完了，嘴里有些甜腻，她抬头看了看路过的饭馆："晏禾啊，咱们去喝酒吧。"

就算不喝，她其实已经有点醉了。

"小阮，"晏禾提醒她，"不要跟亲人以外的异性喝酒。"

她长长地"哦"了一声："你也不行吗？"

他沉默了片刻："我也不行。"

他的头发上有种松木的香气，不知道是长年在药房沾染上的，还是某种特殊的洗发水。

孟小阮嗅了嗅，她想笑，心里又觉得很疼。

"晏禾。"她叫他的名字。

"嗯？"

"你为什么对我这么好呢？"

穿过了十字路口，他才回复她。

"也许是因为羡慕孟箫吧。"

羡慕他什么呢？有个妹妹？

孟小阮明白了，不是不失落，但又觉得释然，她战战兢兢许久，终于得到了答案，尽管这个答案不是她最想得到的那个，可也……算不上太糟？

她想了想，向他提议："那我做你的妹妹吧。"

他又提醒她："不要随便认哥哥。"

"为什么呢？"

"因为亲人以外的兄妹关系，往往是暧昧的开始。"

孟小阮又追问了一句："你也不行吗？"

"我也不行。"

他对她好一点，她就会忍不住跑过去，恨不能像只小动物，去蹭蹭他的大腿；他对她冷淡一点，她又会忍不住更想靠他近一点，小心翼翼地摸清楚，自己究竟哪里惹了他不开心。

她究竟是得了病，还是着了魔了？她也想不清楚。

她有些笃定地说他："你以前一定伤过不少女孩子的心。"

这个问题，直到回到医馆，他也没有回答。

孟小阮再去食堂吃饭的时候，发现阿玉已经辞职了。

过了一段时间，小赵告诉她，阿玉离婚了。

离婚了吗？离了好，她终于能够为自己活一次。

孟小阮说不清对阿玉是什么感觉，恨，达不到，怨，好像也谈不上，顶多算是失望吧。

她偶尔会想起阿玉给她多打的那半勺排骨，排骨香，真香，阿玉那时的笑，也真暖。

某一个深夜，阿玉踏上了开往上海的列车。

她这一生还从未去过这么远的地方，之前最远也只到过邻市，那时候她正准备结婚，邻市的婚纱比江城便宜。

她记得那天天气不好，租好了婚纱，他们扛着硕大的包裹，在火车站附近的小店点了两碗面。老公将面里零星的一点肉都挑给了她，那天她觉得特别幸福。

可惜幸福的感觉太远了，远到她忘记了当年的心动，只能记起那碗面的香气。

后面座位的人正在听广播，火车还未行驶，能搜到江城台的信号。

广播里放的节目，是《佳期入梦》。

她知道，她对孟小阮是有亏欠的，但是人活世间，总要亏欠了谁，然后又被谁亏欠。

孟小阮正在读一篇母亲的回忆录，作者用细腻的文笔记录了儿子从生到死的点点滴滴，那种悲伤不动声色，却又痛彻心扉。

文章的最后，孟小阮念道："我的孩子这一次真的走了，我今生今世也看不到他了，再也听不到他清脆的笑，再也听不到他那特有的喊妈妈的声音了。除非在梦里。"

阿玉靠着车窗，把脸藏在了窗帘里。

她想到了她的儿子，出生的那年带给她无尽的快乐，她至今能够回忆起儿子要她抱的样子，小手一伸，探出两截肉肉的胳膊。

她整天整天抱着他，白天睡得太多，晚上孩子走了困哭起来，她就还是抱着，直到抱出了肩周炎。

后来她的儿子长大了一点，看她受婆婆的欺负，还会踮起脚给她擦泪，一遍一遍地安慰她："妈妈不哭。"

再后来，那段岁月就像疾驰的火车飞快掠过，她再看时，儿子已经变成了四处打架的问题少年。

她拦过，也哭过，她儿子心情好的时候会许诺她"等我挣了钱，带你出去住"，心情不好的时候干脆甩开她的手。

再然后，儿子就死了，一群人打架，你一拳我一脚，甚至找不到是谁捅进了致命的一刀。

她的儿子，她用生命去爱，又几乎带走了她整个生命的人，今生今世，来生来世，她再也见不到了，哪怕是梦里。

原来她这一生，经历了父母的轻视，经历了婆婆老公的虐待，经历了儿子的死亡，终于迎来了人生最后一个惩罚——活着。

庄素和孟小阮的仇几乎结到了明处，《佳期入梦》这档节目虽然时间很晚，但孟小阮总也主持了一年，积累了一定的人气，自从多了一个庄素以后，很多人在电台的官微留言，说不喜欢庄素，能不能把庄素换下去。

庄素心里气得很，觉得孟小阮是买了水军，于是每天都对孟小阮绷着一张脸。

孟小阮虽然胆子不大，但也不是你打了我左脸，我把右脸贴上去的人，俩人在一间办公室里互不理睬。

小赵对庄素也有意见，庄素总让她帮着找材料，上面有主任压着她也不好推辞，背地里使劲跟孟小阮吐槽。

三个人一间办公室，如果小赵只跟孟小阮说话，那摆明了是孤立庄素一个人，她索性就在QQ上跟孟小阮交流，偌大一间办公室，一整天都听不到一句人声。

隔壁《流金岁月》节目还挺好奇，见到小赵就问她："你们搬办公室了？"

隔了几天，主任给了孟小阮一个任务：“我有个朋友在电视台租了个棚正在拍广告，我看你挺合适的，去给他当个演员吧。”

孟小阮想也不想就拒绝了，她要是能当演员，早去电视台做主播了。

主任的脸沉了下来：“小阮啊，你知道上面对你们节目的收听率挺不满意的，还是我说了好话，才把你们的节目留了下来，做人不能不知恩啊。”

到最后，他几乎是逼着她去：“你要是不去，明天也别来上班了。”

孟小阮只好硬着头皮去了，到那儿才知道，拍的是一条面膜广告，这种广告通常在地方台播，一播就是半个小时以上。

孟小阮要扮演的是白领小孟，之前一直饱受黑皮肤的困扰，喜欢的男神追不上，走到哪里都被人取笑。

当然，这个黑是化妆画出来，等到用了“七子白美容面膜”以后，她就白得像剥了壳的煮鸡蛋。

这款面膜号称使用一周就能白一个色号，使用两周就白得耀眼，使用三周就可以秒杀白种人，甚至还特意提醒了，不要用到四周以上，否则你会白得怀疑人生……

而且面膜单纯由白术、白芷、白芨等七味药材制成，绝不含任何化学制剂。

孟小阮几次想离开，再一想到主任的话，又忍了下去，《佳期入梦》真的倾注了她太多的心血，她实在舍不得放弃。

好在白领小孟之前，还有富太太霍女士、大学教授蒋女士、饱受色斑和皮肤暗沉困扰的某女星的镜头，还没轮到孟小阮，摄影棚今天预约的时间就到了。

导演要求孟小阮和还未拍完的“大学教授蒋女士”明天过来拍，临走的时候还送了她俩一人一盒面膜。

孟小阮松了口气，可是一想到明天，心又沉沉地坠了下去。

回到明夷堂，丁穗正陪着孟爷爷聊天，其实取悦孟爷爷很简单，要么聊聊象棋，要么夸一夸他心爱的月季海伦，要么就听他讲讲过去：比如下乡的时候，怎么借助自己烧锅炉的便利，偷偷和了面糊，用炉火烤热了板锹，在板锹上面一张一张烙煎饼吃。

丁穗对前两项都不感兴趣，特别喜欢听孟爷爷讲古，尤其听说孟爷爷想写一本跟她奶奶有关的回忆录时，几乎每天下了班都要在孟爷爷这里坐一会儿。

孟爷爷和岳念知的故事，在大时代的背景之下，也并不出奇。

他俩都是江城人，那时候孟爷爷在江城大学念书，岳念知在隔壁的师范学校上学。

一次联谊会上，风华正茂的孟爷爷就这么认识了绮年玉貌的岳念知。

那天岳念知弹了一首《阮郎归》，孟爷爷从不知道小阮的音色有这样美，也是第一次发现弹小阮的女孩子居然这么漂亮。

相恋总是美好的，两人几乎逛遍了江城的美景，也曾在月色下许过终身。直到有一天，岳念知忽然向孟爷爷提出了分手，孟爷爷苦苦挽留，甚至在三九天，站在岳念知家门口等了一夜。

即便如此，岳念知也没有回心转意，孟爷爷大病一场，终于死了心。

那之后才知道，岳家人偷偷逃去了香港，又由香港去了美国。

岳家成分不好，祖上是大地主大买办，现在江城的 CBD 建筑岳家湾，就曾是岳念知家的产业。

那时候运动搞得轰轰烈烈，岳家人担心躲不过，干脆通过水路逃了。

这在当时是了不得的大事，岳家逃走以后，和岳家有关的人全都受到了调查，孟爷爷也不例外，好在当时好多人都知道他们分了手，调查了一段时间就把他放了。

孟爷爷这才知道岳念知当时为什么对自己那样绝情。

后来孟爷爷被下放到最苦寒的地方，其实也是受了岳念知的牵连，但他不后悔，他总记得岳念知的好，她给他织过一条驼色的纯羊毛围巾，可惜当年分手之后，他一气之下把围巾烧了。

那之后的几十年里，他的围巾只有驼色。

孟小阮听了一会儿，这两个人，离别后分别再嫁再娶，可是在他们的记忆里，好像从未有过别人。

她不知道丁穗会不会想起自己的爷爷，她却想起了自己的奶奶。

人已作古，当年爱没爱过，或者痛没痛过，他们做孙辈的，既不清楚，也就不便替故人不平和伤感。

可是这世界上又有多少丁穗的爷爷、孟小阮的奶奶那样的人呢？与自己生活了一辈子的人，心里只有那抹白月光。

孟小阮回房间拆了面膜，一股刺鼻的酒精味，完全不像广告宣传的那样是纯中药成分。

她有些不放心，特意去找了晏禾，问他里面有没有白芷。

晏禾告诉她："没有白芷，只有白纸。"

所以，这款面膜完全是假货？

孟小阮几乎一夜没睡，晏禾送的蚕沙枕头，她舍不得丢，用起来还稍稍有点心理障碍，上面隐约有松木的味道，不知道晏禾是否曾经枕过。

她终于明白高阳公主当年为何要送辩机一个枕头……虽然，晏禾肯定并没有这个意思。

早上起来，洗了把脸，她打了一通举报电话，这款面膜十有八九是三无产品，再加上成分造假，只要上面检查，肯定会重罚。

到了电台，主任已经来了，见到孟小阮的时候皱了皱眉头："你没去拍广告吗？"

孟小阮鼓足了勇气："主任，那款面膜根本不是纯中药产品，我不想骗人。"

当初孟小阮考电台的时候，是主任拍板决定的，她心中对主任总存了一份感激，虽然理由正当，但心里总觉得不硬气。

主任看着她，有些生气也有些无奈，以往孟小阮见到他就跑，头一次鼓足勇气，挺胸抬头说一件事，居然是这个。

他用鼻子哼了一声："你记得我昨天说的什么吧？"

孟小阮点点头："我回头就提交年假申请，您批吧。"

这个时候申请休年假，几乎就是将《佳期入梦》拱手送人，她用了一个晚上取舍，最后还是觉得不能昧着良心做这样的广告。

从庄素来到电台，这已经是注定的结局，就算她这次去拍了广告，下次还有别的事情，主任的最终目的不过是将她逼走罢了。

也许最初拍板定下她，也不过是看她软弱好欺负，让她先占个位置，等他侄女毕业的时候，好顺利接手。

她买好了去滨城的机票，这座城市临海，有蓝天有海鲜，还有拍在身上轻柔而舒适的海风。

是时候给自己放个假了，挺好。

第八章
白果

NI
QINAIDE
WO

《中国药典》说，白果性味甘、苦、涩、平；有毒。归肺经，缩小便。用于痰多咳喘，带下白浊，遗尿尿频。据闻旧时女子出嫁，要服一颗烤熟的白果，如此才没有如厕之忧。它抚平了新嫁娘的忐忑不安，也寄托着对未来的憧憬与期冀。

滨城的天空果然比江城蓝。

那种蓝里透着清爽，放眼望去，几乎看不到一朵云，不远处就是海，海水轰隆轰隆地拍击着海岸，这浪像是被什么拴了起来，无数次冲过来，无数次又被拖了回去，孟小阮总疑心它发起怒来挣脱了束缚，将沙滩的人一起卷到海底。

岸上有块硕大的礁石，底部宽上部窄，当地人都管它叫香炉石，有导游带着游客讲解这块石头的历史，孟小阮也凑上去听了一耳朵。

说是当地有个渔民在这礁石附近发现了一只藏着珍珠的老龟，渔民取了珍珠发了大财，后来想起这礁石的功劳，每每回来祭拜，这个地方的香火渐渐旺盛起来。

游客听完都跟着拜了拜，希望这块礁石能保佑自己财运亨通。

经常有人习惯走到哪儿拜到哪儿，求这个求那个，孟小阮总在琢磨，万一哪天实现了，到哪里去还愿呢？还是说干脆对每一个拜过的都重新再拜一次。

她也跟着拜了拜，嘴里低声祈祷："求你指引我去个好吃的饭店吧。"

身后有人一声轻笑，那样熟悉，孟小阮有些难以置信，不敢回头又忍不住回头，确定了，是晏禾。

她有些雀跃，虽然竭力控制着，嘴角还是忍不住牵了起来。

晏禾向她解释：“我过来开会。”

他确实是过来开会，但这个会议没必要他亲自来开，往年都是药房的采购过来，还是听丁穗说孟小阮去滨海度假，才临时起意来的滨城。

孟小阮眉眼一弯：“那巧了。”

是很巧，晏禾只不过是来海边转转，看能不能碰到孟小阮，没想到真的在礁石旁看到了她。

他们沿着海滩往前走，看到有老人拿着大网往海里兜，过了一会儿网一收，拖上来十来条银鱼。

一条条大概也就跟筷子差不多长短，瘦瘦的，像梭子一样，老人把鱼丢进了桶里，又下了一网，这一网没捞到鱼，倒捞到了一枚小小的海贝。

“听说退潮的时候能捡到鲍鱼呢！”

孟小阮跃跃欲试，也准备到退潮的时候好好捞一笔。

再往前就是一个个饭店，主打海鲜，孟小阮进去瞧了瞧，客人不太多，老板娘极其热情地把孟小阮让进去。

“妮儿，吃点啥？”

老板娘长了一张圆胖的大脸，眼睛不大，笑起来憨憨的，很容易让人心生好感。

“我们这里的海鲜都明码标价，放心吃，绝不坑。”

最近这样的报道太多，好多游客进了饭店都心怀忐忑，孟小阮的荷包又不怎么鼓，先去看了菜单，果然明确写了价码。

于是用目光示意晏禾，就在这儿吃吧。

另一桌坐了个中年男人，跟前放了一大盘花蛤，他放下筷子捂了下腮帮子，转身去吧台里拿了一瓶药，倒出来两粒就着酒吃了。

老板娘骂了一声：“喝，喝，你大白天喝什么。”

男人骂骂咧咧地回了一句：“牙疼啊，喝点酒还能舒服点，你个死婆娘就盯着我干活，就是驴马也得给个撒尿睡觉的工夫吧？”

老板娘跟孟小阮和晏禾解释：“我们当家的。”又说，“我们家的花蛤可新鲜了，我们自己也吃，给你们来一盘？”

俩人点了菜，孟小阮去看水箱里的鱼，江城不靠海，孟小阮见的都是江鱼，看到海鱼觉得很新鲜。

老板娘见她好奇，特意捞上来给她看：“今天早上刚从海里打出来的。”

这鱼长得像个盘子，头上是两只绿豆大小的眼睛。

孟小阮好奇地戳戳了鱼背，问老板娘：“好吃吗？”

“好吃呢，肉可嫩了，”话没说完，老板娘把鱼往地上一砸，丢在秤盘上一称，“508一斤，一共一斤四两，零头给你抹了，就算700吧。”

不是……孟小阮有点傻：“我没打算点啊，我就问问。”

老板娘的笑脸一下子变了，叉着腰骂：“你不吃你问什么？我这鱼已经死了卖给谁去？反正我不管你要不要，钱你必须得给，我开店这么多年，还没有人敢在我这里吃霸王餐！”

还能这样？孟小阮急了，越急越说不出个什么，老板娘把鱼丢进了盆里，问孟小阮：“蒜烧还是酱炖？”

七百的鱼啊……她的心在滴血，还蒜烧、酱炖，孟小阮真想把老板娘蒜烧了。

老板把酒杯往桌上重重一顿，抬起胳膊秀了秀紧实的肌肉：“怎么着，想闹事？”

还是晏禾接了一句：“蒜烧吧。”

老板娘这才气哼哼地把鱼端进了厨房。

孟小阮气急了，坐回到座位上，几乎立马要打电话给工商局。

晏禾按住她：“人家明码标价，你能说什么？”

孟小阮不服气：“我没想要啊，我就问问。”

“谁能证明？”

孟小阮不作声了，这种事真的不好证明，晏禾和她是一起的，他的证词很难被人采信，其他两桌客人都一副什么也没看见的样子，肯定不想招惹事端。

孟小阮还是不甘心："难道就这么算了吗？"

晏禾笑笑："算了吧，算我的。"

对这事孟小阮很较真："算谁的也不行啊，谁的钱都不是大风刮来的，这家店太过分了，用这招不知道坑了多少人。"

这700的鱼端上来，刺倒只有脊椎一根，可肉既不鲜也不嫩，嚼在嘴里简直像是牛皮。

晏禾尝了一筷子："不好吃。"

"唔。"孟小阮应了一声，埋着头使劲吃鱼。

"别吃了。"

"700呢！"孟小阮几乎一个人吃掉了一整条，"撑死我也得吃完。"

化蛤倒挺新鲜，白灼虾做得也很好，就是这鱼太让人上火了……

这一餐还没吃完，那边老板忽然喊了一声，人歪在桌子上，脸上红得像下了锅的螃蟹，豆大的汗珠滚下来，手无力地捂着心脏，一直在哼哼。

老板娘吓得一把扶住他："你怎么了？这是怎么了？"

她已经急得不知道怎么办好了，想去拨120，又怕老板没人照顾，只好骂吧台的收银："你是死人啊，快打急救电话！"

晏禾站起来，绕到吧台，视线在药品略停了停，走过去："我是医生。"

老板娘稍稍镇定了一些："那你给我男人看看，他平时身体挺健康的啊。"

晏禾只看着她微笑，没有进一步行动。

老板娘顿时反应过来了，咬咬牙："鱼钱我不要了。"

晏禾这才指导她："手压住他的舌根，指尖触到扁桃体。"

老板娘也顾不得洗没洗手，将手塞到了老板嘴里，老板一阵干呕，刺鼻的呕吐物喷了一地。

吐完，老板的脸色好了一些，人好像也没那么难受了，只是还趴在桌上没有力气。

晏禾交代了一句："送医院洗胃吧。"

过了一会儿，救护车到了，急救人员把老板抬了上去，老板娘也跟了过去，晏禾交代了急救人员几句，又折了回来。

店里只剩下一个收银员。

孟小阮结了账，除掉鱼钱，也就二百多一点。

孟小阮在心里一阵欢呼，出了饭店才问他："那老板究竟是什么病啊？看起来挺严重的样子。"

"他这个其实是双硫仑样反应。双硫仑是一种戒酒药，服用这种药之后，即使少量饮酒，身体也会产生严重不适感。"

孟小阮不太明白："那老板吃了戒酒药？"

"你记得我们进店之后，老板说牙疼吧？"

孟小阮点点头。

"我看过他吃的药，是甲硝唑。"

甲硝唑治牙疼孟小阮是知道的，她之前牙疼的时候也吃过。

"服药期不能喝酒，药品说明书上明确写明了，这老板大概没注意。所谓双硫仑样反应，指的是甲硝唑和酒精相互作用产生的反应，和服用了双硫仑再喝酒之后的症状相似。"

晏禾告诉她："甲硝唑能干扰乙醇的氧化，加强乙醇的作用。通俗点说，就是原本只喝了一瓶酒，但能达到了喝两瓶酒的效果。"

犹豫了一会儿，孟小阮问他："那老板不会有事吧？"

晏禾拍拍她的头："没事，他的症状其实不是很严重，抢救又及时，甚至都不用住院，在医院洗个胃就好了。"

说到这里，他又严肃地警告孟小阮："他这是不严重的，但你也不能轻视，药物过敏严重的会导致休克死亡。所以你吃药之前一定要详细阅读说明书，时刻谨记服药的禁忌。”

孟小阮很是崇拜：“你不是中医吗？中医还懂这个……双硫仑样反应啊？”

“只要带个医字的都懂。”

想到省下了700块，孟小阮开心起来：“走，咱们吃哈根达斯去！”

回到宾馆，孟小阮输入了海鲜店的名字，这才发现这家店已经不止一次用这种方式宰人了，游客大多敢怒不敢言，毕竟强龙难压地头蛇，被宰了也忍气认了，只能到网上发帖吐吐槽。

好在微博上有个做旅游餐饮黑名单的博主，孟小阮私信了博主，由于情况未经核实，这家店被列到了疑似宰客名单中。

做完这一切，孟小阮舒了口气。

等到傍晚，孟小阮收到了晏禾的微信：“去捞一笔吧。”

孟小阮这才想起来，她打算退潮的时候去捡鲍鱼的。

晏禾订的宾馆离孟小阮住的地方不远，孟小阮下楼之后特意去日杂商店买了个硕大的塑料水桶，桶有点沉，她拎得有点吃力，又觉得得意，跟晏禾显摆。

“用来装鲍鱼。”

晏禾只是笑：“嗯，挺好，有备无患。”

立了秋，天已经有了一丝丝凉意，银杏树的叶子已经变成了黄色，地上还落了一些椭圆形的果子，孟小阮捡起来，和朱古力豆的个头差不多，青中带着黄。

她伸手捏了捏，捏不动。

拿起果子，她问晏禾：“是药？”

她知道银杏果又叫白果，江城有道菜就叫白果鸭。

晏禾点头：“《三元延寿书》中说‘生食解酒’，但其实生食白果如果过量，容易中毒。有个治疗小儿腹泻的方子，拿两个白果，一个鸡蛋，将白果去皮研磨成末，把鸡蛋打一个孔，将白果末装入鸡蛋中，烧熟了食用。”

“管用？”

“没用过。”他斟酌了一下，“我不太建议大家用偏方，或者干脆照搬医书里面的方子。人同方不同，还是要根据患者具体情况来用药。常常有人误用至中毒，这是因为不了解药性，方子上写多少，自己就去抓多少，甚至有时候担心药性不够，随意删减分量。而且有些中药店没有专门的药剂师，这就又缺少了一道把控。”

他又补充了一句：“像你那个买通草的同事就是，通草再好，也不能一次买个一斤半斤的，俗语说是药三分毒，是有一定道理的。”

孟小阮将白果丢到垃圾箱里，大概是旅游城市的缘故，滨城的马路非常干净，长长的柏油路，路旁种着整齐的道旁树，银杏叶落下来，很快有清洁工清扫干净。

空气里是大海的咸腥味，路边有小贩卖一种像海星的瓜，橘黄色的皮，看着十分招人喜爱，孟小阮没见过，心想问问，有了上午吃海鲜的经验，又悄悄把腿缩回来了。

“别买，”晏禾阻止她，“其实就是一种南瓜，结果的时候用模子套住，长出来就是这样了。”

南瓜能当水果吃吗，必然是不能的，所以这又是个坑。

孟小阮有点好奇：“你怎么知道的？”

晏禾的神色略有点不自然：“其实毕业那年，我来过这里旅游。”

所以晏禾被骗过了？

实在想象不出晏禾切瓜时的表情，孟小阮有点想笑。

晏禾也笑起来：“当时我真的以为是本地的特产。”

过了桥，就是海滩，想到心爱的鲍鱼，孟小阮心里的小花次第开放，瞬间开出了一个繁茂的花园。

“这边有带料加工的海鲜店吧？要我说，鲍鱼还是清蒸好吃。清蒸来一盘，放上蒜蓉和粉丝蒸的来一盘，红烧的再来一盘，”她问晏禾，“这就差不多了吧？”

于是她又有些发愁：“那剩下的怎么办呢？用海水暂时养起来好不好？”

晏禾不作声，示意她往远处看。

海滩上密密麻麻的人，几乎到了脚抬起来就落不下的程度，大家都弯着腰在海滩摸着，有摸到的惊呼一声，没摸到的就继续翻找。

孟小阮的嘴巴张得几乎能塞进去一个鸡蛋。

想想也是，这消息又不是独家的，附近的人都知道退潮的时候能摸到海贝、鲍鱼之类的海货，有事没事都过来凑个热闹，这么多人，即使成吨的鲍鱼也不够分的。

孟小阮瞬间失落了。

再想想带来这么大的桶，她尴尬得直捂脸，然后有些羞恼地看了看晏禾：“你早知道对不对？”

晏禾当然早就知道，见到孟小阮拎了这么大的水桶时，他确实惊讶了一下，怕她尴尬才一直没说。

他安慰她：“你等一下。”

过了一会儿，晏禾拿了个透明的小圆盒回来：“送你。”

盒子里是一只水母。

“哪里来的？”她踮起脚看了看，人太多，她只能看到一个个人头。

“变出来的。”

这显然是逗她的，孟小阮接过水母仔细看了看，很漂亮的圆脑袋，身子纤长柔软，在水里荡来荡去。

她把盒子放到水桶里：“过去看看能不能捡个漏？”

她学着别人的样子，弯着腰在沙子里摸来摸去，摸了半天只摸到了一枚贝壳，倒是晏禾捉到了一只小螃蟹。

身子比一元硬币还要小一圈，连爪子都嫩嫩的。

两个人所有的运气都用在了这只螃蟹身上，直到人群散去，也没再捡到别的海产品。

倒是有人过来问孟小阮的水桶卖不卖。

悻悻地走回去，就觉得返程有些长了。

路灯光柔和而绵长，这灯是当地的特色，说是前任市长亲自设计的，当地人为了感念市长的政绩，就用市长的名字命名这路灯。

孟小阮拖着硕大的桶，碎了满腔的自尊，想想又觉得好笑，伸手戳了戳螃蟹的后壳。

“给你取个名字好不好？壳这么软，叫软软吧。”

那螃蟹烦她，拿眼睛白了一下，横着身子爬到了角落里。

“明天我要去开会。”

孟小阮“哦”了一声。

晏禾告诉她：“晚上等我一起吃饭。”

孟小阮又“哦”了一声。

于是一路无话，直到分开，孟小阮长久地看着他的背影，直到感到了夜风的凉意，才进了宾馆。

回去冲了个澡，又跟爷爷通了个电话，拿着遥控器按开电视，播的是档综艺节目，她有一搭没一搭地看着。

她给晏禾发微信：“你住的客房在最里面吗？”

隔了一会儿晏禾回复她：“怎么？”

她想起爷爷的理论：“最里面的房间不好的，会有些奇奇怪怪的东西。”

她对这点深信不疑，只要住宾馆，肯定不选最里面的房间。

晏禾回她：“是最里面，没关系的。”

她担心起来，穿好了衣服，去了晏禾住的宾馆，到楼下才给他打电话：“出来下。”

晏禾刚洗过澡，身上带着水汽，头发没吹干，还有些湿。

他走过去，先递给她一瓶花露水：“这里蚊子特别多。”然后问她，“有事吗？”

孟小阮从衣兜里摸出一柄桃木斧头递给他：“放在枕头底下，辟邪。”

所以她跑过来就是这么点事？他其实在骗她，他的房间根本不在最里面，因为她总神神道道像个小神婆，所以他故意这么逗她，想听听她接下来要怎么一本正经地胡说。

没想到她急得到这里找他。

心里有些自责，他接过桃木斧头收起来，跟她说：“走吧，我送你回去。”

孟小阮说不用：“很近的，转个弯就过去了。”

他坚持：“很晚了，不安全。”

经过一个卖鱼糕的摊位，她探着脑袋在看，一副几乎要黏上去的样子，磨磨蹭蹭地打听这鱼糕好吃不好吃。

他没办法，最后给她买了两串，她要求抹上厚厚的辣椒酱，咬一口辣得嘶嘶直吐舌头。

他对她说：“这种道边的零食要少吃，不卫生。”

她乖乖点头，吃得依旧开心。

到了宾馆门口，他跟她道别，依旧还是不放心：“辣椒要少吃，刺激肠胃。”

她的嘴被辣得通红，一双眼睛水汪汪的，嘴里吹着气，脸上却笑，心满意足地咬一口，嚼起来，还是辣，眼泪一下子就落下来，可怜巴巴的样子。

他伸手揩掉她嘴角的辣椒酱，四目相对，心化成了水。

他忽然有了做父亲的心情，这样一个女孩子，乖巧的时候虽然多，偶尔又露出一点小狡黠，像一只小狐狸，上一刻还在软软地卖着萌，下一刻就不知道钻到什么地方做件小小的坏事。

他想，她若做了坏事，他是情愿兜着的。

晏禾所在的中医药协会有个中医，年纪比晏禾大，女儿已经十六七岁了，可他还是把女儿当小孩看，出门的时候嘱咐她看车，晚一点归家都要出门去接。

他那时不懂，此刻却明白了。

临了他嘱咐她：“明天别往远地方走，就在这附近转转，我晚上来接你。”

她乖乖地应了，心里在琢磨明天去哪里玩好。

第二天早上，孟小阮约了车，去了极地海洋馆。

滨城的极地海洋馆，据说是全亚洲最大的，游客如织，孟小阮排了近两个小时的队才买到票。

她专往企鹅区看，黑外衣白肚皮，她从小就喜欢得很。

亲眼见到了，隔着玻璃拿着手机跟企鹅自拍了一张，准备发朋友圈，才想起来晏禾不让她往远了走，她有点心虚，极地海洋馆离她住的宾馆，打车也要四十分钟的路程，似乎是有点远……

于是在选择何人可见的时候，她特意漏掉了晏禾。

出了门，在纪念品店里，孟小阮买了顶印着企鹅的贝雷帽，又买了一个钥匙扣。

早早回了宾馆，等到晏禾打电话过来的时候，孟小阮换好衣服下了楼。

远离了她爷爷的视线，孟小阮终于可以穿她喜欢的衣服，宽大的T恤几乎拖到膝盖，下身是哈伦裤，她在淘宝上搜了好久才找到这种拖着铁链子的款式，头上戴着上午买的贝雷帽。

这是释放了心中的小恶魔吗?

晏禾皱了皱眉，然后问她：“今天去哪里了？”

孟小阮的眼神一闪，笑眯眯地打马虎眼：“也没去哪里，就在附近转了转。”

晏禾带她去的店不太大，甚至招牌都不怎么明显，店里生意倒好，老板迎过来问晏禾。

“东西现在做吗？”

“做吧。”

菜端上来，一盘蒜蓉粉丝蒸扇贝、一盘烤生蚝、一盘清炒木耳菜、一盘清蒸鲍鱼，最后上来一盘水饺，鲅鱼馅的。

为了保持海鲜最原始的鲜味，一般海鲜店的做法都是水煮或清蒸。

孟小阮尝了一口鲍鱼，几乎鲜掉了舌头。

她忍不住赞叹：“好新鲜啊。”

“我买的，”晏禾告诉她，“这附近有个水产市场，我早上走之前让店家给我留了最新鲜的。”

他当年过来旅游的时候，曾经帮水产市场的老板瞧过病，没想到老板还记得他，主动给他选了最好的。

店里的人几乎都点了扎啤，孟小阮有点馋，弱弱伸出一根食指：“来一杯？”

想到晏禾说过的话，她又把手指头缩回去：“唉，算了。”

她又掩饰了一句：“都说吃海鲜不能喝啤酒，会引发痛风的。”

“确切地说，吃海鲜喝啤酒会增加痛风的风险。海鲜中含有嘌呤，如果身体中的嘌呤不能及时代谢，最终会形成尿酸，尿酸浓度过高才会引起痛风。但其实海鲜的嘌呤含量还没有动物内脏高。”

孟小阮依依不舍地将目光从扎啤上收回来，夹了个饺子，咬一口，汤汁溅出来，她第一次知道鲅鱼饺子居然这么好吃。

她埋着头专心致志地吃着饺子。

晏禾吃得很少，倒把孟小阮比成了一只饕餮。

她有些不好意思，把生蚝往他跟前推了推：“生蚝也挺好的。”

晏禾忽然问她：“今天去海洋馆了？”

孟小阮呛了下，默默伸手将帽子藏在了身后。

露出了尾巴才想起来藏?

晏禾失笑："丁穗跟我说的。"

孟小阮这才想起来，她发朋友圈的时候，忘记了屏蔽丁穗。

她有点懊悔，伸手拿出那个企鹅钥匙扣来："给你买的。"

其实不是，她买这个是因为自己喜欢，现在拿出来有些肉疼，那企鹅做得极其精致，甚至能分辨出一根根羽毛，一只也不过三寸高，圆滚滚的，憨态可掬。

她嘴上说着，去拴在晏禾的钥匙上，怎么看怎么觉得舍不得，几乎咬碎了牙，想了想，最后假装说了一句："唉，不太好看呢，要不以后我再给你买一个吧?"

晏禾一把夺过钥匙，收进了兜里："挺好的，我很喜欢。"

她舍不得又不得不舍的样子太有趣，两腮一鼓一鼓的，目光有些委屈地落在生蚝上，又悄悄地去瞄他的衣兜，最后吐了吐舌头，唉声叹气地认了命。

饭吃得太撑，俩人在附近散步，前面是夜市摊子，人声嘈切。

里面几乎什么都有，从厨房的洗碗巾到身上裹着泥巴的假古董。

孟小阮一个摊位一个摊位看过去，夜色降下来，看不清摊主的脸，她就不怎么紧张，偶尔还会跟摊主讨价还价一番。

看了一圈，其实最终什么都没买。

她说起来："以前我们学校门口也有夜市，我买了一条裙子，特别长，可便宜了。结果拿回去在灯下一看，两个肩……"

她比量了一下位置："一个宽一个窄。"

她笑起来，虽然一个肩膀宽一个肩膀窄，她还是穿了。

她家里条件不错，小时候孟爷爷的工资几乎都用在了她身上，她父母虽然跟她不亲，但也会寄钱回来，从小她只要想吃的东西，就没有吃不到的。孟箫工作之后，每月都会准时给她打一笔零用钱。

但她从小就很乖巧，实在贵的东西，再想要也不肯开口，爷爷那么喜欢植物，她少花一点，爷爷就可以多做一些研究。

晏禾送她到宾馆，跟她说："明早我们去看日出好不好？"

这附近有座山，并不高，叫黄牛岭，孟小阮应了下来。

因为要看日出，孟小阮三点就起来，整个城市一片黑暗，晏禾等在楼下，手上搭了件大衣。

虽然中午的阳光照旧刺眼，一早一晚已经有了秋意，孟小阮来的时候没带厚衣服，早上出来也只穿了件长袖外套。

晏禾将大衣抖开给她搭上，他穿起来也就刚过膝盖，搭在孟小阮身上，几乎快拖到了脚踝。

孟小阮跟他说："我听说如果一段时间运气不好的话，去爬个山看下日出就能转运。"

她最近遇到的事情不能简单地归结为运气不好，她想，如果她的性格可以变得更圆滑一些，人更强硬一些，或许今时今日就是另外一个样子，可是她已经长成了今天这个样子，怎么办呢？再改变也是在原本的基础上小修小补，终究成不了她理想中的样子。

孟小阮的事，晏禾是知道一些的，尽管她从不在他跟前抱怨，可自从《佳期入梦》多了个主持人，她从电台回来以后，笑容就越来越少了。

成长之痛就在于任何人都不能帮你，要经历风霜雪雨，要披荆斩棘，要一路厮杀满身鲜血，要最终被岁月剥蚀掉棱角，最终成为湖海最不起眼的一块鹅卵石。

但晏禾希望孟小阮十年以后、二十年以后，甚至直至老去垂垂暮年的时候，依旧是如此的，人生之难，不过是最后的最后，镜子里的自己，仍旧是自己罢了。

山道浅窄，有的时候晏禾还要拉孟小阮一把，她体力逐渐不支，大口大口喘着粗气，嘴上却绝不喊累，终于登上了山顶。

山风猎猎，扬起了孟小阮的头发，她站在山顶，用手比了个喇叭，高喊了一声：“啊……”

山谷回荡，逐渐会成了一片声浪。

天幕从黑色变成了深蓝色，太阳从地平线上攀出来。

孟小阮问晏禾：“太阳像不像个红萝卜？”

他不理解她的意思，然后看她做个手势：“真想一下子把它拔出来。”

但它升起来了，几乎是一眨眼的工夫，强烈的光线喷薄而出，身后还是暗的，但眼前已经亮起来，一明一暗之间，所差的不过是一个转身。

然后孟小阮看清了树，看清了山花，看清了低回的燕子，看清了空气中飘浮的尘埃。

静极了，山风仿佛也停住了，她能听到血液在血管里流淌的声音，她张开双臂去拥抱晨光，人生第一次感觉这样巨大的惊喜，这种惊喜是生命赋予她的，是活着赋予她的，是突破黑暗的藩篱赋予她的。

晏禾站在她的身后，抬头看着天空，太阳已经完全升起来了，万物又开始了一场新的轮回。

良久，孟小阮说道：“我想到一句诗——

“我需要，最狂的风，和最静的海。”

晏禾其实想到的是另一首：

草在结它的种子，

风在摇它的叶子。

我们站着，不说话，就十分美好。

下山的时候，山腰的寺院响起了钟声。

孟小阮和晏禾绕过去，过了山道是高高的石阶。

孟小阮和他打赌：“你猜台阶是奇数还是偶数？”

“我猜是奇数。”

“这么肯定？”孟小阮不信，“那我就猜偶数。”

“1、2、3……”

一级一级踩上去，到 53 为止。

果然是奇数。

孟小阮疑心晏禾来过，晏禾告诉她：“你听过五十三参，参参见佛的说法吗？”

孟小阮没听过。

“据说观世音菩萨身边有一个善财童子，善财童子学道的时候拜了五十三个师父，最后拜到观世音菩萨门下，才修成正果。你看——”晏禾给她指了指庙门，“观音阁，这是观世音菩萨的道场。”

寺院不大，只有两进房屋，第一进就是大殿，打扫的沙弥念了声佛号，让孟小阮拈香。

孟小阮捏着三支香拜了，晏禾却只站在殿外看。

孟小阮有些不解：“上次在广禄寺，我看你给你妈妈诵经来着，原来你不信佛吗？”

他手上还戴着佛珠，偶尔闲时还会抄几页佛经，孟小阮以为他是个佛教徒。

“那是我父亲的遗愿。”晏禾告诉她，“其实我母亲活着的时候，我父亲也只是在家里祭奠，从来没见他去寺院烧香念经。”

他父亲留下的遗愿就这么一个，他当年既然答应了，就认真履行。

十四年里，他抄了几百卷经书，每年母亲祭日之前，都要在寺院里修行。

大概时间还早，寺里没什么香火，洒扫的沙弥留他们吃饭：“既然来了就是客，在膳堂用了早饭再走吧。”

他留得真诚，孟小阮就留了下来，她其实有些不好意思，以往在寺院里留钱可以，留饭是万万不行的。

膳堂也小，里面摆了两张桌子，一张桌子上围了一圈孩子，大的十一二岁，小的三四岁，有几个有明显的残疾。一个十五六岁的少年端着饭盆进来，见到两个陌生人也不诧异，指了指碗柜："那边有碗筷，施主自取吧。"

隔了一会儿，一个方丈模样的人进来了，看起来七十来岁的样子，人很清瘦，一双眼睛里有看淡世情的通达。

他招呼了孟小阮和晏禾一声："老衲是这里的住持，法号明达。"

早餐不过是馒头、粥和酱豆子，很简单。

孩子们倒不吵，老老实实地吃饭。明达见孟小阮一直看这些孩子，解释了一句："他们都是弃婴。"

黄牛岭那边就是开发区，外来打工的年轻男女生了孩子，养活不了就丢在了观音阁门口，老方丈就把孩子捡了回去，有的孩子还先天残疾，他用了心，好不容易拉扯这么大，现在年纪大了，渐渐有些吃力。

但他只要活着一天，就会继续把他们养大。

说起孩子们，他有些忧心："健康的孩子还好，能上学读书，残疾的学校不收，寺院里除了佛经也没什么读物，孩子们一天天就在山里乱跑。"

正说着，最小的那个忽然捏紧了喉咙，脸色有些发青。

孟小阮冲过去，一把将这孩子抱起来，问其他孩子："怎么了？"

这几个孩子你看看我，我看看你。

有一个胆子大一点："好像噎到了。"

孟小阮看了眼桌上的酱豆子，这点常识她还是知道的，小孩子被异物呛到，要用海姆立克急救法进行急救。

手法她并不熟，单手拍了拍孩子的后背，晏禾接了过去："我来吧。

他将孩子头朝下放在自己的胳膊上，掌心扶着孩子颈部，另一只手用掌根使力，拍了几下，不一会儿，半个豆子从孩子的嘴里吐出来，孩子"哇"的一声哭了。

晏禾把孩子放下，几个孩子眼睛亮晶晶地望着他，其中一个胆大的比了个点赞的手势："你好厉害啊。"

明达方丈也表达了感谢。

晏禾提醒他："孩子太小，很容易呛到，吃东西的时候要注意一些。"

明达方丈问他："施主是大夫吗？如果是的话，能不能给这个孩子看看病？"他拍了拍那个十五六岁少年的肩膀，"他最近半夜总咳嗽。"

少年有些羞涩："没事的，也不常咳嗽，有时候一声半声的，就是有点胸闷。"

晏禾示意他伸手，左右手诊过脉，沉吟片刻："脉有些细。"

"张嘴。"

他又看了看少年的舌苔。

晏禾问方丈："这孩子是不是很勤快？"

这群孩子中，少年跟方丈的时间最久，跟方丈的感情也最深，方丈年纪大了，做事情吃力，他就经常抢着做，做饭、劈柴、洒扫，一个人几乎承包了整个寺院的工作。

方丈摸摸少年的头："这孩子是很勤快。"

"那就是了，他年纪小，身体还没长成，过度劳累伤了胸络。我给你开个方子，吃几剂药就好了。"又嘱咐少年，"万事不能强撑。"

他转头又给其他几个孩子诊了脉，有的体虚多病，有的身上有湿疹，他都给开了药，细细嘱咐注意事项。

孩子们叽叽喳喳着都很开心，等到孟小阮和晏禾离开的时候，牵着晏禾的衣角依依不舍。

出了门，方丈叫住晏禾："能否借一步说话？"

这是有事要单独跟晏禾说了。

孟小阮冲晏禾做了个捂耳朵的动作，转头去找孩子们："我给你们叠葫芦好不好？"

"我见施主医术精湛，但心中似有犹疑，想为你开解一二。"

晏禾微微一笑，并不作声。

在方丈看来，晏禾是极易让人信赖的人，谦恭有礼，温和淡然，但又极冷淡，你进一步，他退一步，总保持着一个疏远的距离。

方丈斟酌片刻："治病救人我是不懂的，但我觉得医术以外应有医道。

"每个人都有自己的道，这是人所以为人的根本，我做何样的人，如何在这世间行事，行何样的事。道有不同，人有多样。

"如老衲我，我的佛道就是度世间可度之人。

"施主有没有想过你的医道是什么呢？"

他的医道是什么呢？他在救人的同时又在深深厌恶，给人以生机的同时又恨透人心，他矛盾，他鄙弃，他微笑着开出药方，又冷笑着参透人性。

方丈叹息："施主应该还没找到属于自己的医道吧？等施主找到自己的医道，也就真正成为一个医生。"

第九章
枸杞

NI
QINAIDE
WO

《药性论》说，枸杞味甘、平，无毒，能补益精诸不足，易颜色，变白，明目，安神。枸杞的甜，就像初恋，回首时，有一抹淡淡的怅惘和留在齿间，浓稠的暖。

孟小阮一个人先回了江城，走出机场的那一刻，觉得自己仿佛经历了两生。

回去把礼物给大家分一分，小螃蟹她也千难万难地带回来了，还给螃蟹换了个小玻璃缸，缸底撒下了细细的沙。

水母没能坚持到她回来，在某一个孟小阮毫无所觉的夜晚变成了一汪水。

见孟小阮回了电台，小赵舒了口气："我还以为你不回来了呢。"

庄素还是一副拿孟小阮当空气的模样，脸色不太好，眼下两道浓重的黑眼圈，一副无精打采的样子。

孟小阮吓了一跳，《佳期入梦》她终于可以当家做主了，不说春风得意马蹄疾，却也不该是这种状态啊。

小赵"嗤"了一声："在搞什么辟谷减肥呢。"

其实庄素并不胖，个子高挑，身材匀称，只是骨架比较大，她总觉得自己胖，尤其网上老在说什么"好女不满百"，为了减到一百以内，她几乎到了疯魔的程度。

晏禾对辟谷减肥嗤之以鼻，还曾警告孟小阮："辟谷会打乱肠道的运行规律，影响消化液分泌，你可不要学这些乱七八糟的东西，代谢紊乱了对身体不好。"

孟小阮看了庄素一眼，有心想提醒她一句，又一想自己提醒只会起反作用，最后把话憋在了心里。

到了下班的时间，庄素迟迟没动，手捂在胃部，咬着嘴唇神色很痛苦。

纠结了一会儿，孟小阮还是劝她："你别搞辟谷了，该吃饭还是得吃饭，我看你气色不怎么好。"

庄素扫了她一眼："假惺惺的。"说完捞起桌上的随身包，摔门走了。

小赵知道了孟小阮劝庄素的事，戳了戳她的脑袋。

"你呀，一点都没活明白。你劝她能乐意听吗？还以为你在背地里笑她胖呢。你这行为，古时候叫以德报怨，现在叫什么你知道吗？——白莲花。"

孟小阮一直记着明达方丈说孩子们没书看的话，下了班去书店买了两百本儿童读物，书太沉，她借了旁边超市的推车才运到邮局。

回到医馆的时候，晏禾也回来了，看到孟小阮一直在揉胳膊，问她怎么了，孟小阮便跟他说了寄书的事。

晏禾意味不明地笑笑："他的目的达到了。"

孟小阮不懂。

晏禾点醒她："你看，无缘无故他为什么要请咱们吃早饭，不过就是想让咱们看到他收养的那几个孩子。他甚至不用主动开口，只在话里面带出一句需求来，你就乖乖寄了两百本书。"

"这也没什么，"孟小阮捏捏发酸的胳膊，笑笑，"就算他留咱们吃饭是有私心的，可他做的始终是善事。"

顿了顿，她继续说："对善事，我不看初衷只看善行，对坏事，我不问缘由只看恶果。

"'有心为善，虽善不赏；无心作恶，虽恶不罚'这话我不赞同，即便为善有所求，结果是好的，那就应该褒扬；无心作恶，可是给人带来了伤害，那就应该罚。

"我不理解当下人们的想法，有的明星捐款捐物，舆论说他沽名钓誉，只是为了博得曝光度。有的人作恶行凶，杀子杀妻，却有人给他们开脱，说被逼到这种情况一定饱受欺凌。”

晏禾沉默了，他没想到软弱而羞涩的孟小阮，居然有一颗看透世情的心。蓦然间，他想起方丈的话来：你还没找到属于自己的医道。

他原本并不在意，此刻却品出了其中的一点味道。

为善看行，作恶见果，这就是孟小阮的道吧，那么他自己呢？他从十七岁学医，十四年过去了，他的道又在哪里？

秋风吹到了江城，到了枸杞第三次采摘的日子。每到药材采摘的日子，阿婆都要提前提醒大家，早早睡，别起迟，等到太阳升起来的时候，基本已经采摘完了。

丁穗只要不出差，对这项工作总是积极参与的，头上特意包了块白手巾，一副西北地区农民的打扮。

爷爷跟孟小阮说过，晏家的枸杞受土地气候的影响，品质并不很好，他们摘了也只是晒成枸杞茶送给邻居，并不用来入药。

枸杞养肝滋肾，用来泡水最好不过。

丁穗所在的公司拍了一部《抗日传奇之巾帼女尼》，最近正在四处推广，丁穗已经连续赶了几个电视节，人累得瘦了一圈。

孟小阮估计他们公司下一部电视剧就是《抗日传奇之道士下山》了，这是要把佛道都拍个遍的节奏，不知道佛教协会、道教协会会不会抗议。

丁穗跟她吐槽：“我们也没办法，题材就这么几个，又怕踩了雷，拍了不让播。一部戏砸的钱也不少，万一压着播不了，伤筋动骨谈不上，但总得缓一阵子才能周转过来。”

她还兴致勃勃地跟孟小阮宣传：“这回走谍战路线，比《十八罗汉》好看多了。”

因为《佳期入梦》是录播，庄素单独主持的这期最近刚播，听众褒贬不一，大部分还是支持孟小阮的，有个听众的意见写得相当实在——

“我对内容不挑，之前那个小阮声音挺催眠的，我晚上睡觉就靠她了，后来加了个庄素我也就忍了，现在居然让庄素单独主持，她那嗓子高亢得跟公鸡一样，以后让我怎么睡啊？”

这评论把庄素气得直跳脚。

第二天孟小阮上班的时候，在电梯里碰到了台长，她立马紧张得手足无措，有心想等下一趟。被台长的目光一扫，她吓得蹿进了电梯，缩在角落里装鹌鹑。

站了好一会儿她才想起来没跟台长打招呼，错过了最佳时期，后面补上好像也不是那么回事，但装没看见是不是太没礼貌了？

还是台长主动问她：“小阮啊，有对象没？”

孟小阮对这种提问已经习惯了，这是事业单位领导关心下属的特有方式，正常得就像问你早上吃没吃早饭一样。

孟小阮乖乖回答：“还没有。”

台长打量了孟小阮一番，沉思了片刻，嘱咐她：“该找了。”

孟小阮应了一声，电梯一停。

看到台长要出去，孟小阮叫了他一声：“台长……”

台长回头看了看她，她赶紧补了一句：“早上好。”

台长明显一愣，亲切地问候她：“你也好。”

太蠢了有没有啊？孟小阮几乎要撞墙。

小赵知道了，先笑了一番，教育孟小阮：“下次你这样——”她做了个盲人四处乱摸的动作，边做边嘀咕，“我的隐形眼镜呢？”

“然后你装作不确定的样子问‘您……是台长？’台长说是，就赶紧说‘台长好，台长好，眼神不好，没看见您’。”

隔了几天，台里下发通知，让孟小阮继续主持《佳期入梦》，庄素则调到《娱乐八点档》实习。

《娱乐八点档》是电台的王牌节目，庄素去这档节目实习，看起来前程更明朗，但这节目的主持人正当红，庄素别说抢节目，贴个边都未必有机会。

小赵私下里笑了一番，表面上还给庄素捅刀："小庄啊，恭喜你高升了。"

庄素哼了一声，将她手头的资料发给孟小阮："我整理的，用不用随你。"

这胜利来得太突然了，孟小阮一时间还没反应过来，下了班走在路上，才想起来既然要重新做回节目，今晚还得看一些资料，电脑落在了办公室里，她又转头回台里拿。

庄素还没走，人趴在桌子上没动，孟小阮以为她在休息，过了一会儿看她没动，脸色倒是越来越白。

她走过去问了一句："你怎么了？"

庄素没吱声。

孟小阮伸手试了试她额头的温度："你发烧了？要我送你去医院吗？"

庄素有气无力地说了一句："要你管。"

犹豫了片刻，孟小阮还是将她搀了起来："送你去医院吧。"

庄素实在没有力气，任孟小阮扶着自己下了楼。

打了个车，去了最近的人民医院，孟小阮给她挂了个急诊，医生检查后说是肠溃疡，长期辟谷不规律饮食造成的。

输上液，孟小阮陪着她："要我通知你的家人吗？"

庄素抓起个枕头丢过去，声嘶力竭地喊："你满意了吧，这回你满意了吧？"

"我丢了节目，还进了医院，"越想越委屈，她哭起来，"现在你在我面前强装什么好人，别以为我会感激你，告诉你，我简直要怄死了！"

孟小阮看着庄素，她说话的时候总是一副慢条斯理的样子，声音软而轻："不管我出于什么目的，看你笑话也好，心里暗爽也罢，送你到医院来最终受惠的是你，受人恩惠说声感谢是最基本的修养。"

其实一点不气是不可能的，孟小阮不爱和人吵，平复了一下心情，她说:

“你不乐意可以拔了吊针现在就走，我又不会拦着你。”

庄素张了张嘴巴，最终什么也没能说出来。

回到明夷堂，孟箫居然来了。

以往孟箫怕他爷爷继续撮合自己和丁穗，总是找各种借口不来。

丁穗也提早下了班，还带了一瓶香槟酒回来，在孟小阮眼前晃了晃：“给你庆祝。”

医馆的人都知道了孟小阮重新主持《佳期入梦》的事，阿婆还特意烧了孟小阮爱吃的菜。

负责煎药的祝爷爷冲孟小阮笑笑，做了个加油的手势。

他一生都在药房工作，早年娶过妻子，妻子过世之后就没再结婚。晏灵枢意外身故，医馆曾经关闭过几年，他去了家药店熬药，等到晏禾接手了晏家医馆，他是第一个回来的。

他生来有哑疾，不能说话，唯一的爱好就是下象棋，孟广龄来了之后，有了象棋上的知己，他的笑容比过去多了不少。

明夷堂的人都是老人，从晏禾爷爷那辈起就在晏家医馆工作，他们普通得不能再普通，在晏家后继无人的时候，他们没有扶大厦将倾的能力，该走的走，该散的散，但当明夷堂再一次开门的时候，已经远在千里外、在儿女家养老的人，又都回来了。

他们把晏禾当亲孙子看待，但也并不亲热，维持一个不远不近的距离，默默地守护着他。

管家阿婆，能一样一样数出晏禾最爱吃的菜；管理花木的钟爷爷得了健忘症，却记得晏禾父母和爷爷的忌日，每到忌日都会提前准备好大捆烧纸；打更的陈爷爷，总要等到晏禾屋里的灯熄了，他才睡；负责打扫病房的许婆婆，尽管手有风湿，晏禾的床单被罩一定会手洗，洗完了要在太阳下晒干，她说这样盖着才舒服。

这些，晏禾其实都知道。

所以即使他们已经老了，很多事已经心有余而力不足，他也从不苛责。

等到菜上了桌，晏禾也来了。

气氛前所未有地热络，陈爷爷喝了香槟，喜滋滋的：“哎呀，这还是我第一次喝洋酒呢。”

孟小阮也跟着他们笑，她有些明白爷爷为什么迟迟不走了，最开始可能是因为丁穗，到现在大概只是一个借口，这里比孟家的大宅，更像一个家。

孟箫给孟小阮挑带鱼的鱼刺，先拿了筷子将两侧的刺都挑干净，再细心地把肉剔下来放在碗里。

孟小阮的舌头刁，一尝就知道是野生的。

孟小阮跟他显摆起自己的螃蟹：“可好玩了，长了一圈。我给它取了个名字，叫软软。”

孟箫不屑一顾：“那有什么好玩的啊，水里一捞能捞一堆出来，养到猴年马月能吃啊，等明儿我给你整点阳澄湖的大螃蟹。”

孟小阮掐了他一把：“谁要吃啊，软软是我的宠物。”

“嗯，嗯，宠物，”孟箫敷衍她，夹了一筷子莜麦菜给她，“多吃点青菜，你瞅你的头发都干糙了，多吃点菜才水灵。”

晏禾一直默默地看着，原来亲人跟前的孟小阮是这样的。

会撒娇，会笑闹，不羞涩也不忸怩，甚至偶尔还会有点小嚣张。

心底略微有一点涩然，跟孟箫比，他在她心中终究还是不同的。他不清楚这不同是好是坏，他希望她对他有亲人一样的依赖和熟稔，又希望她对他保留一点对异性的羞涩和婉转。

他抬手向祝爷爷敬了一杯，一饮而尽。

第二日，徐飞卿上门了。

时间还不到两个月，医馆的人一时理不清他的来意，彼此看看，心里都有些忐忑。

较上次登门，徐飞卿老了很多，头发几乎全白了，背也驼得厉害，上次虽然虚弱但自己能走，这次已经坐上了轮椅。

他女儿推着他，儿子跟在身侧。

丁穗比较直接："你来摘我们家匾的吗？"

徐飞卿的儿女脸上都有点尴尬，俩人看了看父亲，还是女儿先开口："我们陪父亲过来治病。"

丁穗乐坏了："那就是没算出来了。"

徐飞卿一直没说话，等到晏禾出来才抬起头，眼睛花得厉害，他伸手抹了抹镜片，再次看向晏禾，语气倒不生硬，但也谈不上心平气和："我输了。"

他清楚自己已经走进死胡同了，时间拖得再久也没有用，与其约满再来，不如提早认输，也算维持了他一个学者的尊严。

虽然问这个问题很没面子，他终究没按捺住好奇心："你是怎么知道的？"

晏禾没说话，示意徐飞卿的儿女把他推进诊室，他从抽屉里拿出一沓白纸，弯下腰开始演算。晏禾没阻止别人进入，丁穗就拉着孟小阮跟进去看热闹。

那公式极其复杂，孟小阮是纯文科生，只能看懂几个数字。

写到第三行的时候，他在某个数值上用笔一圈："你这个数值算错了。"

他继续写下去，最后得出了结论："其实你的推论完全没错，只是计算错了。"

徐飞卿半晌没说话，良久一拍脑袋："我怎么能犯这种错误呢？！"

这个错误并不算低级，至少他的学生跟他一起做了这么久，没有一个人能指出他究竟错在哪里。

他再看向晏禾的目光就有些不同了："你是个医生吗？"

这话听起来有些不客气，丁穗很不高兴，晏禾是他们家的骄傲，质疑晏禾等同于质疑自己。

她接过话来："你怎么说话呢。"

徐飞卿其实没有质疑的意思，他只是单纯怀疑晏禾的来历。

晏禾明白他的意思，告诉他："我曾师从梁思怀先生。"

梁思怀是当代著名的数学家，在理工大任教，晏禾曾经是奥林匹克数学金牌得主，被理工大录取之后，就被梁思怀教授收入门下。

梁思怀从教四十年，也只收过三名弟子，晏禾能成为其中的一员，足见他在数学上的天赋是怎样的惊才绝艳。

徐飞卿恍然大悟："你就是当年那个差点把梁教授气到住院的学生？"

梁思怀的得意门生居然转投了医科，当年这事在学术界引起了不小的震动，大部分人都觉得这学生年少冲动，早晚会重归师门，没想到十四年过去了，这学生居然成了一方名医。

徐飞卿有些惋惜："当年你要是不走，现在的成就应该会超过你老师。"

晏禾一笑："人各有志罢了。"

既然有了这番缘由，徐飞卿也就不再抵触，他伸出胳膊让晏禾诊脉："能治就治，不能治就算了，今天来我能知道自己错在哪儿，已经很知足了。"

晏禾诊了脉，问他："您年轻的时候得过结核吧？"

徐飞卿点头："后来治好了，又复发了吗？"结核传染，他有些紧张地瞅了瞅身后的儿女，"你们都离我远一点。"

晏禾摇头："不是结核复发，是您当年结核痊愈后没有得到好的调养，年轻时身体强健，休息不足还能支撑，人到老年，体质虚弱，气血亏损，逐渐就有了油尽灯枯的预兆。"

这理由还不足以说服徐飞卿的女儿，她犹豫了一下问："气血亏损会这么严重吗？"

晏禾没做解释："先住下来吧，要调养一段时间。"

晚上孟小阮在后院散步，发现晏禾在药圃间的八角亭坐着。

这亭子年代久远，晏家的宅院翻修过几次，亭子却一直没动。

孟小阮从甬道穿过去，看到晏禾在看夜空。

沉沉的夜幕上三两点星，倒是月光更美一些，轻柔得像匹纱，罩在药圃上，点亮了点点辉光。

她陪着他坐了一会儿，问他："不开心吗？"

他其实不太明白不开心是什么感觉，或许就是现在这样，不想思考，只想安静地坐着，听风吹过来又离开。

隔了许久，他说起来。

"如果没有我父亲那场意外的话，我大概会成为一个数学家。"

他说话很迟，长到三岁还不会说话，家里一度怀疑他是个哑巴，后来有一次家里来了个客人，给他带了一本《少儿趣味算术》。这本书对他这个年龄的孩子来讲其实太过深奥了，但他极喜欢，很快就都做完了，并且说出了人生第一句话："还要。"

他孤僻、冷漠，数学是他感知世界的唯一方式。

"十三岁那年，我进入了大学。"

他上大学这事，当年很是热闹过一阵，总有记者守在明夷堂的门口要采访他，对这些他没有开心，也没有自得，这一切在他看来都理所当然，不值得他停留和回顾。

"那时候梁教授并不是我的老师，他给研究生授课。有一次我从一个教室路过，看到黑板上写了一道题，就拿着粉笔给算了出来。"

对他而言是再正常不过的一件事情，写完也就丢到了一边，却没想到这件事情引起了轩然大波。

梁教授出这道题的本意就是为难一下学生，根本没想到会有人做出来，他问了班里的同学，都说不是自己做的。

为了找出这个人，梁教授费了一番心思，他在黑板上又留了一道题，等了一周却没人答，他有些失望，疑心是把这答题的人难住了，却不想是因为晏禾再没经过那个教室。

真正捉到晏禾，是他授课的学生是晏禾班里的助教，说他们班里出了个天才。

这个学生也是天资聪颖，从来都是傲气十足，能被他称为天才，可见那人确实不错。

梁教授要了晏禾的卷子来看，惊喜地发现晏禾就是当初解题的人，那人的 x 写得独具特色，梁教授的印象很深。

“这之后，梁教授就收我做了学生。”

或许是因为晏禾年龄小，梁教授对他格外偏爱，生活上照顾得无微不至，晏禾不受同学待见，梁教授就找到班长，嘱咐他多照顾晏禾一些。

“那时候我不懂……”

他不懂的太多，彼时梁教授待他再好，他也不曾有过半分动容。

十七岁的时候，他已经在数学界崭露头角，他想他会跟着梁教授的脚步，最终攀上学界顶峰。

“你应该知道我家的事，十七岁那年，我爸过世了，我爸的两位师兄，也趁机离开了明夷堂。”

你说他们无情无义也好，说他们见利忘义也罢，晏家的当家人已经没了，晏禾也没有继承晏家的能力，他们没有趁机鸠占鹊巢，已经算对得起一场师门情义。

“对晏家，我并不留恋；对医术，我也一点都不感兴趣。我所不能理解的是，我父亲这一生的付出，究竟值不值得。我考虑了三天，最终放弃了数学。”

数学，曾经给他打开了一个世界，在这个世界里，他心无旁骛，乐此不疲。

放弃了数学，世界的大门轰然合上，他一度惶惑，只能在另一个领域步履维艰。

孟小阮默默地听着，隔了许久问他：“你想梁教授了吧？”

他悚然而惊，原来是这样吗？他今天所有的伤感并非是因为放弃了数学，而是想起了十四年来不曾想过的那个老人，那个给过他关爱、对他倾注了全部心血，得知他要转学医科时老泪纵横的人。

回去后，他给梁教授打了个电话，十四年前的号码，他也不知道梁教授有没有继续用。

接起来，是梁教授的声音。

他“喂”了一声，再无话说。

那边停顿了片刻：“晏禾啊。”

他没有作声，梁教授说下去：“你……这么多年还好吗？”

他瞬间哽咽，他私下里练习过无数种应对世人的方式，微笑的、温和的、谦虚的、同情的，此刻却没有一种方式能让他坦然地面对自己的老师。

或许因为没有回应，梁教授也沉默了，过了一会儿继续说道：“不管你什么时候回来，我都等着你。”

挂了电话，晏禾久立窗前。

你说这世上人心皆善变，但却有这么一个人，历经十四年的岁月，仍旧能分辨出学生的声音。

你说这世上的人皆有所图，但却有这么一个人，一生不慕荣利、不图钱财，对学术殒身不恤，对学生呕心沥血。

他确实缺少自己的道，悬头三尺，引他前行。

第一剂药下去，徐飞卿的病没看到有明显起色，他了了心事，倒也不太在乎，只是晏禾严令他不准继续研究物理，要静心调养。他一辈子也就只爱物理，忽然闲下来，人就没有了着落，整天让女儿推他在医馆内乱转，却不小心碰了孟广龄移植过来的一株植物，孟广龄气得差点把他吃了，俩人大吵了一架。

一个骂：“植物还能成门学问，连猪都要从圈里笑醒了好吗？”

一个回敬：“连个数值都算不明白也算是物理学家？到幼儿园回炉重造，人家老师都嫌你智商低！”

到后来还是徐飞卿的女儿和孟小阮各自把自家那位拉开了，徐飞卿走到很远还回头怒骂，孟广龄更是捏着拳头，扬言要给他好看。

隔了几天，徐飞卿的精神倒明显好了，自己也能独立行走了，他能走之后做的第一件事，就是悄悄到药圃把孟广龄的那株植物给拔了。

直把孟广龄气了个仰倒，十几个人都没能劝住，冲到徐飞卿的住处，拎起徐飞卿的领子就给了他一拳。

当第一场秋雨落下来的时候，徐飞卿已经彻底痊愈了。

徐飞卿的儿女不住道谢：“真没想到爸爸会恢复得这么好。”

他确实恢复得好，以前一顿饭只能稍稍喝点米汤，晚上整夜整夜不闭眼，人虚弱得说不出话来，可又焦躁，到最后只能躺在床上，不甘地瞪着窗外那棵白杨树。

现在饭量增了，腿脚也有力气了，为了报孟广龄那一拳之仇，每天早上起床都要锻炼一阵。

徐飞卿嘴上虽然不说，心里还是承认晏禾的医术的，很可惜晏禾在数学方面的才能，直到走还在劝：“要不你跟我一起学物理算了。”

孟广龄跟他仇人见面分外眼红：“对，你们物理一家独大千秋万载，仙福永享寿与天齐。物理学高，高到给凌霄宝殿添瓦；我们植物学低，低到去十八层地狱挖煤。”

徐飞卿的儿女趁两人还没打起来，赶紧把父亲拉走了。

秋雨缠绵，已经下了一天。

孟小阮来诊室找晏禾。

她坐在那里没作声，静静听着雨水打在房檐上，天气转凉，她穿了一件长款的薄毛衣，印着浮世绘的花纹，大块的蓝色和红色，倒不俗艳，头发扎起来，露出了一张桃心脸，皮肤雪白，更衬得唇色红艳。

她从来都是规规矩矩的，哪怕有些好奇，也要确定没有人注意了，才将视线的范围稍稍扩大一些。这诊室她来得多了，桌椅病床，她早看熟了，此刻只看着装梅子的青花瓷坛。

他也没有说话，专心整理着病例，他手头的病例很多，其实早就输入了电脑里，可他还是习惯于做一份纸质的，用钢笔，用信纸。

他用最朴实的那种信纸，大红色的横隔，行距很大，可以让他的字无拘无束，尽情舒展。

隔了一会儿，她说："我和爷爷要回去了。"

晏禾的手一顿，钢笔吸满了水，在纸上留下了一片污渍，小指从上面掠过，沾上了淋漓的墨迹。

他不动声色，起身在洗手池里洗了手，那墨迹被水冲淡了，最终汇成了一道水流，打了个漩涡，冲进了下水管里。

抽出纸巾擦了擦，他问："孟爷爷放弃了？"

他指的是孟广龄撮合孟箫和丁穗的事。

"不放弃也不行啊，"孟小阮叹了口气，"丁穗和我哥完全没那个意思，我爷爷打算回家后就开始写岳念知的回忆录。"

"在这里不能写吗？丁穗住在这里，有什么问题问也方便。"

孟小阮摇摇头："这里终究不是家啊。"

她陪着爷爷已经在医馆住了近五个月，这还是她第一次离家这么久。

"而且中秋节，我们孟家的族亲要聚一聚的。"

这五个月已经给医馆添了太多麻烦，虽说孟小阮和爷爷是借着做兼职的借口住进来的，但医馆那么多人，也不需要他们做什么，孟爷爷除了偶尔帮帮忙，大部分时间还在研究植物。

对于离开，孟小阮看得很开，终究是要走的，难道还要赖在这里过年不成。

她喜欢晏禾，但她对感情要求得不多，能远远看着就很开心，至于回应，她从不敢想，也从不敢要。

她决心把这爱慕长久地放在心里，藏到老，放到死，或许她背脊佝偻，满头白发的时候会跟孙女说起来，奶奶年轻的时候，曾经喜欢过一个人。

她的孙女也许会问她，是个什么人呢?

记忆中的那个人清晰而隽永，有温和的眼，有微笑的唇，有最适合做医生的手。

他很好，好到值得她一生珍藏。

这一刻，她明白了爷爷对岳念知的感情。

对爷爷来说，岳念知不但是他的初恋，还是他关于青春的所有回忆。

话已经说尽，桌上的那杯茶还没有凉，孟小阮冲他挥挥手，告辞而去。

他端起那杯茶，良久凝视，杯里的枸杞浮在水面，吸饱了水，红得鲜亮，像她的唇色。

门再次推开，孟小阮收了伞站在门口。

他疑心她改变主意了，但她停在那里，只一步的距离，却没有进门。

“晏禾啊，”她说，声音轻软，垂着头，目光没有看他，“你以后，要好好的。”

说完转身撑开伞，走进了雨幕里。

他没有关门，任由水汽扑进室内，她撑着伞，小小的一只，轻巧地绕过水坑，越走越远，终于在下一个转弯，不见了。

他与她之间，最胆小的是她，一直向前走的也是她。

与对别人不同，他没有避开孟小阮的靠近，而是站在那里没有动。

他无数次转身，留给别人一道背影，第一次眼睁睁地看着别人转身，原来心是这样的感觉，酸而涩。

他有些茫然，回到桌旁，拿起笔，却忘了接下来该写什么。

孟小阮和孟爷爷离开那天，他没去送，他们来得悄无声息，走得也安安静静。

只是那盆海伦不知什么时候，又放在了他的窗前。

他打开收音机，是孟小阮的《佳期入梦》。

她介绍的是《荆棘鸟》，一本澳大利亚女作家的作品。

他那个离婚的同学，在谈恋爱的时候，知道女友喜欢这本书，特意从图书馆借来看，他曾经翻过，过去十来年，内容倒还记得。

她读起最喜欢的段落："他那件长法衣使他显得像个古时候的人物，仿佛他不是像常人那样用脚走路，而是像梦幻中的人，飘然而来；扬起的尘土在他的周围翻滚着，在落日的最后余晕中显得红艳艳的。"

女主人公梅吉视角的男主，就是以这样的方式来到人前。

年幼的梅吉依恋神父拉尔夫，在她长大后，拉尔夫为了权势放弃了对她的爱情，梅吉最终嫁给了别人，但在一次与拉尔夫的重逢中，重拾爱意，生下了他们的儿子。

梅吉谎称儿子是前夫的，儿子长大后，立志成为拉尔夫那样完美的神父，梅吉将儿子送到了拉尔夫身边，然而儿子为了救人溺水而亡。

孟小阮说："对拉尔夫来说，年幼的梅吉让他感到安全，他享受她全身心的信赖和眷恋。梅吉填补了他人生中缺失的一部分，他可以全然享受，不用担心这份感情给他的人生蒙上污点。但当梅吉长大之后，这份感情变得危险，成年女人的爱意，足以摧毁他的整个人生。

"每一份感情藏在心里的时候，都是安全的。没有现实的风险，它美好，纯真，值得珍藏和回味。只是我偶尔会想，在漫长而又短暂的人生里，要不要赌一把呢？也许输得一败涂地，像最终死在梅吉怀里的拉尔夫一样。但要是赢了呢，最终的最终，曾经的白月光是不是又变成了米饭粒。

"收音机前的你，有没有孤注一掷的勇气呢？"

这世间的爱情，不过是这样而已。

有相濡以沫、生死无悔，就有相互怨怼、悔不当初。

塞林格说过：“我觉得爱就是想要触碰却又收回手。”

晏禾看着自己的手，那自己呢，是选择伸手，还是收回来?

欧阳叔叔早已经把房子收拾好了，植物也打理得十分精神，孟家巷只在孟爷爷和孟小阮回来的时候热闹了一阵，很快又恢复了往日的岑寂。

之后就是中秋节，孟家的传统是要做月饼，由四姑婆牵头，孟家的女性都要参加。

馅是枣泥、豆沙、蛋黄莲蓉三种。

也做了咸的，霉干菜和猪肉渣，孟小阮一直不太能理解这个味道，每年都只尝尝味道。

月饼烤出来，热腾腾的，用纸盒装起来，贴上红纸，拴上麻绳，由小辈送给前后巷的邻居，往年孟小阮都躲开，今年回来过节的小辈少，孟小阮躲不过，拎着匣子去送礼。出门前四姑婆还塞给她一个蛋黄莲蓉的，嘱咐孟小阮别人家还了礼就接着，否则下一次人家不好意思接的。

孟小阮捏着月饼咬了一口，刚出炉的月饼有些烫，她“嘶嘶”地吐了吐舌头，这一口咽下去，又匆匆咬了一口，塞得两个腮满满的。

一转弯，就看到了巷子口的晏禾。

她看着他，眼睛亮晶晶的有些惊讶，嘴巴一动一动的，终于将月饼咽了进去。

“我来给你送东西。”

晏禾递给她一件快递：“明达住持寄给你的。”

孟小阮这才想起来，她寄书的时候留的是医馆的地址，手忙脚乱地接过来，晏禾替她拿过了月饼匣子。

拆开来，是一封长长的感谢信，末尾几个孩子还添了几笔，说书很好看，谢谢小阮姐姐。

里面还放了一串砗磲手链，砗磲是佛家七宝之一，算是明达方丈的谢礼。

孟小阮将手串缠在手腕上，细瘦的手腕缠了几圈还留下了余地，她伸出胳膊在太阳下看了看，细细的眉舒展着，笑得异常开心。

她转过头来跟晏禾说谢谢，伸手接过月饼匣子，拿余光悄悄地看着他："你……要不来我家过节？"

她想，她这个邀请只是礼节性的，没想到晏禾接受了："那就打扰了。"

她愣了下，有点反应不过来，隔了一会儿，拆开一个盒子，将月饼递到他嘴边："尝尝。"

他就着她的手咬了一口，甜得很细腻，豆沙馅的。

他有些担心："这盒子拆开了，就不好送出去了吧。"

"不怕，"她眨眨眼睛，露出个狡黠的笑，"我多拿了一盒，路上吃的。"

第十章
防风

NI
QINAIDE
WO

《中国药典》说，防风性味辛、甘、温，归膀胱、肝、脾经，解表祛风，胜湿，止痉。防风如人群中最不起眼的小女子，你跋涉万里河山，尘霜满面时，回首过往，却仍记得擦肩而过的一眼。

孟小阮给晏禾指那个状元牌坊，坐北朝南的青石建筑，上方建了一个牌楼。

“表彰我家祖上的。”她说这句话的时候，脸上有种与有荣焉的得意感，“我们祖上后来做了文华殿大学士，死后的谥号是忠毅。”

那位孟家先祖激励了无数后人，每年孟家子孙入学前都要被带到牌坊下谆谆教导一番。

她先去了巷子里的牛肉面馆，牛肉饼刚出锅，老板递给孟小阮和晏禾一人一个。

饼烫得很，孟小阮等不及要咬，被晏禾夺了过去：“一会儿再吃。”

她这一口咬到了牙，皱皱眉，伸手揉了揉左腮。

他问她：“咬疼了吗？”

孟小阮摇摇头：“最里面那颗，总感觉有点不舒服，每次吃甜的、酸的、凉的，一碰到就疼。”

晏禾示意她张嘴，冲着日光给她看了看：“最里面那颗智齿蛀了，该拔了。”

这回她真愁了：“不拔不行吗？”可怜兮兮地问他，“你给我治不行吗？”

他爱莫能助：“你要去看牙医。要是上火牙疼，我还能给你开一些清火的药物，牙蛀到了神经，疼不说，还会影响到前面那颗好牙。”接着劝她，“早晚是要拔的，早早拔了可以少受点罪。”

出了孟家巷，进了另一条巷子，孟小阮敲开一家门，那家收了月饼，送给孟小阮两斤自制的红糖。

俩人送出了月饼，收了一堆还礼，有从树上打下来的枣子，有自家种的花生，还有一家月饼是孩子接的，家里大概没大人，他进屋耽误了一会儿，送给孟小阮一只他亲手捉的螳螂，用蝈蝈笼子装着。

这些礼物都不怎么值钱，每件都凝聚着邻里的情意，拎在手里沉甸甸的。

晏家的金银花茶、枸杞茶，都放在门口让邻居自取，邻居也会送回礼过来，有时候是一尾江鱼，有时候是一袋子新打出来的稻米。

回了孟家，一院子喧阗的人声，孟家巷里只有孟小阮家的院子最大，有大型聚会的时候，通常都选在这里。

院子里支起了桌子，人太多，饭做不过来，请的包厨，做的鸡鸭鱼肉还有两道海味。月饼摆在中间，黄澄澄油汪汪的。

孟箫报社里有事，说要晚些回来。

孟爷爷第一眼就看到了晏禾，他迎上来，第一句就问海伦怎么样了。

晏禾有点遗憾："整体还好，就是叶子有点黄。"

孟爷爷马上要冲到晏家，好好给海伦检查一番，但看到满院子的客人，又忍了下来："不会是缺微量元素吧？你回去拍个照片给我传过来，我看看。"然后拉着晏禾坐下，兴致勃勃地给大家介绍，"明夷堂的晏医生。"

于是马上有人想请晏禾给看病，孟小阮有些不好意思，低声跟他解释："他们也不是真的要看，就是凑热闹。"

晏禾仔细地给这些人看过，还开了几个方子，孟家的几个叔伯很感谢他，热情地让酒让菜，酒是家里自制的葡萄酒，度数不高，冰糖放得多一些，喝起来倒像是饮料。

酒喝到一半，一对夫妇模样的人挽着手走了进来。

女的孟小阮认识，她要叫堂姑姑，这位堂姑姑不怎么回老宅，上次听说她再婚了。

旁边那个大概就是她再婚的对象了，五十来岁的年纪，中等身材，皮肤微黑，五官能隐约看出昔年的俊朗来。

堂姑姑拉着他给大家介绍："我先生，廖必臻。"

他很客气地跟大家招呼，视线落到晏禾身上时，表情一僵。

晏禾站起来，向他打招呼："大师伯。"

是晏禾的师伯吗？孟小阮知道晏禾的两个师伯在明夷堂最危难的时候背弃了晏家。

廖必臻脸色不太自然，勉强回应了一句："晏禾啊。"

他对晏禾的观感很复杂，这孩子几乎是他从小看到大的，但晏禾和一般的孩子不一样，一点都不亲人，又不喜欢医学，虽然一起生活了十几年，但几乎没有过接触。

令他没想到的是，当他离开明夷堂，开办了自己的济世堂之后，晏禾居然又重开了明夷堂，而且声名赫赫，隐隐压了济世堂一头。

十几年之后再见，廖必臻百感交集。

他总听人提起晏禾来，说小晏医生待人亲切，就诊时让患者如沐春风，他总嗤之以鼻，晏禾？如沐春风？是别人瞎了，还是自己耳朵出毛病了？可眼前的晏禾确实在笑，如果不是眉眼和与旧日不差毫分，他几乎疑心这两个晏禾只不过同名罢了。

廖必臻在晏禾对面坐下，忍不住偷偷观察他，看起来果然温和得体，对老人讲话的时候，会照顾到对方耳朵不好，将声音提高一些；跟小孩子交流时，会低下头，尽量和孩子的视线持平。

"必臻，"孟小阮的堂姑姑向廖必臻招招手，"我爷爷最近总是耳鸣，你过来给爷爷看看。"

堂姑姑的爷爷已经九十多了，他是孟爷爷的叔父，也是孟家现在辈分最高的长辈，孟家人都尊称他为老太爷。

老太爷早听人说晏禾是个挺出名的中医，心里觉得他太年轻，人虽然长得精神，但十有八九是个花架子。见别人都求晏禾给诊脉看病，他既不相信，又端着身份，一直没动。

等他孙女回来，听说孙女婿也是个名医，便有些动心，让孙女把廖必臻叫过来给他瞧病。

堂姑姑补充道："去医院看过了，说是神经性耳鸣，吃了一段时间的培他啶和谷维素，可是一点不见好。"

廖必臻就给老太爷诊了脉，又看了舌苔："您这个耳鸣是肝胆湿热所致，用杞菊黄地黄丸即可。"

老太爷满意地点点头，转头跟孟爷爷夸这个孙女婿："我这孙女终于找了一个靠谱的对象。"

不是什么大病，在廖必臻心里不值一提，他看了晏禾一眼，忽然有了想法："晏禾，你过来给老人家看看，让师伯看看你这些年有没有什么长进。"

这口气未免有些托大了，好像晏禾的医术传自他一样。

晏禾没拒绝，还是那副温和恬淡的表情："那我就献丑了。"

他示意老太爷伸出手来，给老太爷诊了诊脉："脉沉弦滑，浊阴上逆。"

脉相这么明显，诊不出来才奇怪，廖必臻颇有些不以为意。

晏禾又给老太爷看了舌苔："舌胖，色淡，舌苔泛白。"

廖必臻就是给晏禾出个难题，如果晏禾也开了杞菊地黄丸，那就是拾了他的牙慧，没什么了不得的。

诊完了，晏禾却没急着开药："您除了耳鸣，是不是还头昏目胀，偶尔眩晕，食欲不像从前那么好，大便稀软不成形？"

老太爷连连点头："是啊，是啊，不是我年纪大了的关系吗？"

廖必臻在一旁插话："晏禾，你不会是要给开龙胆泻肝丸吧？老人家一看就是肝胆湿热，用龙胆泻肝丸可是会伤肾。"

晏禾摇头："师伯给老人家开杞菊地黄丸，是因为肝经通耳，肾在耳开窍，所以您觉得要清肝泻火。但您大概忘了，脾虚导致浊阴上逆，也会耳鸣。老人家食欲不振，便溏，都是脾虚的症状。若我开方，则取茯苓四两、桂枝、白术各三两、甘草二两，六碗水煮成三碗水煎服。"

廖必臻不屑冷笑："我还以为晏大夫是多厉害的名医呢，这不就是苓桂术甘汤。"

晏禾不急不躁，缓声说道："只这剂苓桂术甘汤肯定是不行的，还要再加防风 30g。防风味甘泄湿，治耳鸣效果很好。"

廖必臻心里兀自不信，觉得晏禾这是在故意打他的脸。

他压着心底的火，对老太爷说："老爷子，您信我的，就吃杞菊地黄丸。"

晏禾并不与他争，只是对老太爷说："您可以先试试师伯的药，如果不见效，可以再试我的，一会儿我把方子留下来。"

话说得客气，意思却很明白——你的药不管用。

廖必臻怒极："你个小毛崽子懂什么？我学医的时候你还在吃奶呢，想踩着我打自己的名号，做梦！"

晏禾微微一笑："怒伤肝，您这是何必。既然您让我来给老太爷瞧病，我当然是要尽心的。"

廖必臻咬咬牙："好啊，好啊，我把话撂在这儿，你的方子管用，我就关了我的济世堂。"

话音一落，满院子的人都闭了嘴。

原本他们只是瞧个热闹，两个大夫意见不一致，也算不得什么大事，谁想到廖必臻居然赌上了自己的前程。

晏禾笑笑："何至于此。"

其实话说完，廖必臻就后悔了，他年轻的时候因为脾气急躁，没少被晏禾的爷爷教育，如今年岁大了，脾气稍稍收敛一些，谁想到被晏禾一挤对就这么冲动，但这么多人看着呢，又是妻子的娘家，怎么也不能将面子折在这儿。

他想找回场子，便拿话挤对晏禾："我已经赌上了济世堂，你敢不敢赌上明夷堂？"

晏禾摇摇头："不赌。"

廖必臻一时气结："想不到你连这点胆量都没有。"

晏禾不为所动："济世堂是您的，您当然说了算，明夷堂却不是我自己的，是整个晏家的，我不能替晏家做这个决定。"

所以跟徐飞卿赌明夷堂的牌子就行，跟自己赌医馆关门就不行，廖必臻成名二十载，第一次在晏禾这里受这么大的气，最后终于勉强控制住了脾气，手却在抖："行，咱们走着瞧。"

晏禾端起酒杯，虚空敬了他一下："静候。"

吃了饭，孟小阮送晏禾出去，她拉过他悄声问道："你是故意气他的吧？"

这个"他"当然是指廖必臻，晏禾的话听起来谦和，其实在句句拱火，直拱得廖必臻最后下不了台。

她问他："你心里还怨师伯吗？"

怨吗？也谈不上，对晏禾来说，大师伯和二师伯，跟路人没什么区别。

他并未直接回答："你们老祖宗不是说过吗，要'舍生取义'，我师伯想舍了济世堂取义，我做后辈的，当然不好拦着了。"

孟小阮纠正他："我们这一支不是孟子的后人。我们这一支原本姓姬，是黄帝的后裔，卫国国君的儿子叫子綦，字公孟，古代有以祖父的字为姓氏的习俗，他的孙子，也就是我们先祖，就叫公孟氏。"

她有些得意："族谱上都写着呢。"

说完，她又想起了什么，交代晏禾："你等一下。"回家装了大兜月饼，"给大家的。"

他不放心她那颗发炎的智齿："记得拔，要我帮你挂号吗？"

孟小阮敷衍他："记得，记得，以后再说吧。"

这个以后并没有多久，隔了不到一周，孟小阮就给他打电话："晏禾，你认识牙医吗？"

她的牙痛得厉害，连带着左眼和左边耳朵都疼。

在疼死和拔牙之间，她不得不选择了拔牙。

晏禾来孟家接她，一见她，几乎吓了一跳，左脸肿得已经有些变形。

忍到这种程度，也难为她了，他告诉她："现在还不能拔，得先消炎。"

晏禾带她去了一家牙科医院，那牙医和晏禾年龄相仿，大概跟晏禾很熟，语气很随意："你什么时候让我给你拔拔牙？"

晏禾的牙齿整齐洁白，智齿刚刚萌发的时候就已经都处理掉了，而且他每年按时洗牙，没有一颗牙有问题。

牙医把孟小阮带进去，给她围上一次性的围兜，让她躺在椅子上，将椅子上的灯往下一拉，示意孟小阮张大嘴巴。

简单看了看，他告诉她："冠周炎，得先冲洗。"

冲洗之后又喷了药，用镊子夹了个棉花团让她咬着："半个小时之后再吐。"

他是个自来熟的话痨，孟小阮不好说话，他一直絮絮叨叨地问："你和晏禾是什么关系？看你挺面善的……叫小阮啊，是不是电台的那个主播？哎呀挺好，可算见着活的了，你拔牙的时候来找我，我的技术可好了，一钳子下去就是一颗，不像他们，费了九牛二虎之力就是拔不出来，最后还得把牙龈割开。

"如果三天后不疼了，过来拔就好了，如果三天后还疼，那就还得再冲洗一次。"

孟小阮疼得头昏脑涨，这一句医嘱倒记住了。

末了，这牙医又感叹了一句："真不知道你看上晏禾什么了。"

到时间吐了棉花，孟小阮觉得疼痛似乎减轻了一些。

晏禾说起了那个牙医：“他是我以前的同学。”

孟小阮“咦”了一声：“你不是中医吗？”

晏禾点头：“是中医，他念到大二，和授课老师大吵了一架后愤而退学，又重新参加高考念的牙科，之所以选牙科，是觉得牙齿几十颗，这颗不出问题，那颗也会出问题，不愁没有生意上门。”

孟小阮觉得好笑：“他成功了。”

这牙医原本跟晏禾没什么交集，知道晏禾放弃数学转学中医以后，倒觉得晏禾和他一样是有大抱负的人，于是在晏禾顺利升到大三，他才刚刚念到大一的时候，时常跑到中医药大学找晏禾。晏禾起初挺烦他，时间久了也就习惯了，好在医学生的时间都很紧，他就是想来也不可能常来，这段友情就这么维持下来，他也成了晏禾为数不多的朋友之一。

明夷堂重新开门的时候，他还在医院实习，每逢有病人看牙，就跟人家说肾乃牙之本，我看你得到明夷堂看看，帮晏禾招揽了不少生意。

第二次来拔牙的时候，孟小阮特意看了看这牙医的名牌：施恩。

姓施名恩，这名字甚好，恩泽普降。

施恩大夫照旧是一副话痨属性：“晏禾没跟你说过吧？我们系花当年追过他，给他买早餐、帮占座，一个学期过去了，他愣是没记住人家系花叫什么。

“我要打麻药了，会有点疼，忍着点。”

正经的医嘱说完，他又开始八卦：“系花气得在宿舍哭了一个下午，但她不放弃，继续死追着晏禾不放，晏禾到哪儿她跟到哪儿，你看不看电视剧，那劲头就是一部《何以笙箫默》里的赵默笙啊。直到有一天，晏禾终于跟她说话了——”

“别动啊，嘴张大，疼也就一阵，打完麻药就好了，你这颗牙长的位置还行，拔起来应该不费劲。”

一阵尖锐的疼痛直冲脑门，孟小阮疼得直掉泪。

她的心里还惦记着晏禾跟系花说了什么，但施恩好像忘了这个茬儿：“打麻药确实疼，没事，疼你就喊出来。”

等到上了钳子，他才想起晏禾的事：“对，晏禾说，我不谈恋爱，只结婚。”

“系花当时脸就红了，羞羞答答地跟晏禾说，我愿意。”

“谁知道晏禾说，我不愿意。”

“咔嗒！”牙掉了。

施恩给她展示了一下：“看看，牙根都黑了。”

我不谈恋爱，只结婚……原来晏禾是这样想的吗？孟小阮的心里滋味难明。

晏禾陪她来的，她麻药劲还没过，头有些晕，晏禾将她的头靠在自己的肩上，嘱咐她：“过了麻药劲可能会很疼，血出得多的话一定得联系我，千万别漱，伤口愈合之前不要吃坚硬的食物。”

想想又觉得她这个状态，别说坚硬的食物了，软的也吃不了。他又说了一句：“多喝奶。”

上了车她才想起来牙没拿，孟家有习俗，下面的牙丢到房顶上，上面的牙要埋在地里。

晏禾叫住她：“牙在这儿。”

拔下的牙用个小塑料盒装着，晏禾递给她，打了方向盘，把她送回了家。

孟家巷热闹得很，只因为试药的结果出来了。

廖必臻开的药，老太爷吃了半个月还不见效，转吃了晏禾的，只一剂，耳鸣就缓解了。

孟小阮的堂姑姑听说这事，跑到爷爷跟前哭，说廖必臻不容易，这消息传出去，济世堂还怎么开门，要她爷爷务必瞒着，对外说吃了廖必臻的药好使，晏禾的药不好使。

老太爷一生刚正不阿，听了孙女的话差点没背过气去。

“孟家自唐往下，出了三百多个进士，二十多个状元，有五个位列三公，”这是孟家人的骄傲，孟老太爷逢人便要说的，“新中国成立以后，我们孟家也曾出过厅级干部，几个小辈都吃皇粮，做公务员。”

“我们孟家能传承几千年，只有‘诚心’二字，能说出这种话来，你配姓孟吗?

“你不必再说了，再说，我必要跟大家商议，开祠堂，取族谱，将你的名字从族谱中去掉。”

在孟家，女孩子也是要入族谱的，孟小阮这辈的名字竹字头，上一辈，也就是她姑姑这一辈是水字旁。

老太爷越想越气，干脆在巷子口贴了个公告，说晏禾的药确实好使，廖必臻的药不管用，他身为用药人，给这两位做个见证，免得廖必臻耍赖，不肯关了济世堂，下面还盖了老太爷的私印：放鹤堂老人。

晏禾送孟小阮回去的时候，恰好看到了这则公告。

他对内容不感兴趣，倒是看了半天这个名号，问孟小阮为什么叫“放鹤堂老人”，问完想起来孟小阮不好说话，便摆摆手，示意她不用回答。

孟小阮拉过他的手，用手指在他的掌心写道：“他喜欢林逋。”

诗人林逋爱鹤成痴，每逢客至，叫门童子将鹤放飞，林逋在外面见了，就回家迎客。

孟小阮的手指素白纤细，正是古诗中所写的“指如削葱根”，指尖落在他的掌心，一笔一画都是痒的，痒的是手更是心，他几乎要抽回手去，又舍不得，直到她写完了，才松了口气。

收回手，他轻轻拍了拍她的头：“回去好好休息，别熬夜。”

半个月之后，济世堂真的摘了牌子关了门。

晏禾对这个结果倒有点惊讶，济世堂已经开了十几年，在江城小有名气，一句气话就关了，何至于呢。

隔了几天，来了个类风湿性关节炎患者，虽然算作难症，晏禾已经治愈了几例，倒也不觉得麻烦。

开了药，那患者跟他说：“我先去找了廖大夫，廖大夫说他现在不行医了，而且我这情况他没把握治好，让我来明夷堂试试。”

名气上，尽管晏禾更大，但年纪实在太轻，世人多有一种想法，治病的大夫年纪越大，见到的病例越多，也就越牢靠，所以来明夷堂治病的人虽不少，但在济世堂看病的人也很多。

而且廖必臻少年学医，也算深得晏禾爷爷的真传，这几十年治愈患者无数，在江城人心中有很大威信。

待到廖必臻赌输关门之后，也有不少人说晏禾只是运气好罢了。

晏禾给他开了三周一个疗程的药，让他三周之后过来复诊。

没几天，又有一个患者说是廖必臻介绍过来的，病倒不罕见，只是这病拖了多年，她身体极弱，用药稍不小心就难免伤了根本，晏禾给她看过，开了药，要她一周以后再来，他视情况添减药材。

接下来，几乎五个患者里有一个说是廖必臻大夫介绍过来的，晏禾先前还是疑心廖必臻故意找些患者找他麻烦。一路治下来又不太像，那些患者治好了也都过来千恩万谢，送锦旗送特产，逢人便说晏大夫如何如何好，在廖大大那里治不好的病，在晏大夫这里轻轻松松，药到病除。

到了爷爷的祭日，晏禾去城外给爷爷扫墓。爷爷一生最疼晏禾，虽然明知晏禾不爱医学，还总在晏禾身边说写汤药歌，希望他能对医学产生兴趣。

然而命运就是这么奇妙，他活着的时候，晏禾对中医不感兴趣，他死后，晏禾终究还是继承了晏家的衣钵。

意外的是，晏禾在墓前碰到了廖必臻。

以往在正日子里，是从来碰不到大师伯和二师伯的，他们也不是不来，但都错开了时间。

廖必臻在墓前行了礼，奉上了祭品，晏禾爷爷一生爱喝酒，尤其是杏林庄酿的高粱白。

原本杏林庄上酿酒的人家不少，这几年酿酒行业不景气，好多人都关了酒坊出去打工，这一小瓶高粱白，想来廖必臻也是费了不少心思。

晏禾等他祭拜完了，放上了鲜花。

在晏禾走之前，廖必臻叫住了他。

晏禾停下来回视着他。

晏禾是地道的晏家人，传承了晏家人的容貌。

这一双温润的笑眼，令廖必臻想起了自己的师父。

师门传承是大事，当年多少人想拜在晏禾爷爷的门下而不可得，他不是最聪明的，也不是最勤快的，没想到师父最终收自己入了门。

他长久地看着晏禾，直到被冷风冻透了身体，才说了句："对不起。"

这句话不是对自己说的，晏禾懂。

廖必臻又向晏禾道谢："谢谢你允许我祭拜师父。"

晏禾反问他："我为什么要阻止？我爷爷不曾将你们逐出师门，你们就还是他的学生，我有什么权利阻止？"

廖必臻嗫嚅半晌："可我终究不仗义，医馆最难的时候离开了。"

晏禾只问他："你为什么要把你的病人介绍到我这里来？"

廖必臻苦涩一笑："我没别的意思，有些病症我治起来确实吃力。"

顿了顿，他接着说："既然为了病人，谁治其实都一样。"

晏禾笑了笑："我爷爷说，你不算聪明，也不是特别勤快，悟性也并不好，脾气还比较暴躁，他说过你好多次，但你总也改不了。"

廖必臻有些惭愧："我也想不通师父为什么会收我入门。"

"那是因为啊……"晏禾想起爷爷的话，转述给他，"纵有万般不好，你却有颗医心。"

仁心之后才谈仁术，医者之心，就是时刻把患者放在第一位，廖必臻做到了，哪怕坦诚地说出自己治不了，他将盛名不再，他也愿意给病人多指个方向。

廖必臻一时怔住了，原来是这样，纵然他有万般不好，师父仍旧看到了他的心。

“你要真有颗医心就重新把济仁堂开起来，我一个人两只手，哪里治得了那么多病人。不过赌输了罢了，有什么大不了的，这世上每天都有新鲜事，你关了医馆，乐的是看热闹的人，苦的最终还是患者。”

廖必臻有些茫然：“你……你不怨我吗？”

“有情而生怨，”晏禾说，“你和我谈感情是不是有点可笑？”

这样冰冷的话……

廖必臻苦笑一声，他还以为晏禾变了，他看着晏禾的背影，当年那个不会哭也不会笑的少年，终于长大了，长成了今天的样子，脊背挺直，一如他的父亲。

晏禾其实，还是变了。

祝爷爷病了，他是个极能忍耐的人，有些不舒服也不吃药，这次倒下直接昏迷不醒，医馆里的人都束手无策，晏禾不在，就将祝爷爷送去了医院。

检查结果如晴天霹雳，胃癌晚期。

孟小阮知道这个消息的时候，心里难受了很久。祝爷爷虽然不爱和人亲近，但心里极喜欢这些小辈，孟小阮离开《佳期入梦》的那段时间，一生没用过手机的人，为了孟小阮特意去买了部智能手机，跟人学习怎么用微博，怎么打字，天天在江城电台的官方微博底下留言让孟小阮回去。

孟广龄知道了，带上象棋去找了祝爷爷，也没问他怎么样，直接下了两盘棋，临走的时候拍拍他的肩膀：“我明天还来看你。”

大家都对祝爷爷的病情守口如瓶，但祝爷爷好像感觉到了，住了不到一周院，就强烈要求回医馆。

医生说祝爷爷最多只有两个月的生命，回去就回去吧，在临终之前，想吃的东西吃一吃，想玩的地方玩一玩，人这一辈子，来匆匆去匆匆，总得在死之前，痛快一回。

整个医馆都愁云惨淡，上了岁数的人其实最见不得死亡，医馆里的人都老了，祝爷爷的重病像是一个信号，大家都不知道下一个会不会是自己。

孟小阮给祝爷爷买了一只鹦鹉，比一般的鹦鹉个头都大，身上是五彩斑斓的花纹，毛发油亮，一双眼睛炯炯有神。

不会说话，但很聒噪，嗓门不像别的鹦鹉那么敞亮，吱嘎吱嘎的，像锈蚀的门轴。

鹦鹉很得祝爷爷的喜爱，它喜欢吃肉，尤其生肉，祝爷爷就从厨房里要来生肉，切成一条一条地喂它。

鹦鹉一口叼起来，迅速吞到嘴里，吃完了还要用长长的喙蹭一下祝爷爷的手。

有空的时候，孟小阮就陪祝爷爷坐坐，祝爷爷也不去药房了，天气好了就把鸟笼子挂在房檐上，自己坐在檐下用苇子编筐。

他的手很巧，编的筐纹理细腻，轻便漂亮。

阿婆说过，祝爷爷小时候住在塘下，那是个小村子，就建在水塘附近，一到秋天满塘的苇子，祝爷爷从小就学了一手编苇子的绝技。

祝爷爷后来娶了塘上的姑娘，俩人结婚后和祝爷爷的老母亲生活在一起，后来老母亲病了，只有晏禾的爷爷肯给看，见他们家穷，一分钱都不收。

几年后老人走了，祝爷爷的妻子在水塘里洗衣服的时候，一脚踩滑落进了水里，就再也没上来。

祝爷爷卖了房子，来到明夷堂。

他存了报恩的心思，什么活都肯干，晏禾爷爷看他在煎药上有些天赋，就让他专职煎药，这一干就是四十年。

他这一生，没有什么惊天动地的事迹，一个普通得不能再普通的人，命是比别人苦很多，但依旧顽强地活着。

孟小阮忍不住去问晏禾：“真的没有办法吗？”

“我尽量，”晏禾的目光里有一种罕见的怅然，“我只遗憾自己不是神。”

不是神，所以不能生死人肉白骨；不是神，所以在死神降临的时候，夺不下人命来。

他给祝爷爷开了几个方子，效果都不明显，最终只能改成止痛安神的汤药，祝爷爷从来不好奇是什么，拿过来就喝，偶尔喝得急了，呛得满身都是药汁，晏禾就拿着纸巾耐心地给他擦干净。

孟广龄常常过来陪祝爷爷下棋，俩人有时候一下就是一天。这两个学识、身份迥异，甚至没办法用语言来交流的人，在棋盘上终于找到了彼此的知己。

祝爷爷从医院回来的第二个月，明夷堂休假了，除了医馆的人，晏禾又邀请了丁穗、孟小阮和孟爷爷，租了辆车，一行人浩浩荡荡地到了江城城外的度假村。

度假村依惠陵江而建，附近有个温泉泉眼，天冷了，好多人都跑过来泡温泉。

今年的冬天来得早，又格外冷，不到十二月已经连续下了几场雪，惠陵江已经冻实了，往年天气最冷的时候，惠陵江也冻不上。

气象播报说今年冬天是56年来气温最低的一个冬天。

孟小阮给祝爷爷买了一件厚实的羽绒服，长款的，她自己也裹得像个粽子，孟小阮从小怕冷，天气刚刚转凉，就已经里三层外三层把自己武装起来。

孟爷爷时常爱讲古，这个天气又勾起了他对往日的回忆。

“那时候把我送到了山里的一个农场，冬天最冷的时候零下三十度，出门一口气呼出去，收得慢了，再到嘴里就是冰溜子。雪层层叠叠地下，弯腰捧一把，哗啦哗啦的，已经冻得像沙子一样。”

丁穗最爱听这个，让孟爷爷多讲一些。孟爷爷本来就是要讲的，丁穗的追问简直搔到了痒处，他还不忘瞪孟小阮一眼，都是做孙女的，看看人家丁穗多孝顺。

“天这么冷，只有窖里藏的土豆白菜能吃，大家都馋得厉害，就悄悄跑河里去炸鱼，拿开山的火药炸，炸完了冰迸得四溅，我有一次跑得慢，后脑勺被冰块砸了个大包。这之后就热闹了，大家赶紧过去抢鱼，胖头鱼，那么大一条……”

孟爷爷比了一个长度：“人多啊，再大的鱼也不够分的，就拿大铁锅炖成鱼汤，放一大把红辣椒，汤炖出来又鲜又辣。馒头出了锅是用桶装的，大家一窝蜂地冲上去，手抢不到，就用筷子扎，运气好的时候，能扎一串。”

车到了度假山庄，丁穗还记得鱼汤的事，跑去问服务员能不能给炖个鱼汤喝，要多放辣椒。

年纪大的都去温泉泡着，丁穗拉着孟小阮去看江，宽阔的江面白茫茫一片，和白茫茫的天接在一起，辽远而寂寞。

人总觉得可以使江河倒灌沧海横流，只有真的看到自然的壮丽时，才会察觉出自己的渺小来。

俩人回去的时候，孟爷爷和祝爷爷正拿着炉子烤地瓜，烤熟的地瓜分泌出了糖汁，甜香甜香的，祝爷爷给孟小阮和丁穗挑了两个最大的。

丁穗和孟小阮就蹲在火炉旁剥地瓜皮，剥一点咬一点，直等吃得满手满脸。

祝爷爷什么都吃不了，坐在一旁微笑着看着这两个年轻人。

孟爷爷拉着他去泡温泉，泡好了又带他去砸冰洞钓鱼，折腾了一天就钓上来一条三两重的小鲫鱼，孟爷爷坚持让店里给炖了，硕大的一锅，孟小阮没尝到一点鱼味。

从度假村回来，祝爷爷的精神好了不少，人却越来越虚弱，到后来只能让人推着，他不爱给人添麻烦，就不大出门，坐在屋子里继续编苇子。

他走的那天很安详，孟爷爷像往日那样找他下棋，敲了门进去，人已经走了。

他留了简单的遗嘱，手里存了一笔钱，不算太多，留给了晏禾，要晏禾以后结婚娶媳妇用。他有那种最普通的老人家心态，对后辈的好从来只是默默的，以他自己特有的方式。

手里编的东西也都安排好了，一人分了两件，多给孟小阮编了一张席子和一个筐。

给孟爷爷留了一副象棋，是他年轻时候自己做的。

祝爷爷去世后，那只鹦鹉不吃不喝，孟小阮不忍心，把它放了出来，大概太久没进食了，虚弱得很，一头栽到了水桶里。

这下可了不得了，一桶清水迅速变了颜色，孟小阮赶紧把它捞上来，它恹恹的，身上的颜色褪了下来，露出了里面纯黑的底色。

等到孟小阮给它擦干净了才发现，黑的毛，黄的喙，哪里是只鹦鹉，原来是只乌鸦。

她想笑，眼泪却啪嗒啪嗒落下来，祝爷爷早就发现了吧，不忍心拂了她的心意，才一直喂它肉吃。

给这乌鸦喂了食，有心想放它走，它却绕着祝爷爷的房间一直飞，直到终于确定再也看不到那个给它肉吃的老头，才悲怆地鸣叫了一声，冲上天空，最终变成了一个小小的黑点。

夜已经深了，晏禾坐了许久，桌上放着的是祝爷爷的存折，老式的折子，纸张泛黄，一笔一笔倒很清楚，存进去的多，取出来的少。

收音机里，孟小阮正在推荐一部纪录片——《我死前的最后一个夏天》。

“即使设想过多少次，在死亡降临的时候，我们仍然会觉得没有做好准备，如果人生只剩下最后一个夏天，我们会做什么呢？

“纪录片里的四个人都得了绝症，医生诊断他们的生命还剩下不到一年的时间，所以往年让自己烦恼的一地落花，将是自己看到的最后一次。所有好的、坏的最终都变成了留恋的，人生纵然了无生趣，却仍旧想多活一天。

“人生什么最残忍呢？一心求死的人死不了，还是一心想活的人没办法活？

“有一个朋友刚刚离开我，生而为人，悲伤大概永远不会消失，但我们终将学会与悲伤共存。

“我想对另一个朋友说，医生是神不是人，但是他们的伟大之处在于，明知不可为而为的一颗心。”

晏禾摸了摸心脏的位置，这颗心在缓缓跳动，伟大吗？他并不知道，可是从医到现在，他第一次那么迫切地想救一个人。

在祝爷爷生病之前，他在晏禾心中，只是一道模糊的影子，晏禾知道他药煎得好，这对医馆来说，足够了。

唯一深刻的印象是，明夷堂重新开张，祝爷爷回来的时候。

那天下了很大的雪，他佝偻着身子背着铺盖卷，敲开门，比画着：“我想回来。”

想回来，那就回来，晏禾没有拒绝。

祝爷爷却迟迟不走，最后哆哆嗦嗦从衣兜里摸出一支皱巴巴的棒棒糖递给他。

晏禾小时候，他爷爷总给他买，他其实不怎么爱吃。

那糖，晏禾随手丢在了纸篓里，他不知道祝爷爷有没有看到，只是从那以后，祝爷爷再也没给他带过东西。

他摩挲着那本厚厚的存折，眼睛有一些湿。

第十一章
白芍

NI
QINAIDE
WO

《中药大辞典》说，白芍性味苦酸，凉。入肝、脾经。养血柔肝，缓中止痛，敛肝收汗。你离开时，花枝才堪攀折；你归来时，一地残花，已过了几个春季。在来去的日子里，剩多少爱，只有你的心知罢了。

元旦放假，孟小阮哪里都不想去，天冷，好不容易能放松几天，不用想着工作，窝在家里刷刷剧，睡个懒觉，一个节过得多惬意。

孟广龄准备去见永慧方丈，广禄寺有新年祈福会，祈福会从晚上开始，一直到第二天凌晨结束。他想让孟小阮陪着去，孟小阮嫌冷，最后找了个借口："我跟丁穗一起去看演唱会。"

孟爷爷半信半疑，要把孟小阮送到了明夷堂再走，顺道还能看看他的海伦。

孟小阮只好硬着头皮出了门，到了丁穗房间敲不开门，打电话一问，她真去看演唱会了。

他们公司给每个员工送了一张当红歌星的演唱会门票，丁穗最近正迷这个歌星，尽管演唱会在另一个城市举办，她还是买机票赶去了。

这就尴尬了，好在孟爷爷已经走了，孟小阮百无聊赖地在后院转了转，药圃里的药材大多不耐寒，天气一冷，满目萧条，倒是几株茶花还开着，大朵大朵的红色，平时觉得这颜色有点俗，在只有黑白两色的冬天，这点红倒显得弥足珍贵了。

孟小阮准备回去，迎面碰上了晏禾，他冬天穿得也不厚，人就更显得清瘦。

他看她，微微一笑："新年快乐。"

孟小阮也给了一样的祝福："新年快乐。"

她冻得脸蛋发红，搓了搓手："我要回去了。"

晏禾要她等一下："有份礼物送给你。"

孟小阮去了他的房间，屋里暖气很足，热气扑到身上，让人浑身懒得使不上力气。

晏禾提出个透明箱子递给她："给。"

里面是只粉色的螳螂，中秋节那孩子送的螳螂孟小阮相当珍爱，每天好吃好喝喂着，没承想某天螳螂跑了出来，被孟小阮那只叫软软的螃蟹一爪子给夹死了。

这螳螂还没取名就死了，譬如孩子出生之后没序齿就夭折了，孟小阮满腔遗憾，饿了软软几天，可那只螳螂终究回不来了。

孟小阮第一次见到粉色的螳螂，大感兴趣，仔仔细细看了好一会儿，越发觉得它无比美貌，简直是螳螂中的西施、王嫱。

"这是兰花螳螂，"晏禾给她介绍，"造型像兰花一样。"

孟小阮极喜欢，又有些不好意思，毕竟她没准备晏禾的礼物。

于是她说："你有什么愿望吗？我可以满足你一个愿望的。"

他想了想："你陪我一起过节吧。"

明夷堂的工作人员都放假回家了，连后院的一些老人都被儿女接回去过节，偌大一个明夷堂，只有晏禾一个人形单影只。

想了一会儿，她建议："我们一起吃火锅吧。"

火锅简单，对于孟小阮这种理论美食家来说再方便不过，俩人去超市买了食材。孟小阮每样都觉得好吃，塞了满满一推车，出门的时候还蹭了晏禾一串糖葫芦。

她捏着糖葫芦给晏禾做示范："第一步要把多出来的那片糖咬下去。"

她咬了一口，在嘴里嚼得咯吱咯吱直响。

"然后就开始吃山楂了，"她吃了山楂，很满意，"糖葫芦就要在冬天吃，天气越冷越好，冻实了糖才酥，电视剧里的男男女女夏天也吃糖葫芦，简直不可思议。"

晏禾替她捻掉了嘴角的一点糖渣："小心别被竹签扎到了。"

吃了糖葫芦她还要吃烤肠，晏禾把她拉走了："吃了烤肠你还怎么吃火锅。"

烤肠没吃成，她又要吃薯片，买的是蜂蜜黄油味的，拿了一片塞到晏禾嘴里："尝尝！"

晏禾教育她："添加剂太多了，少吃点。"

孟小阮咬了一口心满意足："好吃。"然后看看晏禾，"吃东西时不说添加剂，这是一种美德。"

晏禾去厨房拿了个煮菜的电锅，倒了水放了底料进去，孟小阮已经把菜洗好了。晏禾的菜切得极好，地瓜、土豆、山药，一片一片切得厚薄均匀，孟小阮在旁边看得赞叹不已。

火锅大概是最方便的食物，只要切了洗了放在锅里一涮就能吃。

晏禾怕她吃得太急烫到嘴，总是拦着她："稍稍凉一凉再吃。"

孟小阮喜欢在蘸料里放韭菜花，最好配酸蒜。

晏禾不爱吃辣，只吃芝麻酱，芝麻酱里要调香油，他食量少，吃了点蔬菜大概就饱了，但继续陪着孟小阮吃，看她吃了宽粉吃豆腐，吃了豆腐去吃魔芋丝，这些都吃完了还要下面条，他疑心她会撑到，孟小阮兴致勃勃地下了一包珠江面，跟晏禾聊起火锅汤来。

"菌汤最美味，熬得入了味才好，趁热舀出来，撒一层葱花，那种小香葱最香了。"

吃完了火锅收拾了，便没事了，孟小阮去半闲楼看书，晏禾指给她：“大概没什么你爱看的。”

他带孟小阮上了二楼，在书架里抽出一本递给她，是《呼啸山庄》。

正南的窗是落地的，窗前放着一张小几、几把椅子。

楼里没有暖气，晏禾开了空调。

他也拿了本书看，孟小阮疑心是医书，偷偷看了封面才发现是本诗集。

冬日的阳光透过窗子落下来，带了点暖，孟小阮伸了个懒腰：“要是有只猫，肯定喜欢坐这个位置。”

原本真的有只猫，后来老死了。

她起初粗粗地翻着，后来倒看进去了，晏禾给她倒了一杯大麦茶放在几上。

果然有些渴，她喝了水，空气温暖而湿润，困意上来，闭上了眼睛。

再醒来的时候，身上已经披了一条毯子，晏禾还在看书。

天色渐渐暗下来，晏禾起来开了灯。

孟小阮伸了个懒腰，问他：“诗集好看吗？”

他点头：“我最喜欢这么几句：我亦飘零久，十年来，深恩负尽，死生师友。”

是顾贞观的《金缕曲》，孟小阮也喜欢。

她站起来，问他：“我们去江边看烟花啊。”

这江不是城外的惠陵江，而是内城的金水江，窄窄的一条，因为位置好，建了个江边公园，每年元旦都会在江边举行烟花大会。

他无可无不可，收了书站起来，穿好外衣，叮嘱孟小阮：“把帽子戴上，外面风大。”

她戴着那种羊绒的帽子，下面拖着两个毛茸茸的小球，走路的时候一晃一晃的。

江边已经聚了很多人，烟花大会还没开始，人被拦在燃放烟花的区域外，后来的人拥过来，晏禾担心孟小阮被挤散，拉住了她的手。

隔着手套，手的触感其实并不很敏感，但孟小阮仍旧有些不自在，低着头，耳朵都要烧起来。

前后都是拥挤的人潮，孟小阮小小的个子，踮起脚来，放眼过去都是黑压压的人。

晏禾皱皱眉，前面被拦上了放烟花，后面的出口又很窄，万一人流逆行，就会发生踩踏。

他对孟小阮说：“我们先退出去吧，人越来越多，有些危险。”

孟小阮被挤得一身汗，听了他的话就准备往后退，前面忽然发生了骚乱，人群迅速往后面退，而后面不断有人拥过来，两面夹击，中间的人尖叫起来：“别挤了，都别挤了！”

可是人流已经控制不住了，孟小阮被挤得喘不上气来，晏禾将她圈在怀里，空气越来越稀薄，孟小阮的身子软下去，晏禾将她提起来，抱在了怀里。

主办方已经发现了异常，马上有人赶过来进行疏导，后面的人一点点疏散过去，中间的人终于有了点活动空间，孟小阮还没来得及舒一口气，前面的人却仍旧在退，晏禾被挤得闷哼一声。

形势又乱了起来，孟小阮第一次感觉到，挤，原来是这样的。她也曾挤过公交，最厉害的时候只有一只脚能落下来，可现在的挤是把她当成一张纸，五脏六腑都疼，前后都在用力，就像一个磨盘，把她和晏禾放在磨盘中间反复研磨。

每一口气都喘得艰难，时间似乎变得越来越慢，两只耳朵隆隆地响，她疑心是否来了一场地震，当她用尽力气再看一眼人群的时候，才发现，只是耳鸣罢了。

“振作点，”晏禾唤醒她，“再坚持一会儿。”

好在主办方及时撤走了烟花，放开了那侧的警戒，那边的人便不再挤了。人终于慢慢疏散开了，有的人挤丢了鞋，有的人挤丢了包，还有的受了伤，留下一地淋漓的血。

有个孩子软软地躺在地上，她妈妈跪在地上只是哭，伸手去抱孩子，被晏禾拦了下来：“不知道伤没伤到内脏，先别动，等救护车来。”

警车来了，救护车来了，原本热闹的烟花大会，只剩下满目凄凉。

不再挤了，孟小阮也逐渐缓了过来，脸上恢复了血色，可是精神还不太好。

晏禾牵着她：“我们一起走走吧。”

这条街毗邻最繁华的商业区，高楼林立，各个商铺都打出大幅的广告，霓虹灯闪烁着璀璨的光，直走了两二里，孟小阮才感觉自己活了回来。

看《我死前的最后一个夏天》的时候，孟小阮一直觉得预知了死期却无能为力最为可悲，然而此刻她又觉得，死亡猝然来临的时候才令人难过，没有道别，没有一点点准备，从生到死，不过是一个短暂的轮回。

她问他：“如果列一个死前的愿望清单，你有什么愿望吗？”

晏禾想了良久，然后说道：“没有。”

孟小阮想了想：“我想让活着的人忘了我。”

她有个堂姐，当年得了重病，拖了好久终究还是走了，父母办了丧事回来，发现女儿所有的照片都没了。

是她堂姐烧掉的，没给父母留下一张。

她父母偶尔会发牢骚，这孩子狠心，死也不给他们留个念想。

孟小阮当时也觉得狠心，此时却懂了，生命的最后，所有的爱都不可说，只能愿你们早早忘记我，别思念，别怀念，当我从没有来过。

晏禾有些踌躇，这个时候送孟小阮回家，孟家没有人，她一个人在家他不放心，回到晏家，住的地方是有的，只是晏家那么大，她住得远，他也不放心。

犹豫片刻，他说：“我们去看通宵电影吧。”

这附近是有电影院的，IMAX的，电影院里人很少，也是，这样万家团聚的日子，大概很少有人有闲情过来看通宵电影。

戴上3D眼镜，孟小阮靠在椅背上，灯熄灭，银幕亮起来，是一部灾难片。

屏幕上移山倒海，楼宇倾塌，她有一搭没一搭地看着，这时候总要有个小人物做了大英雄，好莱坞的套路，大家都懂。

一部放完，晏禾出去了一趟，再回来时给她带了热狗：“忘记带你吃晚饭了。”

孟小阮也忘了，中午的火锅已经消化得差不多，经历了踩踏事件，孟小阮没有什么食欲，但还是一口口吃掉了，甚至她素来要挑出来的生菜，也都吃掉了。

他再出去，这回是买水，矿泉水，摸起来却是温的，孟小阮有点惊讶：“现在有卖温水的吗？”

晏禾说：“不是，我让店员用热水泡过，温水对胃好。”

之所以没买热咖啡或者橙汁，是因为饮料腐蚀牙。

她接过来，水的温度略高过她掌心的温度，她拧开抿了一口，温度正好。

再热闹的剧情总有看腻的时候，孟小阮闭上眼睛，人没睡，感觉晏禾换了个姿势，把她的脑袋放在了自己的肩膀上。

他身上有檀香的味道，不重，却让她安心。

这一觉睡醒，电影还在演，她看了看身旁的晏禾，他也睡着了，头靠在椅背上，脸上带出了倦意。

她默默地看着他，拿起水瓶喝了一口，水从喉管流进胃里，已经凉了。

他和孟箫是同学，俩人同年，都长她八岁。

她还扎着小辫上四年级的时候，他们已经成年了。

孟小阮十岁之前，孟箫还总是扯扯妹妹的辫子，有事没事欺负一下，等孟箫十八岁的时候，忽然懂了事，早上起来给孟小阮编辫子，还自学了很多花样。

家里两个男人，手都不够巧，每天早上给她编辫子要花上半个小时，有时候弄得一团糟，只好给她扎个松散的马尾辫，还没放学就散开了。

但他们从来没想过把孟小阮的长发剪掉，孟小阮要剪，孟箫气得哇哇叫："你是妹妹啊，怎么能剪个小子头呢？！"

晏禾十八岁的时候是什么样呢？他和孟小阮所见过的男人都不一样，孟小阮大学的时候爱看小说，故事里的男主十之八九都是禁欲系的，她想晏禾不是，他无欲。

从未见他对什么特别喜欢，也从未见他对哪里特别留恋。

老话说，人无癖不可与之交，没有任何嗜好的人，心都太狠。

可是她身边的晏禾，对她那么温柔，那样好。

晏禾并没有睡实，睁开眼，看到孟小阮在看他，笑笑，伸手一摸孟小阮的头："困就睡吧。"

电影散场的时候，已经是第二天早上六点了。

整个城市还没清醒，晏禾的手机响起来，他接了个电话，神情有些凝重："这就回去。"

他跟孟小阮解释："是施恩，他家亲戚得了急症，已经在明夷堂了，要我赶紧回去。"

这么早，车不好打，他带着孟小阮上了车："等我忙完了再送你回去。"

到了医馆，施恩已经带着人守在了门口，见到晏禾松了口气，跟他介绍身边的女人："这是我阿姨。"

那女人五十余岁，皮肤保养得很好，额头眼角几乎看不到皱纹，五官并不出挑，组合起来倒有几分秀雅。她抖得厉害，一时哭一时笑，人紧张地缩着脑袋，不时回头瞅瞅，往施恩身边靠："来了，又来了！"

看到这个女人的时候，孟小阮只觉得浑身发冷。

她一眼就认出了这个女人，她初中的班主任，叶玫。

当年教她的时候，人还很年轻，喜欢穿旗袍，说话声音柔柔的，笑起来既斯文又优雅，孟小阮几乎第一眼就喜欢上了这个老师。

如果没有后来的话……

没来得及再想，晏禾让施恩把叶玫扶进了医馆。

施恩简单介绍了情况："已经有段时间了，最开始怀疑是精神分裂，去医院看过，说不是。我姨夫……"说到这里略顿了顿，"没时间照顾，我表哥也没时间，我阿姨这段时间就一直在我家住，我爸妈去海南旅游了，昨晚她忽然发起狂来，将家里的电器都砸了，我现在实在是没办法了。"

晏禾先给她诊了脉，她挣扎着要跑，还是施恩死死按住了她。

收了手，晏禾说："脉细弱无力。"

让她张嘴看了看舌苔，淡红色的，没有舌苔。

她很警惕，嘴里喃喃自语："别以为我看不见你，你个不要脸的白骨精！"很快脸上露出个诡异的笑容，抓起桌上的裁纸刀，对着空气乱捅，"扎死你，我扎死你！"

晏禾注意到她握刀的手是左手，问施恩："你阿姨习惯用左手吗？"

施恩摇摇头："她不是啊，可最近抓什么都用左手，连筷子都是，每次都弄一桌子菜汤。"

晏禾夺了她的刀，握住了她的右手手腕，她的右手一直在抽搐，晏禾拿着毫针刺了一下指尖，没有任何反应。

她又乖乖地坐下来，转瞬又恐惧得厉害："我刚刚看到玉皇大帝了，他说要把我发配到南极挖煤。"

她一把攥住施恩的胳膊："你替我求求他，我不去，我不去啊！"

晏禾初步做出了诊断："是癔症。"

癔症？施恩尽管念了两年中医，但都用在玩游戏上了，基本等同于一个中医盲。

他问晏禾："不是精神分裂吗？"

晏禾给他解释："癔症又叫分离转换性障碍。与精神分裂最大的区别是癔症幻想的内容不太固定。

"肺气虚燥，心失所养，肝脏受累，我将白芍的剂量加大一些，与升陷汤一起煎煮。"

他开了方子："让她先住下来吧。"

好在医馆请假的人都说今日回来，也不用担心没人照顾。

施恩万分感谢："那我就将阿姨托付给你了。"

晏禾给他指住宿的地方，回头一看，孟小阮还站在诊室里，人一动不动，手攥得死死的，他担心她病了，去试她额上的温度，不热，反倒有些凉。

半晌她才回过神来，额上冒了一层汗，声音有点哑："没事，你先陪他们去吧。"

晏禾将他们安置下来，住院部只是个小院落，需要住院的人并不多，这院子里也不过十来间房，年前最后一个病人出院走了，目前整个住院部空置着。

安置好了两人，晏禾再回去找孟小阮，诊室空无一人，孟小阮已经走了。

他打了她的电话，没人接听。

他急起来，开车去孟家看过，大门紧锁，她显然没有回来。

他一个一个去问，孟箫在外地出差，听说孟小阮不见了，在电话那侧吼他："你就不能让着她点吗？"

不问青红皂白，首先站稳了立场，是晏禾的错，都是晏禾的错。

晏禾也没辩白，只问他："她常去哪里你知道吗？"

孟箫想了一会儿："她除了家还能去哪里？"

没有什么有效信息，晏禾再打孟小阮的电话，已经关机了。

连电台都找过，晏禾再回到医馆的时候，天已经黑了，半闲楼的灯亮着，他上到二楼，孟小阮正坐在那里，膝上摊着一本书，然而并没有看。

她没开空调，人冻得瑟瑟发抖，见到晏禾，撩了撩眼皮："你来了。"

焦躁、担忧、紧张，一瞬间都在她这句话里变成了叹息。

他走过去，在她身边坐下，告诉她："我给你打了电话。"

"哦，"孟小阮去找随身的拎包，"好像放在诊室里了。"

他走得太急，甚至来不及看一眼诊室，她的包还在，又怎么可能走远。

他问她："你认识施恩的阿姨吗？"

她所有的反常都是在见到这两个人以后出现的，施恩，孟小阮早就见过，还在他那里治过牙，能让她这么痛苦的，就只能是施恩的阿姨了。

她“哦”了一声：“是我的初中老师。”

他知道还有很多事情，只是她现在不想说，他便不再问，跟她聊起小时候那只猫。

那是他童年时仅有的玩伴，从奶猫一直长成老猫。

“很胖一只，走路的时候肚子胖得几乎要拖地，尤其喜欢吃黄花鱼。”

孟小阮默默听着，脱了鞋，蜷着腿抱着膝盖，她瘦得很，小小的一只，蜷在一起更显得可怜。

他的童年乏味异常，只有那只猫算是一点鲜活的话题，他讲起猫怎么守在池塘捉鱼吃，又怎么挠坏了一棵胡桃树。

他不太会哄人，说完这些，就收了声。

两人默默坐着，晏禾开了空调，告诉孟小阮：“把外套脱了吧，容易感冒。”

她就乖乖脱了外套，露出了白色的针织毛衣。

他于是又给她讲了七绝脉：“第一种是釜沸脉，脉象釜中烧开的沸水。是一种危候脉象，有这种脉象的，一般有器质性心脏病。”

接着是鱼翔脉、虾游脉，直说到弹石脉，孟小阮终于开口了。

“叶玫是我初中的数学老师加班主任，我当年入学的时候很喜欢她。她对我也很好，尽管我数学不是很好，还是让我做数学科代表。

“我的性格很内向，也不太会和同学交往，但刚升入初中的那一年，我还是很开心的。放假的时候叶老师叫我们几个同学去她家里补课，她老公开了一家很大的公司，报纸上还报道过，她儿子已经读了研究生，她家很大，是跃层，布置得很温馨，她还给我们烤饼干吃。

“然后就升入了初二，那时候我爷爷担任了一个项目组的负责人，这个科研项目大家都很看好，和考古专业合作，好像要分析什么古植物，我也不太懂。

“叶老师就找到我，让我跟爷爷说，把她儿子招到那个组去。她儿子也是学植物的，我回去跟爷爷说了，爷爷说她儿子的心思根本没在植物上，论文都写得乱七八糟，坚决不会同意她儿子加入。”

后来……她咬了咬下唇，继续说下去：“我跟叶老师说了，我爷爷不同意，她当时脸色就变了，但是也没说什么。只是第二天，她就撤了我科代表的职。”

事情到这里，并不算什么大事，孟小阮当时虽然心里挺难过，但是也能接受。

“我知道她因为这件事情不喜欢我，我就更加小心，但是每到数学课上她都会找各种理由批评我，坐姿不对，分数考得不好，说我脑子里装的都是豆渣，以后……站街还能有口饭吃，靠脑袋得饿死。”

她当年根本不明白站街是什么意思，班级里有开窍早的，听了之后互相挤眼睛大笑。

晏禾的脸色变得很难看。

“后来……”她拧着手指，“我们班有个男生，他们都说他是校草，我没记住长什么样子，递给我一封信，其实也没写什么，就是说对我有好感，想跟我继续接触。”

少男少女情窦初开，这种事情很常见。

“我简直要吓死了，把信丢到了垃圾桶，”说到这里，孟小阮停了停，那段她曾经刻意遗忘的记忆，像烙在灵魂上一样，滚烫而清晰，“后来他当着大家的面问我什么意思，同学就都知道了。”

“我又羞又恼，拒绝了他。我以为事情到这里就结束了，谁知道有个大姐大一样的女生也喜欢他，知道校草喜欢我，就找了几个女孩子……”

她尖叫起来：“她们把我拖到了厕所里，拿鞋底抽我的脸，把纸篓里的垃圾倒在我的脑袋上，骂我贱，是婊子，拿了把剪刀，说要把我的脸刮花了，省得四处勾引人。我苦苦哀求她们，说我错了，我再也不敢了，别打了，太疼了。”

她扯起嘴角笑了笑：“好在后来有人来了，她们丢下我跑了。

“那时候我哥在外地上大学，我爷爷跟着项目组去了新疆，堂婶每天过来给我做饭吃，我不敢告诉别人，就这么忍着，等来的却是她们变本加厉的欺负。她们打我，侮辱我，拿着烟头烫我的胳膊，威胁我说出去就把我掐死埋了……”

“她们四处造谣，说我水性杨花，到处勾搭人，谁谁谁跟我睡过，”这些粗俗的词烙得她心口发疼，“还说亲眼看到我从包里拿出了，拿出了……”她的声音低得几乎听不到，“安全套。”

她从小被保护得好，直到上了生理健康课才知道男女的构造不同，孟箫让她离男生远一点，她就真的离得远远的，连她的男同桌，她都没主动讲过一句话。

她的世界单纯而又幼稚，很长一段时间都以为接吻就会怀孕。

“我实在忍不了了，去找了叶老师，我跟她说了我受到的种种委屈，我没指望她安慰我，我就想让她管一管，让那几个女生别再欺负我了。”

“可是她说，”孟小阮在抖，“她说，她们怎么就欺负你不欺负别人呢？”

她还记得叶玫当年坐在办公桌前，说完这句之后，打开抽屉，拿出了一瓶指甲油，一根手指一根手指地涂起来，涂完了还轻轻吹一口气，极其嫌恶地看了她一眼："你还杵在这儿干什么？"

当年那个小小的孟小阮已经长大了，那种深重的无力感却一直藏在心底，她张开手看了看自己的指甲，她记得叶玫的指甲是红色的，鲜艳得像招摇的罂粟花，直到现在，闻到指甲油的味道，她都想吐。

"我整宿整宿做噩梦，老觉得身上有厕纸的味道，我只能一遍又一遍地洗澡，喷了满身香水，仍旧觉得自己臭得恶心。"

"直到有一天，我看到了削铅笔的刀片，"她暗淡的眼神中爆发出光亮来，"我在胳膊上割了一刀，看血珠从裂开的血管里渗出来，激动得浑身发抖。疼，是真疼啊，可我心里却舒服极了。"

她挽起袖子，露出了细白的胳膊，年深日久，伤痕已经很淡了，但仍旧能看到一道道浅淡的疤痕。

晏禾看着这些丑陋的疤痕，仿佛有一把锈蚀的锯子在割他的心，那疼是钝钝的，每一下都牵扯着神经。他放下她的袖子，轻轻拍着她的后背，一遍一遍地安慰她："都过去了，都过去了。"

"都过去了吗？"孟小阮怔怔的，忽然看清了晏禾的脸，是啊，都过去了，她蹲在地上号啕大哭，"原来已经过去十年了。"

十年之久，她心中的伤却从不曾愈合。

她说："你知道吗，我恨那些侮辱我的同学，可我更恨我的学校和老师，在阳光照不到的地方，那么多的校园霸凌，难道不是他们纵容的结果？"

他将她扶起来抱在怀里，用手背擦她的泪："都过去了，都过去了，我在这里。"

她仍旧在哭，好像要把所有的痛苦一次性地哭出来。

后来孟箫放假回家，看到了孟小阮身上的伤，他问出了那几个人的名字，红着眼，抄了把刀，要去把她们都砍了。

她第一次看到这样的孟箫，她记忆中的哥哥总是打扮得招摇鲜亮，能动口绝不动手，以前招惹了附近的小流氓，在外面躲了好几个月不敢回家。

她抱着孟箫的腿，不让他走，她也恨，可她怎么忍心搭上孟箫。

最终孟箫报了警，那几个女生被抓了，可很快又放了，学校把她们开除了，孟小阮也转了学，转到离家特别远的一所学校。

在那之后，她进行了很长一段时间的心理治疗。

她终于哭累了，靠在晏禾的肩膀上，恹恹的样子。

晏禾把她扶到椅子上，她靠着椅背，闭着眼睛，眉心仍旧皱着，小小的一张脸，还没褪去孩子气。

"睡一下吧。"

她睡不着，他便给她背药性歌："诸药之性，各有奇功，温凉寒热，补泻宣通。君臣佐使，运用于衷，相反畏恶，宜忌不同。人参味甘，大补元气，止渴生津，调营养卫。黄芪性温，收汗固表，托疮生肌，气虚莫少……"

他的语速不快，声音和缓，孟小阮默默听着，声音有些倦，问他："白芍呢？"

他知道她仍然记得白日里给叶玫治病的事："白芍酸寒，能收能补，泻痢腹痛，虚汗勿与。"

又过了一阵，她的呼吸声渐沉，睡着了。

再给叶玫开药的时候，晏禾便有些迟疑，他问孟小阮："你若不想，我就不给她治了。"

孟小阮歇了一晚，精神好多了，她摇摇头："我讨厌她是我的事，你治病是你的事，我不能因为我的事去干涉你的事。"

她坐下来，晏禾给了她一根牙签，让她扎着瓷坛里的梅子吃，她找准了最大的一颗。

她说："这世上的医生和法官都是最公正不过的。法官不用说了，以法律为准绳；医生呢，当然以救人为己任。”

晏禾问她：“医生可以不辨善恶？”

她攒着眉想了想：“医生只管治病救人就好。与人为善的人，自然人人称赞；与人为恶的人，当然也会有人寻仇。恶与业，罪与罚，都是他自己的事。”

或许父亲也是这样想的吧，医生救人是自己的事，患者作恶是患者自己的事，他只能救命，却救不了人心。

叶玫出院之前，孟小阮见了她一面。

听说她过得很不好，丈夫出轨了，儿子也不管她，她本来就不是个心胸开阔的人，刺激受得多了，人就崩溃了。

叶玫见到孟小阮时愣了一下，问她：“你找谁？”

孟小阮在她床边坐下：“我找你。”她心里有些悲凉，曾经给过她侮辱和伤害的人，居然已经不认识她。

她问叶玫：“叶老师，你还记得我吗？”

叶玫仔细端详了孟小阮片刻，脸色有些变化：“你是……孟小阮吧？”目光微闪，她说，“听说你在电台做主播呢，挺好。”她不咸不淡地说着，“你爷爷还好吗？早都退休了吧。”

孟小阮打断她：“叶老师，你后悔吗？”

她顿时收了声，头扭到另一侧，沉默不语。

孟小阮便说起来：“我还记得上学第一天见到你时的样子，你穿了一件葱绿色绣竹纹的旗袍，头发绾起来，戴了一副银丝边的眼镜，进门的第一句话是，孩子们，我是你们的新班主任。

“后来你让我和几个同学一起去你家补数学，我可开心了，觉得你对我真好，虽然有同学说，你根本就是看中了这几个同学的家庭背景，班长的爸爸是税务局的，学习委员的妈妈是电业局的，中队长的叔叔是银行的，这些学生的家长对你丈夫的事业有帮助……

“我每天放学一定要先写数学作业，还买了练习册做练习，生怕自己作为数学科代表成绩不好，丢了你的脸。

“我知道我爷爷的拒绝让你很恼火，可是我爷爷的事情跟我有什么关系呢？就算被你挑剔被你骂，我都给你找了各种理由……但是当同学欺辱我的时候，我去找你求助，你无动于衷，后来她们辱骂我殴打我的时候，你撞见过，也从来没有干涉过，是你的冷漠纵容了她们的恶行，她们加倍欺负我，越来越多的人孤立我，我每天早上最怕的事情，就是走进校门……”

说到这里，她哽咽了。

叶玫哼了一声：“谁规定学生喜欢老师，老师就必须喜欢学生了？当年欺辱你的人可不是我，谁让你受伤了你找谁去，在我面前找什么存在感？”

孟小阮说：“那如果我当年残了或者死了呢？”她笑了笑，笑容里有几分苦涩，“想必你还觉得是我心眼小想不开，和你毫不相干。伤口只有在自己身上，才知道有多疼，我从没指望你理解我当年受到的伤害，甚至也没想过听你道歉……”

叶玫转过头来，恶狠狠地盯着她：“我没错，我道什么歉？你这是看我落魄了，专门拣软柿子捏吧？我讲完课就算尽到责任了，学得不好是你们笨，私底下大家斗殴是你们自己脑子有坑，我是你们爹是你们妈？给我多少钱让我担这么大责？

孟小阮的声音压过了她：“可你是老师啊！

“你问问你自己，你从教几十年，从你手中毕业的学生，有没有一个来看过你？有没有一个真心感谢你当年的教导？

“没有吧……

“所以你看，你作为老师的一生，有多么失败。”

听到这里，叶玫终于不作声了。这大半生，她一直是这么走过来的，家是她的天，丈夫是她的天，儿子是她的天，其他的，不过是她向上的手段，可是最后，她的天塌了。

这一生就这么过来了，对也好错也罢，哪有机会让她重新回头？

孟小阮走了。

叶玫今日的落魄，她并不觉得欢喜，因为自己的疼不可能靠别人的疼来医治，报复只是手段，不是目的。

她在《佳期入梦》里讲起另一部电影，韩国的，叫《蚯蚓》。出身贫苦人家的女孩进入一所贵族学校，招惹了校霸，他们殴打她轮奸她，甚至以告诉她爸爸做威胁，强迫她出去卖淫。女孩在绝望中自杀身亡，她爸爸看到了女儿的日记，将那些欺辱过女儿的人杀了个干净。

到最后，满屏幕的血，但大快人心。

你说这是艺术加工，真正的校园霸凌怎么会造成这么恶劣的后果。是啊，受害者大多选择了忍气吞声，将伤痕深深掩埋，一生不曾忘记，一生不得安宁。

可是那些施与霸凌的，当你为人父为人母的时候，当你的孩子也遭受了别人欺凌的时候，你可曾想过当日的罪孽，你可曾在夜晚里安然入眠？

不曾吧……

对那些施暴者来说，这不过是孩子之间的游戏，对老师而言，管不了又死不了人，由他们去吧。

恶在萌芽的时候，从不曾有恶的自觉，然后开出血腥的花，结出罪恶的果，烂在泥土里，开始一轮又一轮新的循环。

冬日的空气冰冷而又清新，孟小阮吸了一口，又缓缓吐出，她摊开双手，虚抱了一下阳光，从病房出来的那一刻，她放下了。

第十二章
樟脑

NI
QINAIDE
WO

《全国中草药汇编》说，樟脑性味辛、温。通窍辟秽，温中止痛，利湿杀虫。它味道不好，像一个脾气有那么一点暴躁的女子，你常怨她不如别人温柔小意，却不知道，她信你爱你，才放纵了自己的脾气。

烟花大会的踩踏事故最终造成了五人受伤、一人死亡，人们热议了几天，小赵提议做一个公共安全专题，旧历新年就快来了，节日里人潮汹涌，给大家做个警示。

孟小阮觉得这提议很好，《佳期入梦》主要就是朗读和推荐，她得找一些与公共安全相关的作品。

正准备跟小赵再讨论讨论，桌上的电话响了，让她去台长办公室。

接了这个电话，她和小赵都有些摸不着头脑，《佳期入梦》这节目只能算无功无过，有什么事值得大领导亲自接见的？

一想到要见台长，孟小阮又开始怯场，她在门口转了近五分钟，还是里面有人出来了，她才硬着头皮敲门进了台长办公室。

台长很亲切，还给孟小阮倒了杯水。

谈了一些节目有关的事情之后，台长的话一转：“小阮啊，我给你介绍个对象吧。”

孟小阮嘴里的水差点喷出去，她只有咽下去，烫得食道火烧火燎地疼，她垂着头，两腮红得耀眼，一再摆手：“别，别。”

台长长了一副亲切长者的相貌，人也六十来岁了，笑起来很慈爱：“没什么不好意思的，成家立业，这是古人的话，成了家才能好好工作才是。”说完塞给她一张字条，“这周末，大悦城一层的海岸咖啡馆，下午三点，

12 号桌。”

孟小阮还要继续拒绝，有电话进来，台长忙起了工作，孟小阮只好捏着字条出去。

回到办公室，小赵听说是介绍对象的事，很是替她激动了一番：“台长真是一个关心下属的好台长。”然后问她，“你有没有打听一下对方的情况？”

小赵哪里知道，从进了办公室到离开，她也只说了两个“别”字。

“也不用担心，台长认识的人肯定非富即贵，”小赵说完，用力拍了拍孟小阮的肩膀，“恭喜你，要嫁入豪门了！”

相亲事件给孟小阮造成了沉重的心理负担，其实早在她毕业的时候，孟家的亲戚就给她介绍过对象，条件听起来都不错，但她一次也没见过。

给她一百个胆子，她也不敢放台长介绍的人的鸽子，可她真的一点都不想见，虽然她知道最后总是要走上这条路，认识一个条件相当的好人，然后平淡地过完一生，但不是现在。

焦虑了一个星期，周日到了。

从早上起来她就开始选衣服，太慎重了，对方会不会觉得她把相亲的事看得太重？太随便了，对方会不会觉得自己太轻浮？她拿捏不好这个尺度，最后选了一件杏黄色的针织衫，搭配了一件米黄色的呢子大衣，照镜子一瞅，怎么看都像只大黄蜂。

她又换了件大衣，围了条围巾，兰花螳螂挥了挥爪子，瞪着一双骨碌碌的大眼睛瞅她。

她长长地“唉”了一声，向它诉苦：“要不你帮我选一件？”

最后磨到再不走来不及了，孟小阮才随便穿了一件大衣出门。

海岸咖啡馆并不难找，孟小阮踌躇了一番，走了进去。

这个时间，店里的人不多，她找到了 12 号桌，人还没来。

点了一杯卡布奇诺，拿出手机看了看时间，距离三点还有十分钟。

这个位置靠窗，玻璃窗上，圣诞节喷的圣诞老人彩绘还没被擦去，Merry Christmas 倒改成了 Happy New Year。

她不爱喝咖啡，甜的、苦的都不爱，她甚至不爱喝水，小时候一天都喝不了一杯水，家里给她灌满了水壶带出去，放了学还满满当当地带回来。

还是在明夷堂住的那段时间，使她养成了喝茶的习惯。想到明夷堂，就免不了想到晏禾，元旦假期后，晏禾没联系她，她便也没联系晏禾，虽然她几乎每分钟都要刷一次朋友圈，可没有一条晏禾发出来的消息。

咖啡上的拉花是一朵雪花，她浅浅抿了一口，破坏了花的造型。

垫咖啡的纸上印了一道逻辑题，做对了可以兑换咖啡一杯。

三个嫌疑人受审，甲说是乙干的，乙说是甲干的，丙说是我干的，只有一个人说的是真的，问这件事是谁干的。

这类题很简单，假设丙说的是真的，甲乙二人的话都为假，那么甲说是乙干的，其实不是乙干的，可能是甲和丙，乙说是甲干的，其实不是甲干的，可能是乙和丙。丙说是我干的，那么得出结论，是丙干的。

她正低头做题，有人坐在了她的对面。

她飞快地睃了对方一眼，有点呆："怎么是你？"

是晏禾。

他将外套脱下来，里面是深灰色的 V 领毛衣，某个意大利品牌的秋冬款，孟小阮在杂志上看过。

他的身上还带着冬日的寒气，也有些诧异："是你呀。"

他笑起来，阳光下，他的眼睛是棕色的："台长说给我介绍个对象，我推不掉，就过来看看，没想到是你。"

孟小阮的心里有点甜，台长把晏禾介绍给她，又把她介绍给晏禾，是觉得他俩很相配吗？

晏禾问她："要吃蛋糕吗？"

“好吃吗？”

“对我来说还好，对你来说可能太甜。”

晏禾也不嗜甜，但他对甜味的耐受度很高，孟小阮觉得奶昔甜得齁人，晏禾却觉得刚刚好。

俩人漫无目的地聊天，他教她分辨脉象中的对举脉，譬如词汇里的反义词，相差最大也最容易分辨。

“比如浮脉和沉脉，浮脉在浅表，轻轻一按就能摸出来，沉脉则需要重按。”粗略这样一说，倒觉得很容易，细分却复杂，“浮脉又分几种，比如浮紧、浮缓、浮滑等，沉脉又分沉迟、沉紧、沉无力、沉有力等。”

孟小阮问他：“我的脉是浮脉还是沉脉？”

他将手指搭在她的腕上诊过：“不浮不沉，略有点缓，你的脾胃有点虚弱，饮食上要注意。”

她最近是有点不消化，她应了一声，闻到他身上有樟脑的味道，大概是大衣在衣柜里收藏久了，被樟脑球熏上了味道。

孟小阮问他：“你听过这句话吗，回忆这东西若是有气味的话，那就是樟脑的香，甜而稳妥，像记得分明的快乐；甜而惆怅，像忘却了的忧愁。”

他笑起来：“这人鼻子大概不太好使，樟脑那味道不是香，而是辛，我不知道樟脑能不能让人记起快乐惆怅来，只知道它通窍、杀虫，可以止痛辟秽。”

孟小阮“唉”了一声：“文人的世界你不懂。”

“这话我是知道的，张爱玲说的。”

孟小阮倒好奇起来：“你也看张爱玲的书吗？”

张爱玲的书他是看过的，但是记得这话，还是跟樟脑是味药材有关。人总习惯性地记忆和自己相关的东西，学计算机的用个软件就会考虑代码问题，学中文的，总能在一堆材料里发现几个错字。

而他，做医生久了，就习惯什么都和药理药性联系起来。

喝了咖啡，两个人沿着街道散步，这条街是步行街，机动车进不来，地上铺满了鹅卵石，踩在脚下硌得脚心发痒。

孟小阮又想吃路边的烤鱿鱼，被晏禾拉住了："太不卫生了。"

她还是想吃，时不时地往摊位上瞄，五指一伸一缩："我就吃个鱿鱼爪爪。"

晏禾简直啼笑皆非："鱿鱼爪爪也不行。"

见她不开心，他便与她商量："回去我买点鱿鱼烤给你吃。我记得家里有个电烤箱的，不知道能不能烤好。"

她不作声，一直垂着头，今天出门忘了戴帽子，耳朵冻得通红，他伸手将她毛衣上的帽子掀起来给她戴上，但那帽子是个纯装饰品，小得离谱，只能罩上后脑勺。

他端详了一番，又给她拿了下来，去看周围的店铺："先买帽子好不好？"

她不动，他疑心她对烤鱿鱼还不死心，继续游说她："我记得那边店里有卖烤鱿鱼丝的，吃那个行不行？"

她忽然抬头，脸有些红，目光却执着："晏禾，你为什么对我这么好？"

这个问题她问过，他答过，她本不想再问了，可是忍不住。

她知道答案大概会让自己伤心一次，但是她想问清楚，伤得厉害一点，好让她结束这种让她既甜蜜又辛酸的惩罚。

她觉得自己就像只偷油的耗子，每次只要用尾巴蘸到一点点，便能满足得直打滚，油的主人纵容她，有时候甚至把油桶推到她跟前，她便忍不住一次又一次偷，明知道这油不是她的，主人说不准哪天会干脆把油桶都拿走。

他沉吟片刻："大概因为你像个人吧……"

这倒是个新鲜的答案，可她的心一直在往下沉，像谁呢？他的初恋？

他当年的同学？他的患者？所有的人她都猜了一遍。

她问他，声音低得像在哼哼：“像谁？”

他便笑起来，眼睛里有温和的光：“像我未来的妻子。”

她便傻了，一副难以置信的表情：“谁？”

话已经说得再明白不过，他叹了口气，揉了揉她的发心：“这孩子有点傻。”

她垂下头，脸红得厉害，眼里却满是甜蜜的光：“我出生的时候没挠脚心。”

她小时候总犯傻，每次犯傻爷爷就长吁短叹，说这孩子出生的时候忘记挠挠脚心，傻孩子挠脚心没反应的，早知道她傻，留在医院不抱回来了。

他牵起她的手：“走了，买帽子去。”

左挑右选，最后买了一顶兔毛帽子，帽檐上一圈兔毛，戴上有种乖巧的萌感。

他订的晚餐在23楼的西餐厅。

想到是为了相亲订的，孟小阮有点酸：“准备得还挺充分呢。”

他不理她的揶揄：“有备无患总好过临场尴尬。”

餐厅很安静，座位与座位之间隔得很开，透过玻璃窗，可以看到蜿蜒的金水江。

晏禾跟她讲起了今天的经历：“我上午治了一个患者。”

既然他主动提，那肯定是个特殊的患者，孟小阮侧耳倾听，还善解人意地追问了一句：“然后呢？”

“然后啊，”他示意她多吃蔬菜，“治完了。”

孟小阮乜了他一眼：“你高考时候语文作文一定没得高分。”

哪有这么叙事的，开端、发展、高潮、结尾，他直接跳过了中间最重要的两个步骤。

他先是笑，然后详细地讲起来。

“这患者，是个开发商，跟我的渊源还比较深。大概十年前吧，我那时候还在读书，明夷堂也暂时关了门。你知道金银里那块地很值钱吧，这个开发商就看上了那块地，开了个在当时看起来还算公道的价钱，让我卖，我不肯，他就找了一群流氓天天去医馆骚扰，有时候是夜里敲门，有时候是往里丢死鸡、死狗，当时医馆里只有阿婆一个人看家，把她吓坏了。我报了警，但这群流氓特别狡猾，警察还没到他们就跑了，下次还来，后来我去求了一个叔伯，叔伯将这件事摆平了。

“这开发商大概也觉得没脸，特意粘了假胡子，可惜话还没说完，胡子就掉了，还不承认自己就是当年那个人，说是他的孪生兄弟。”

……还有这样的人？

“他的病确实罕见，极度畏寒，三伏天还要穿两件羽绒服，冬天更冻得浑身僵硬。脉沉，舌苔白腻，我给他开了药。”

孟小阮戳了戳盘中的牛排：“这人这么讨厌，就该让他冻着。”

晏禾挑挑眉：“是谁说的，医生要治病救人。”

孟小阮给他解释：“我是这么说的，不过医生也是普通人，当然会有自己的喜恶，治是治了，多让他遭点罪也是人之常情。”

她给他出主意：“比如一味药本来要30g，你给他开25g，原本三服药就好了，你让他拖久点再好。再比如，你给他治了，治好了再给他一拳，谁让他当年这么卑鄙的。”

晏禾告诉她：“所以我给他开了硫黄。”

孟小阮赶紧跑到他那侧坐下，压低了声音问他：“硫黄是有毒的吧？”

晏禾也压低了声音，附在她耳边告诉她：“是啊。”

孟小阮大惊失色，刚要出声，看了看周围的环境，又压低了声音：“咱们不能这么干啊，下毒太明显了！”

“能解吗？”她追问，看他不动声色，急起来，“要不咱赶紧逃吧。”

他忍不住问她：“你的原则呢？”

孟小阮回答得理直气壮："原则是给陌生人用的，你跟他们怎么能一样啊！"

他想，这世间再也没有比这更好的情话了，没有生死相许，没有脉脉衷情，你逃了，我就跟你逃，不问对错，不计后果，哪怕天涯海角。

他不忍心再逗她，跟她解释："硫黄虽然有毒，但也治病。"

"而且在食用方法上比较特殊，用两片豆腐将硫黄夹紧，先在水中煮一个小时，等到豆腐变绿了，硫黄才能食用。这个方法对肾阳衰微有奇效。"

孟小阮舒了口气，然后有点小伤心："你骗我！"

她不是个气性大的姑娘，饭没吃完，气已经过去了。饭后他还准备了电影，这个时候没有大片上映，选的是一部动画片——《森林里的小松鼠》。

电影院里坐满了人，清一色的家长带着孩子，还都是六岁以下的孩子。

孟小阮有些尴尬，缩着脑袋找到了位置。

故事很简单，小松鼠琪琪在森林里快乐地成长，后来遇到了恶霸开发商要砍了森林建楼盘，小松鼠就联合小公鸡、小白兔、大灰狼等小伙伴整治了恶霸开发商，保卫了自己的家园。

出了电影院，孟小阮感叹："这不良开发商都已经渗入到大森林了。"

正说着，碰巧遇到了电台的同事，同事跟她打招呼："小阮啊，你也带孩子来看电影了吗？"

孟小阮有些尴尬："嗯，带……带我侄儿来的。"

待那同事走远了，晏禾笑她："走吧，姑姑。"

前面的妈妈正在训孩子："你怎么这么作啊？这饼干掉了点渣怎么就不能吃啊？"

那孩子也就两三岁，咧着嘴巴大哭。

妈妈觉得丢人，伸手去捂孩子的嘴巴："不准哭了，听到了吗！"

孟小阮犹豫了一下，还是主动给这妈妈解释："他不是作，而是这个年纪的孩子正处在秩序敏感期，对东西的摆放位置、食物的形状都有自己的要求。”

这位妈妈将信将疑，倒不再坚持让孩子把饼干吃掉了。

等这妈妈带着孩子走了，孟小阮忍不住感叹：“其实每个家长都应该学点心理学。”

心理健康和生理健康同样重要，可惜很多人意识不到。

“我高中的时候有个同学，人很孤僻。当时流行做一种紫色封皮的练习册，叫《五年高考三年模拟》，那书挺贵的，大家都买来做，但是逐渐有人开始丢书，谁也没在意。有一天我在校外看到这个同学，从书包里拿出了一摞练习册，一本接着一本撕，我这才知道，原来书是他偷的。后来他就开始偷钱，明目张胆地偷，学校没办法，将他劝退了。

“大家都说他有病，但心理问题不是一天两天形成的，早做干预，也不会走到这一步。”

晏禾告诉她：“我有个同学毕业后转修了心理学，他坚信爱情是多巴胺作祟，人生的目标就是控制多巴胺的分泌，成为一个无欲无求的独身主义者。”

孟小阮瞟了他一眼：“跟某人类似。”

他笑笑：“这是个奇人。我们同宿舍，但是关系很差，他总疑心我得到了考试答案，向教务处举报了好多次，后来见向教务处举报没有用，又给校长的邮箱写信。”

孟小阮问他：“然后呢？”

“然后他准备考六级，买了一堆练习册回来，我用了一个下午把他的练习册都做完了，他回到宿舍气得把练习册都撕了。”

孟小阮笑得不行：“你这个报复方法还真特殊。”

他开车送她回家，车停在巷子口，从后座拿出一个纸包来：“胖哥炒货的瓜子，黑糖话梅味的。”

她接过来欢呼一声，他又嘱咐她：“晚上不要吃太多油料作物，不好消化。”

她连连点头，下了车，又折回来，敲了敲车窗。

他摇下车窗，见她一脸志得意满的笑。

她晃晃手里的纸袋：“你早知道今天要见的人是我吧？”

他笑起来，伸手去拍她的头：“瓜子最多只能吃五十粒。”

她答应得很好，心里琢磨着多吃了他也发现不了。

他看透了她心里的小九九：“这瓜子我数过的，一共是四万七千五百六十五粒，你吃掉五十粒，还剩下四万七千六百一十五粒，我明天要数的。”

她被唬住了，马上反应过来是在骗她，于是揭穿他：“傻不傻啊，直接数出五十颗瓜子给我不就好了。还数剩下的，明天累到你手抽筋。”

晏禾一愣，也跟着笑：“大概我出生的时候也没挠脚心吧。”

孟广龄在家，祝爷爷过世了，没人陪他下象棋，他就自己在电脑上斗地主，孟箫怕他久坐对颈椎不好，让他用 iPad 玩，他坚决不同意，怕出王炸的时候把 iPad 炸坏了。

看到孟小阮回来，孟爷爷招呼她：“你看我是先出顺子还是先出三带一对呢？”

孟小阮观察了一番形势：“顺子吧。”

孟广龄于是干净利落地出了三带一对，对方管不上，他最后出了顺子，赢了。

孟爷爷有些得意：“不听你的总没错。”

孟小阮向来是个乖孩子，今日和晏禾的关系有了变化，便想第一个告诉爷爷。

女孩子说起这种事来还有些扭捏，她用了比较委婉的方式。

“爷爷，晏禾有女朋友了？”

孟广龄一听大怒："我还一直以为念知的外孙人品不错，怎么着，他劈腿了？"

孟小阮有些跟不上节奏："他原来的腿在哪儿？"

孟广龄细细瞧着这个孙女，疑心孟家真出了个傻子："他不是你男朋友吗？"

这回轮到孟小阮傻眼了："他什么时候是我男朋友了？"

孟广龄不接受反问："他什么时候不是你男朋友了？他是扶贫还是救灾对你这么好？你去滨城旅游他陪着去，又送你枕头又给你剪头发的，难道他爱心泛滥？那怎么不见他泛滥到我这里来啊，我等他给我剪头发等了三个月，刘海都遮眼睛了，我才去店里剪的。"

所以连爷爷都看出来，晏禾对自己好得特殊吗？

孟小阮心中一暖，恨不得马上给晏禾打个电话，这边孟爷爷不依不饶："你给我说清楚，他找谁做女朋友了？你都带他见咱们孟家的亲戚了，孟家也认可他了，他跟你分手了就是背叛了整个孟家。你等着，我找你太爷爷去，让他把你大堂哥和二堂哥借咱们用用，你大堂哥是练相扑的，二堂哥是练柔道的，再带上你哥……你哥就算了，就是个样子货，咱们上晏家说理去！"

中秋节她邀请晏禾只不过是顺道罢了，怎么能谈得上见长辈呢？

孟小阮一时语塞，见爷爷真的打算找晏禾算账赶紧拉住他："我跟您开玩笑呢，晏禾没有新的女朋友，一直是我，是我。"

孟广龄再三确认了才作罢，回头埋怨她："就赖你，我长时间不叫牌，房间把我踢出来了。"

孟小阮略有些沮丧，她原本觉着爷爷知道了这个消息，会既高兴又怅惘，慈爱地拍拍她的脑袋，感叹一声："我们小阮长大了。"

她接着给孟箫打了个电话，说了和晏禾在一起的事，这回有了经验，没有使用委婉的手法，开门见山，直抒胸臆。

孟箫在那边感叹了一声："我还以为我当了舅舅你才会说呢。"

所以孟箫也早就知道了？

孟箫忽然大叫起来："你不会未婚先孕了吧？"

有这样说自己的妹妹的吗，孟小阮气得先挂了电话。

再跟丁穗说，丁穗也是一副淡定的样子："早知道了，我看你俩热衷于藏着掖着，就没忍心拆穿。"

末了，还求了句赞美："我善解人意吧！"

瓜子，孟小阮真的没多吃，刷完牙洗完脸，她坐在床上看手机，有心给晏禾打个电话，却不知道说什么，该说的话几乎白天都说尽了，可是又觉得有好多话没说。

正想着，晏禾的电话倒打过来了，孟小阮抢在他前面说："瓜子我真的没多吃，一会儿我给你拍张照片。"

他在那边轻轻笑了："我只想跟你说一声晚安。"

她"哦"了一声："晚安。祝你做个好梦，梦到一个丰收的果园，四面都是果树，有的树上结着紫黑紫黑的桑葚，有的树上结着黄澄澄的橙子，再一瞅，还有蓝莓，一颗颗果子比棋子还大。"

说完，她还补充了一句："围棋的棋子。"

他便顺着她的话说好，心里又觉得好笑，这样具体的梦境，他哪里控制得了。

挂了电话，《佳期入梦》已经到了尾声，放的是《*Love Me Render*》：

Till the end of time

Love me tender, love me true

All my dreams fulfilled

For my darling, I love you

And I always will

温柔地爱我，他想，真的爱情哪有不温柔的呢？它是舞低杨柳楼心的一轮明月，是歌尽桃花扇底的一缕清风，是玲珑色子里的一枚红豆，是漂洋过海，飞越万里之遥只为见你一面的动因。

原来爱情是这样啊，灵魂终于找到了归途，荒漠里终于寻到了水源，然后它在心里扎了根、发了芽、长成参天大树。

那晚孟小阮问他，如果有个遗愿清单，他想实现什么愿望，他说没有，其实是有的，他要永远记得她，死亡无法剥夺，轮回无法改变，今生今世，来生来世，他记得她，只记得她，只有这样，心口那一处，才是暖的。

令孟小阮没想到的是，初中同学居然辗转联系上了她。

电话接通的那一刻她有片刻失神，隔了一会儿才听清，原来他们要举行同学聚会。

同学会，孟小阮从来没参加过，对方邀请得很诚恳："好多年不见了，我们都很想你。"

想她吗？想她做什么呢？在叶老师宠爱她的时候，同学们确实都跟她关系不错，在叶老师对她诸多挑剔之后，再也没人跟她讲过一句话。

孩子的世界远比成人更残忍，他们可以撕掉道德的伪装，用最坦诚的偏见去待人。

你觉得他们什么都不懂吗？不，他们远比成人想象的要聪明得多，他们懂得如何通过父母收入的高低、学习成绩的好坏来划分圈子，他们比车的牌子、比住宅面积、比穿的是否是名牌、比一切让他们有优越感的东西。

老师的态度是学生的风向标，老师偏爱哪个学生，他们背地里也许会不服气，表面上一定会交好；老师如果讨厌哪个学生，他们立马会充当急先锋，总要找个人作为欺负的对象，这样的人当然是最安全的目标。

对这一切，没有人比孟小阮感受得更加清晰。

而这一次，孟小阮破天荒地想去。

过去那个坎，她已经迈过去了，她想检验一下自己，再一次看到这些人，她还会不会缩在角落里，受了委屈也只敢低声啜泣。

人的心不能忽然强大起来，如果有个契机的话，那就从这一次开始。

同学会定在市中心的一个酒吧，他们订了一个包厢，孟小阮去的时候，人已经到得差不多了。

很多人早已经面目模糊了，男人们衣冠楚楚，女人们光鲜亮丽，孟小阮推开门的一刹那，包厢里有瞬间的安静。

孟小阮的变化不大，她上初中的时候就是长头发，梳着马尾辫，留了刘海，说话的时候声音软软的，笑起来特别腼腆，肤色粉嫩剔透，睫毛又密又长，像个精致的娃娃。

今天她的头发没梳起来，也早不留刘海，露出了光洁的额头，皮肤仍旧白，眼睛明亮净透，人浅浅一笑，两颊还是那种淡淡的粉。

她跟大家打招呼："你们好。"

人群里有人跟她打招呼："小阮来了。"

十年未见，却恍如昨天。

她找了个位置坐下来，人依旧很安静，有人问话，她就耐心地回答，没人问她，她也不主动开口。

这些同学大部分都走进了社会，有几个大学毕业后继续读研，男生在胡侃，哪只股票好，哪项投资目前正紧俏，女生在交流护肤美妆的心得。

有个女同学状似无意地跟孟小阮提起了当年欺负她的几个女生。

那几个女生不是他们班的，但在年级很出名，毕业以后也不乏人关注。

带头的那个因为故意伤害罪进了监狱，她手下的小妹早已经各奔东西，有的在外地打工，有的孩子都上了幼儿园了。

过了一会儿，有个男生站起身走过来，人生得俊朗，笑起来有一口白牙。

他停在孟小阮面前："小阮，好久不见。"

孟小阮想了一会儿，实在没想出他是谁，于是抱歉地笑了笑："你是哪位？”

那男生愣了一下，脸上的笑容有点僵：“我是陆铮。”

她也想不起陆铮是谁，其实这包厢里的同学，她已经忘得差不多了。

陆铮等了片刻，等不到她脸上恍然的表情，只好提醒她：“我当年给你写过情书。”

原来是那个校草。

她这才明白过来，问他：“你有什么事吗？”

陆铮的话便有些接不下去，他从初中校草做到大学校草，一直备受追捧，陆续谈过几个女朋友，但时间都不长，他心里一直记着初中那个小女生，如今小女生已经长大了，还是旧时的模样，让他瞬间涌起了一番初恋情怀。

有女同学起哄：“他一直想着你呗，你俩也算初恋了，趁这机会再续前缘呗。”

孟小阮捏着杯子，由于太用力，指骨微微泛白。

这话倒让陆铮松了口气：“是啊，小阮，我一直在想你。”

他站着，她坐着，所以她只能仰着头看着他。

孟小阮想了想，对他说：“你欠我一个道歉。”

他欠她一个道歉，当年她所受到的羞辱，究其根源，都是由他而起，但当孟小阮被人欺负的时候，他从不曾挡在她身前，甚至没有过一句安慰的话。

他的脸色有些不好，纠结了片刻说道：“小阮，当年的事……我也不想的，我不知道会给你带来这么大的麻烦……”

孟小阮打断他：“你欠我一个道歉。”

她很少面对这么多人说话，所以有些紧张，嗓音干涩，有的字甚至带着抖音。

陆铮皱了皱眉，最终说道：“是，小阮，当年的事，对不起。”

孟小阮站起来，她还是旧日的模样，声音依旧软而甜，并没显出强大的气场，但她抬起头，看着陆铮的眼睛，目光从那些同学的脸上一一看过。

“你们都欠我一个道歉。”

“群体的罪恶永远不是罪恶，法不责众，毕竟当年欺负我的，不止一个两个。可我如果是你们其中一个，我会以自己为耻，会想着说一句抱歉，而不是装出一副什么事都没发生过的样子和对方寒暄。以后你们的聚会，不要再请我了。”

说完，她拉开包厢的门，走了。

陆铮从后面追上来：“小阮！”

她皱了皱眉：“请带着姓氏叫我的名字，我想我们没这么熟。”

他去拦她：“其实大家都很后悔，只是谁都不好意思说，这次请你，也是大家商量后的结果，就怕你拒绝。你来了，大家都松了口气。”

他停顿了一下：“你还在气我对不对？你给我一个机会，我会好好补偿你的。”

她看着他。

陆铮这样的人，孟小阮见得多了，孟箫也有这种特质，因为一直是人群中的宠儿，就难免有些自以为是。

孟小阮从他身旁绕开：“你想多了。”

他继续去追她：“小阮，你这是何必，冤有头债有主，你把气都撒在我们身上，这不公平。”

孟小阮停了停，有些好笑：“你这话和叶老师还真像。

“当年那些人，我不会刻意去找，碰到了，当然就想要一句道歉。你道歉是你的事，我不原谅你是我的事，如果你是为了我的原谅而道歉，这证明你从来没觉得自己做错过。陆铮，不是因为别人的过错更大，你就没有错啊。”

这世上不能平的，无非就是这样，他也犯了错，为什么只罚我一个人？

人这一生，大部分时间都看着别人，看别人不如自己努力，却平步青云，看别人没自己出色，却娶得如花美眷。

可是为什么要看别人呢？我做错了，虽千万人不受责难，我自羞愧难当。我付出了，那早晚会得到命运的眷顾，何必急于一时？

推开酒吧的大门，晏禾正站在台阶下。

外面又下起了雪，江城的雪是一片一片的，缠绵而勾连，他站在那里撑着伞，见她出来，遥遥一笑。

她便也笑，像寻到了巢的小燕子。

她跑下台阶，扑进他的怀里，问他："你怎么来了？"

参加同学聚会的事，她并没有说。

其实是孟广龄告诉晏禾的，孟小阮晚上出门都要报备一下。

她出来得急，帽子和围巾都拿在手里，他从她手里接过围巾，细心地围好，又给她戴上了帽子，往下拉了又拉，直到遮住了耳朵。

她嘟囔着不乐意："我的耳垂说它们不想受委屈。"

他拍掉她拽耳朵的手："那你的身体就得受委屈。"

她便笑嘻嘻地去攀他的胳膊："我们去吃关东煮好不好？我看这附近有一家 7-11。"

他板着脸说不好："这么晚了，吃了不好消化。"

她便开始撒娇："晏禾，晏晏，禾禾，小晏，小禾……"

他依旧不动容，嘴角却高高挑起，她便知道有戏，继续摇他的胳膊："就吃一串鱼豆腐！"

陆铮远远地看着，漫天风雪，那两个人踏雪而行，只留下了两串一大一小的脚印。

当年的她是怎样的来着？

他还记得她坐在靠窗的位置，不知看到了什么，粲然一笑。

他正好从窗前经过，心扉在那刻悄然震动，织就了少年特有的迷梦。

有首老歌唱得好：有人问我你究竟哪里好，这么多年我还忘不了，春风再美也比不上你的笑，没见过你的人不会明了。

她说，你道歉是你的事，我不原谅你是我的事。

是啊，喜欢她，是自己的事，她从不曾留意，甚至早忘了他的名字。

她留给他的，是一帧美好而青涩的画面。

而他留给她的，只有伤害罢了。

第十三章 葛根

NI
QINAIDE
WO

《中国药典》说，葛根性味辛、甘、凉。归脾、胃经。解肌退热，生津，透疹，升阳止泻。它朴实无华，你早习惯忽略它，就像忽略你身边的她，却忘了在你倦极归家时，是谁为你彻夜留一盏灯。

由于农历闰了一个月份，今年的新年就比往年都晚，拖到了二月。

孟家不过祖孙三个人，倒不需要准备多少年货，只是今年轮到他们家主持祭祀，祭器都要清理出来，孟小阮回到家就要忙这些事，孟箫声称自己忙，有心无力，孟广龄存了个心眼，特意到报社打听过，人家说财经线的记者最近闲得在办公室搓麻将。孟广龄不动声色，将孟箫骗回来之后，上了家法。

孟广龄对孟小阮的惩罚一直以背诵诗文为主，罚心不罚身；对孟箫的惩罚向来以跪搓衣板举《英汉大词典》为主，罚身不罚心。

对此孟爷爷自有理论，孟小阮整体还是好的，背诵诗文有助于她上进；孟箫这种病入膏肓的，只有伤筋动骨才能治病救人。

孟箫跪在地上哀号："爷爷，我的亲爷爷，再这么跪下去，您亲孙子要断子绝孙了。"

孟爷爷有个柳条做的教鞭，专门用来教导孟箫的，在他后背抽了一下："背挺直！"

孟小阮替她哥哥求情："爷爷，我看孟箫同志已经深刻认识到自己的错误了，要不您罚他写个一万字的检讨书？"

孟爷爷扫了她一眼："孟箫堕落到今天，跟你的纵容分不开，再求情连你一起罚！"

孟小阮连忙去给爷爷按肩膀："像孟箫这种懒惰成性、不思悔改的人，要罚，要重重地罚，不罚不足以涤荡他那罪恶的灵魂！”

孟箫冲孟小阮做了个“你给我等着”的口型，孟小阮毫不怕他，趁机告状：“爷爷您看，他还敢威胁我！”

晏家也要进行祭祀，但晏禾家这支，上数五代都是单传，旁支的人早已不来往，祭祖也就晏禾自己罢了。

孟小阮抽空去帮他的忙，第一次进到晏家祠堂。

祠堂已经修了近百年，地面是磨得发亮的青砖，供桌上放着祖宗牌位，左昭右穆，正中间是晏家的五世祖。

她告了声罪，去看牌位上的名字，晏家的五世祖叫晏难经，高祖叫晏金匮，曾祖叫晏本草，祖父叫晏素问，父亲叫晏灵枢，都是医书的名字。

孟小阮有些好奇，她问晏禾：“为什么你的名字不是医书？”

晏禾的神色有些不自然：“以前也是的，入学前改了。”

“那你原来的名字叫什么？”孟小阮猜测着，“总不会是晏伤寒吧？”

不是有本书叫《伤寒杂病论》吗？

晏禾不肯告诉她，孟小阮自有办法，跑去问了阿婆，这才知道晏禾的原名居然叫晏千金，取自《千金方》。

她简直笑得肚子发疼：“叫晏内经也比这个强啊，《黄帝内经》不也是本很出名的医书？”

晏禾揉了揉额角：“那就和六世祖重名了。”

孟小阮还看到一个比较小的牌位，名字是晏稷。

晏禾沉默了片刻：“是我的小哥哥。”

他哥哥晏稷，比他大三岁，他只记得哥哥的脸色很白，人总躺着，偶尔会向他招招手，要他过去陪自己坐一会儿。

“小哥哥是得白血病没的，中药西药都试过了，最后还是没能留住。论理，我哥哥也是要取个医书的名字，但他生来体弱，眼看都不容易养活，我爷爷就给他取了个稷字，希望他像庄稼一样有旺盛的生命力。我名字里的禾，就是从他‘稷’字的偏旁来的，后来丁穗的‘穗’也按禾字旁取的。”

他第一次说起他的父亲：“我哥哥去世以后，我父亲就像着了魔一样，发誓要治愈白血病，当时有个砒霜疗法，他和别人一起申请了这个项目进行研究，等我十七岁的时候终于有了进展。那时候家里来了一个得了白血病的患者，我父亲征得了患者的同意，进行试药。”

孟小阮听说过，后来这位患者死了。

说到这里，他停了停：“你可能听说过，患者的家属不忿，将我父亲重伤，后来我父亲重伤过世，患者家属也进了监狱。”

这个结局何其惨烈，晏灵枢一辈子救人无数，死后却饱受非议，每次有人提起晏禾的时候，一定会有人说他的父亲，诋毁的多，赞美的少，仿佛他昔日的成就完全不值一提。

她过去握住晏禾的手：“都过去了。”

是啊，都过去了，对也好错也罢，都过去了。

收拾完祠堂，晏禾给邻居写春联。

桌上的砚台是块老砚，雕着童子垂钓，童子的五官十分细腻，能看出悠闲中藏着的一点急切来。

他说这是洮河砚，祖上传下来的，他小时候每天要写五百个大字，写不完不能睡。

“我看很多医生的字都像符咒似的，尤其中医。”

晏禾跟她解释：“这有两个原因，一个是书写速度过快就比较难认，另外有些医生不想让自己的方子传出去，故意写成鬼画符，药房抓药的人配合久了，自然就认识。”

孟小阮明白了：“就像打麻将的人作弊使暗号一样。”

他说：“比如白，是白芍、白术还是白芷？以前有个大夫给这些药材编上号，白1就指代白芍，白2就指代白术。薄荷叫凉绿叶，就算你认出了他的字，也不知道他写的是哪味药。”

孟小阮拿着墨锭帮他研墨：“不是有现成的墨汁吗，直接用就好了。”

“终归不如墨锭好。”

孟小阮小的时候也练过两天书法，练得不好，手小力气弱，经常弄得一身墨汁，墨汁难洗，她爷爷实在没办法，就送她去学了乐器。

他已经裁好了红纸，饱蘸浓墨，写下的是一副常见的吉祥春联。

他给她讲了个笑话：“以前有个医生看病，因为医术差，生意不好，他就在门口贴了副对联，化用孟浩然的诗句，不明财主弃，多故病人疏。”

孟小阮也喜爱楹联，买过一本《名联观止》，还是梁羽生编著的。

她小的时候喜欢看武侠小说，金庸、古龙、黄易、梁羽生、温瑞安的都看，她爷爷不许，怕把她眼睛看坏了，就控制她的零用钱，她就到书摊上买二手书，有时候运气不好赶上盗版，一堆错字。

晏禾的字先习颜真卿，又习欧阳询，朴拙中见险劲，孟小阮走神的工夫，他已经写好几副，摊在桌子上晾干墨迹。

丁穗风风火火地闯进来，一把拉起孟小阮：“走，陪我相亲去。”

孟小阮有些迷糊，看了看天：“这时候吗？”

冬天黑得早，过了五点已经半黑，她准备一会儿就回家的。

丁穗不以为意：“不晚，正好吃个晚饭。”

孟小阮就陪她出了门，相亲的地方不算远，男方应该是照顾到了丁穗的居住地，见面的地方是一家日本料理店。

一个个独立的小包厢，包厢取的都是花名。

拉开门，对方已经到了，是个青年才俊，对丁穗礼貌热情，也不时照顾孟小阮的需求。

孟小阮深觉自己碍眼，极力淡化自己的存在感，一直埋着头吃，但又不能吃得太多，一口一口嚼得极慢。等她吃了两个北极贝寿司，又吃了几片三文鱼刺身，那边丁穗和才俊已经相互交换了基本信息。

才俊从事金融行业的，目前是一家投资公司的理财经理，不时会冒出一些专业词汇来，孟小阮对金融一窍不通，但有种不明觉厉的膜拜感。

丁穗的相亲大业一直在有条不紊地进行着，上次见的是个导演，丁穗是影视公司的发行，多少跟她的工作沾边，导演言语里暗示，如果丁穗能给他拉来一大笔投资，他第二天就可以带上卡地亚的钻戒向她求婚。

丁穗当然拉不来投资，对他的电影也不感兴趣，他再三表明这剧本他从少年时期就开始写，贯穿了他大半个人生，如果拍出来必定是一部震古烁今的名作，他就指着这部电影获得奥斯卡最佳导演奖了。

丁穗的拒绝让导演恼羞成怒，他要丁穗不要后悔，今天对他的事业爱理不理，明天他就成为李安让她高攀不起。

丁穗感谢了他的关爱，并且谦虚地表示今日的她已经高攀不起了。导演愤而离席，没有买单，还顺手到吧台打包了一个巧克力蛋糕。

据丁穗自己统计，她平均一个月见四个人，截至现在已经见了近四十个，极品的多正常的少。

其实孟小阮很不理解丁穗为什么这么反感孟箫，毕竟孟箫这张脸还能唬个一时半刻的，他人也不算讨厌。

丁穗冷笑一声：“你哥才是最奇葩的好不好？我和他一顿饭吃下来，竟然偶遇了三个前女友。”

孟箫交往过的女友确实不少，但从未往家带过，一顿饭能碰到三个，可见他前女友数量之庞大，分布之密集。

眼见着两人越聊越投契，孟小阮就找个借口先走。就在她绞尽脑汁想借口的时候，丁穗和这位才俊争了起来。

丁穗在介绍完自己之后，顺便介绍了她表哥晏禾，在她看来，晏禾是他们家的荣耀，顺道介绍一下自己家的杰出人物很正常，孟小阮跟晏禾结婚以后，她也会特意拿出一段时间来介绍孟小阮，江城电台的主播，主持的节目深受大家追捧，什么？你没听说过，唉，你怎么这么孤陋寡闻呢？

才俊用一句夸奖了晏禾，然后用了九句贬低中医："青霉素的发现改变了历史进程，在我看来，中医只是医学发展过程的一个阶段，现代医学这么发达，中医这种带着封建糟粕的学科，早就该取缔了。"

这段话精准地拱起了丁穗的怒火："你喝过藿香正气水吗？管用吗？那是中药。"说完站起来，"我上个卫生间。"

才俊有点尴尬，跟孟小阮解释："我不是那个意思。"

孟小阮眨巴眨巴眼睛，非常不善解人意地说了句："你就是那个意思。"

俩人相顾无言，才俊埋头苦吃，孟小阮刷着朋友圈。

等了五分钟丁穗还没回来，孟小阮就有点着急，她去卫生间找了一圈，没人，另一侧是后门，孟小阮以为她在后门消气，推开门走了出去。

孟小阮听到丁穗在喊："放开我，你想干什么！唔……"

后门正对着一条小路，孟小阮追过去，一个戴口罩的人正拽着丁穗的胳膊把她往车上拉。

车是那种普通的面的，夜色已深看不清牌照，孟小阮冲上前去，拿出手机："喂，110 吗，有人抢劫！"

那人眼见事情败露了，犹豫片刻，放开丁穗，开着车逃走了。

丁穗瘫倒在地，孟小阮扶起她，仔细打量了一番，似乎没伤到哪里。

刚刚也只是吓唬这个人，电话其实根本没拨出去，孟小阮平复了一下心情，拨打了报警电话。

警察很快过来勘察了一番现场，给她俩做了笔录让她们回去了。

俩人一脸的劫后余生，坐上出租车，丁穗问孟小阮："我怎么觉得咱俩好像忘了点事呢？"

孟小阮也跟着一起回忆：“是啊，可是忘了什么？”

好半晌俩人才一声惊呼：“才俊！”

俩人居然忘了跟才俊告别，丁穗给对方打了电话取得了对方的谅解，饭钱她在去卫生间之前已经结过了，丁穗对不想继续发展的相亲对象一向会主动买单。

丁穗被劫持这件事透着古怪。按说丁穗的社会关系很简单，并没有和人结个生死大仇，而且丁穗也算不得有钱人，犯不上敲她一笔。

是在什么地方招了什么人的眼，还是无意中招惹了一个变态?

线索太少，警方一时也没有头绪，这男人虽然戴着口罩，但丁穗确信她是第一次见。

年关将至，乱象丛生，警察安抚了丁穗一番，要她最近小心谨慎，最好不要单独出门，孟广龄知道了，将孟箫派了过来保护丁穗。

孟箫左右没事，跟着丁穗还能斗斗嘴，高高兴兴地住进了明夷堂。

虽然派出了孟箫，孟广龄还是不放心，索性带着孟小阮一起搬来了，准备初一祭祖的时候再回去。

他俩也算是明夷堂的老人，之前住过的房间还给他们留着。

阿婆喜欢孟小阮，给她炸豆腐丸子吃，把豆腐捣成渣加淀粉和面粉调成糊状，猪肉绞成肉馅，洒上调料，把豆腐糊裹上肉馅放在锅里炸，孟小阮特别喜欢，一口气吃了一盘子，第二天就开始口腔溃疡。

舌头一舔就“嘶嘶”地疼，晏禾给她配了药粉点在患处，疼是暂时不太疼了，但那药真苦，她受不得苦，眉毛皱得紧紧的，要不是晏禾逼着，早就漱掉了。

晏禾只好给她冲了桂花葛粉羹喝，先将葛粉用凉开水调开，再用沸水冲化，然后加了桂花糖搅匀。

他给她解释：“葛粉有解毒的作用。”

孟小阮没事的时候跟他一起背过《药性赋》，卖弄了一把："我知道，葛根味甘，祛风发散，温疟往来，止渴解酒。"

她觉得好吃，有一种清淡的甜香，吃完把碗递给他："再来一碗。"

她把下巴撑在桌子上，灯下的晏禾，眉眼更显清润。

她便有种灯下看美人的满足感："晏禾，你知道吗，我可爱可爱你了。"

他笑，她每次说多么喜欢他，都是为了吃，他只好又给她冲了一碗。

她吃了，还不满足："晏禾，我可爱可爱可爱你了。"

他便不为所动："你可爱我的 n 次方，n ≥ 4 都不行。"

她倒很认真："真的。从第一眼见到你，我就喜欢你。"

他有些惊诧，第一次见面，他正在寺院烧纸，于是问她："为什么呢？"

"因为你长得好看啊。"

没有比这肤浅直白的理由了，他挑眉："我以为你是透过表象看到了我的内在。"

在这一点上，孟小阮有自己的理论："因为好看而喜欢，这种爱才能更长久。因为外表而喜欢，渐渐发觉了更加美好的内在，才会越发觉得对方美。反倒是那种因为内在而喜欢上的感情不太靠谱，不是被容貌吸引住的，就难免会被更漂亮的人诱惑走。"

她举例子来佐证："我们孟家有个姑奶奶，当年是远近闻名的美人，我姑爷爷第一次见到她的时候简直惊为天人，花了好大力气才将我姑奶奶娶回家，俩人结婚七十载，没吵过一架，直到姑奶奶九十多岁的时候，姑爷爷仍旧觉得她是世界上最美的人。"

她学着白雪公主后妈的声音问："镜子啊镜子，谁是世界上最美丽的人？"

晏禾摸摸她的头："是你，现在是你，以后是你，直到你九十岁了，还是你。"

她便心满意足："嗯，我知道，你也可爱可爱我了。"

大年三十当天要贴春联，晏禾写的春联已经送给了街坊，金银里附近的居民早有这个默契，春联是不用买的，晏家会送，连这附近卖鞭炮的摊位都不带着卖春联。

年前，孟小阮给小宝送了一套衣服，他在福利院过得很好，人白了也胖了，还记得孟小阮，胆子比孟小阮还小，见到她只羞涩地笑笑。

出乎她意料的是，少辉居然来了医馆一趟，送了一箱苹果。

阿婆留他，他水也没喝一口，急匆匆地走了。

按照孟家的传统，孟广龄和孟箫是要给孟小阮发红包的，她从晏禾那里也收了一个，拆开是副对联：一二三四五六八，酸甜苦辣咸五味。

孟小阮一时摸不着头脑，上联是数字，下联是味道，平仄也不对，难道要给她猜谜吗?

阿婆没有回家，陪着他们过年，医馆里只有晏禾、孟小阮、丁穗、孟箫和孟广龄，大家索性坐一起包饺子。

丁穗包饺子用麦穗褶，阿婆教导她：“蒸饺这么包好吃，水饺这么包皮就太厚了。”

倒引来孟广龄的伤感:“我当年在念知家吃过蒸饺,就是丁穗的包法。”

下午孟小阮的爸爸给孟广龄打了个拜年电话，孟爷爷问他要不要和两个儿女通电话，他借口信号不好中断了通话。

其实就算通话也不过是这么几句：你们好不好？要听爷爷的话。

太久的分离造成了太多的隔阂，孟小阮的爸爸放不下身段对他们嘘寒问暖，而孟小阮和孟箫也早过了渴求父爱的年纪。

拿孟爷爷的话来说，人和人是讲求缘分的，孟箫和孟小阮父母亲缘太浅。

饺子包了荤素两种馅，阿婆给孟小阮传授经验：“肉馅要鲜就得多放盐。”

饺子包完了，几个人难得无所事事，四个年轻人正好凑一桌麻将牌，但孟箫这段时间麻将打伤了，坚决不打，大家于是换汤不换药地改成了打扑克。

孟箫说起晏禾高中时候：“他们高中一直有个跟他有关的传闻。”

晏禾上的是江城最好的高中，孟箫没考进去，但有朋友在这所高中，其实孟箫上高中的时候，晏禾大学都要毕业了，但学霸的传说总能被一届又一届传颂，历久而弥新。

晏禾只念了一年高中，奥数获奖之后就被保送了，但毕业之前要完成会考，他学理，政治、地理、历史这三门课完全没学过。

“当时有人问晏禾，你这三门课怎么过？你们猜他怎么回答的？”

孟小阮和丁穗一起摇头。

“他说还有三天，一天背一科。那三科的书加一起总有一米高吧，大家以为他开玩笑呢。没想到他真的用三天背完了这三科。”

奥数这个东西，其实大家没太大的概念，离得远又摸不着，只知道那都是大神考的，可课本是每个学生都学的，所以晏禾获得奥林匹克数学金牌这件事，远不如他背下这三科高中三年所有的课本更加令人震撼。

晏禾笑着摇头：“直到考完之后我才知道是有辅导手册的，考题都从辅导手册上出，居然没人告诉过我。”

想也是，万一有人拿着辅导手册向学霸献媚：“学霸，学霸，你不用这么辛苦的，把这本册子上的题背熟就好。”

学霸高冷一笑：“背册子有何挑战？本学霸更乐意背书。”

尔等凡人的心岂不是被虐成了渣渣。

数学好的人通常打牌都不会差，事实也果然如此，晏禾赢得最多，最后那三个输得没了兴致。

孟箫教导他："你看在座的，小阮不用说了，你女朋友，我，你大舅子，丁穗，你表妹，这都是你需要照顾讨好的人。少年，人生的规则不像表面那么简单的。"

丁穗揶揄他："敢情你那么多的女朋友都是靠输牌输来的。"

孟箫有点得意："小小手段不值一提。"

丁穗白了他一眼："就你这水平还需要故意输？"

俩人针尖对麦芒地互怼了几个回合，正闹着，门外来了位不速之客。

那人身上裹了件厚重的皮草，头上是同样毛色的皮草帽子，江城今年的冬天尽管冷，但也达不到战斗民族的程度，孟小阮和丁穗一时之间都很好奇。

见到晏禾那人摘下皮手套，和晏禾亲切握手，露出了手指上硕大的猫眼石戒指。

一招手，司机从后备厢里拿出一面锦旗。

锦旗，明夷堂向来不少，大部分都是"妙手回春""仁心仁术""杏林高手"这类的。

倒是这面锦旗的内容比较稀罕，是首诗：

冷得像冻鹅，过来找晏禾，晏禾给我治，医术赛华佗。

孟小阮知道了，这就是那位怕冷的房地产老板。

这位老板对这首诗很自得："鄙人亲自创作的。"

说完瞅瞅大家，一副赶快夸夸我，我勉强接受的姿态。

孟箫向来很能应付这种局面，夸得情真意切："您这诗写得太好了，言语流畅，通俗易懂，更重要的是还采用了顶针手法，我就顶讨厌那种把诗写得佶屈聱牙的，诗歌是从人民群众中来的，最终还是要到人民群众中去，您就是当代的白居易啊。"

房地产老板很是谦虚了一番："哪里，哪里。"说完拍拍孟箫的肩膀，塞给他一张名片，"小伙子人不错，我还缺个秘书，你可以来试试。"

房地产老板单独和晏禾会晤片刻，一再叮嘱要把这面锦旗挂在显眼之处以后，上了豪车，绝尘而去。

孟小阮凑过去问晏禾：“他来干吗？”

“抓药，两个疗程的药已经吃完了，再者——”

晏禾有些不可思议：“说要给我开一家中医院。”

这老板给晏禾规划了美好前景：“我打算在城西划块地，建几栋大楼，开个医院，你就给我当院长，咱们医院只开男科和妇科，男科主做包皮环切术，治疗阳痿早泄肾功能障碍，妇科做流产，五分钟无痛微创可视人流，再治个子宫内膜炎、子宫内膜异位、宫颈糜烂什么的。”

晏禾啼笑皆非：“这跟中医有什么关系？”

房地产老板一摆手：“西医做手术，咱们中医讲调养啊，做了流产不得养养啊？给她们开中药，什么贵开什么，阿胶、虫草、人参，一样来个十斤八斤的。”

晏禾婉拒了，老板还有些不高兴：“我是看在你给我治病的分上才格外关照你，说实在的，等着做这个院长的，没有一万也有八千，我打算弄成个全国连锁，不是有什么莆田系吗？咱们来个江城系，只要办张vip卡，随时随地可流产，全国各地切包皮。前脚测出意外怀孕，我们后脚派人来接，用豪车拉，宾利、劳斯莱斯、兰博基尼，可以选车型！”

晚上大家围坐在一起吃了年夜饭，孟箫和丁穗一起玩“阴阳师”，孟广龄要斗地主，阿婆累了先去睡了，就剩下晏禾与孟小阮。

孟小阮去半闲楼看书，那本《呼啸山庄》她还没看完。

其实小时候她也看过，语文老师开过一个长长的书单，列了好多世界名著，让学生在寒暑假的时候看，看完还要写读后感。

孟小阮那时候不觉得这些书有什么好，《水浒传》是一群汉子打架，《红与黑》是个小白脸四处勾搭贵妇，《安娜·卡列尼娜》讲了个出轨妇女，《呼啸山庄》更没意思，女主作天作地作了一圈，最后把自己作死了。

那时年纪小，看书只看得懂故事，到后来年纪大了，再翻一遍，就明白了许多小时候不懂的感情。

晏禾跟过来，在她旁边坐下：“那副对联，你猜出来了吗？”

上联少个七，七同妻，下联的五味既指酸甜苦辣咸这五味，又指五味子，缺少了一个子字。

上联缺妻，下联缺子。

孟小阮其实看出来了，但她一直憋着没说，他也知道她看懂了，否则这一天为什么总是悄悄地拿余光看他。

他从衣兜里拿出戒指，一枚简单的指环，是个小众的牌子，孟小阮曾经拿着杂志指给他看过，他当时没注意，过后将杂志收了起来，上网搜了这个品牌，江城没有，他去外地订的。

他给她戴上，不大不小正正好。

孟小阮摊开手指看了看，嘴角高高翘起来又落下，嘴上笑眯眯地挑剔着：“其实我更喜欢钻石的，越大越好，戴在手上‘BlingBling’的。”

他作势要取下来：“我去给你换个一克拉的钻戒。”

她伸手按住：“先押在我这儿。”

他从后面抱住她，她便枕在他的胸前。

他不知道自己是什么时候开始爱上她的，或许是和孟小阮一样，也是从第一面开始，他记得她躲在伞下，人小小的，偷偷地看着他，待他回视的时候，她又一副受了惊吓的样子，眼睛瞪得溜圆，像广禄寺的猫。

爱情的神秘之处就在于，它来了，而你不自知。

他从未爱过，所以只觉得孟小阮比较特别，直到那天孟小阮在他面前崩溃大哭，他想的不是安慰、不是怜惜，而是后悔十年前的自己，没能替她遮风挡雨。

如果十年前他在她身边的话，她那时候还小，小到他生不出一丝旖旎的情丝来，但他会把她当成自己的妹妹，不让她经历一丝风霜。

爱一个人是想把她揣在怀里，捧在手心里，藏在眼睛里。

爱一个人就是你想做的每一件事，想说的每一句话，都跟她有关。

他愿意让她一生做一个孩子。

孟小阮听到了他的心跳，并不急促，她默默数着，数到一百的时候，又从头开始数起。

她曾经在《小姨多鹤》这本书里看过一句话：多鹤已经没有亲人了，只能用自己的身体去创造血亲。

这句话，曾让她觉得无比悲凉。

这世间，亲人给了自己羁绊也给了自己慰藉，或许曾经给过自己伤害，但也给了自己更多的温暖。

他们是自己存在于世间的根，当他们一个一个离去的时候，这根就一次又一次地被斩断，到最后，只剩下自己飘浮在这人世间。

她去牵他的手，低头吻他的手指："以后我做你的妈妈，做你的妹妹，做你的妻子，做你的女儿，好不好？"

她的唇很软，落在手指上有点凉，他的心化成了水，那声"好"长久地留在喉咙里，最后化成了一声叹息。

窗外烟花炸开，迸发出璀璨的光芒，十二点的钟声敲响了，进入了新的一年。

她转过身来，拍拍他的肩膀："晏禾，恭喜你又长了一岁。"

他皱皱眉，很不乐意的样子："这事可一点不值得恭喜。"然后将她抱进怀里，叫她的名字，"小阮……"

她让他打住："不准恭喜我又长了一岁。"说完还有些得意，"我就是我，只许州官放火。"

他接着说下去："恭喜你的晏禾又长了一岁。"

他坐下来，拥她在自己的怀里，外面灯火闪烁，春晚将要结束，但很多人都没有睡。按风俗这一晚要守岁，明天早上大部分店铺都不会开业，哪怕没有回老家过年，也要趁着早上补眠。

他问她：“你想你爸爸吗？”

他记得白天的时候她爸爸给她爷爷打来电话，却回避了跟她和孟箫的通话。

她说不想：“他们走的时候我太小了，没什么记忆，长大了他回来过，不过没怎么聊过天。”

她有些愤愤地替爷爷抱不平：“他应该多回来的，哪怕对我们没感情，也要回来看看爷爷啊。”

他对她说：“我最近常常想起我父亲。”

想什么呢？他也说不清楚，大概只是一道模糊的影子，他会想父亲过世之前说过的话，再多的，就记不起来了。

他讲了他所有能够想起来的事情，幼年时父亲说他没有感情，断言他成不了一个好医生，经常用一种他看不懂的目光看自己。

孟小阮安静地听着，直到这时才说：“他是担心你。”

“当你担心一个人的时候，照一照镜子，对照一下父亲当年的眼神，就知道了。”

担心，焦躁，忧虑，其实他父亲在受伤之前，身体已经很不好了，他偶尔会看到父亲咳血，他不问，父亲也不曾说过。

他第一次以一个做父亲的心态去揣度父亲的想法，如果他有一个儿子，没有感情，自我封闭，近亲都已经过世，自己的身体早已透支，最担心的，当然是这个未成年的孩子，能不能在这世间生活下去。

是生活，而不仅仅是生存，要懂得生活的法则，能感受到四时变换人情冷暖，能在开心时大笑，能在悲伤时流泪，能做个平凡又平凡的人，即使不学医。

在生命的最后，他早已经不担心明夷堂，其实他有充足的时间对明夷堂做出安排，分给两个师兄股份，他们一定会把明夷堂支撑下去。

在人生的前几十年，他是晏大夫；在人生的最后，他只是一个父亲。

他嘱咐晏禾每年要去广禄寺祭拜母亲，学医的从不信来世今生，不过是给晏禾找一件事做罢了。

当晏禾某一日攀上数学的顶峰，再也不能在数学里找到乐趣的时候，或许这件事情能够支撑他活下去。

生年不满百，常怀千岁忧。

这一刻晏禾忽然明白了，父亲此生的忧虑，竟然全是为了自己。

他与父亲是最传统的中国式父子，从不说爱，从不交流，当岁月剥蚀了那层厚厚的伪装，终于露出了那颗真心时，晏禾只有茫然。

孟小阮转过身，攀住他的脖子："不是无言的爱才更伟大，是这世间所有的爱都很伟大，如果我是你的父亲，我会早早告诉你我有多爱你。"

他想，即便他父亲告诉了他，他那时也是不懂的。

而他终于懂了的时候，父亲却已经不在了。

人生所差的不过就是一个正正好，我爱你的时候，你正好爱我。

她从兜里掏出一道符挂在晏禾的脖子上："开过光的，保佑你百病不生，长命百岁，前程似锦，人见人爱。"

他笑起来："这符的功效倒挺全面。"

她对此深信不疑："很灵验的，你还记得我同事小赵吧，她就戴了一个，从小就戴，有一天她爸从楼上摔下来，她的符就掉了。"

"那一定是因为绳不够结实。"

"我就知道你会这么说，所以我特意问了，是牛皮绳。"

她仍旧不放心，在打结的地方又重新编了个结。

最后，她端详着他，他有浓密的眉，有清澈的眼，眼角有淡淡的笑纹，他有挺直的鼻梁，有薄而上扬的唇，有修长的脖颈，有喉结。

这一切的一切，她都喜欢，心里怀着小小的羞涩，凑过去吻了吻他的眉心，然后一脸的志得意满。

“真好，我的。”

第十四章
钩吻

NI
QINAIDE
WO

《本草纲目》说，钩吻气味辛、温、大毒。主治脚膝痹痛，四肢拘挛，恶疮疥虫，咳逆上气，喉痹咽痛。都说服了钩吻痛如断肠，又哪里比得上忘记一个人的痛与伤。所以爱是一把双刃剑，伤敌三分，却自损七分。

过了初七开始上班，小赵一眼就看到了孟小阮手上的戒指。

上次台长介绍相亲的事，回头小赵问过，孟小阮不好意思说，只说不合适，小赵还长吁短叹了半天，这回孟小阮忽然戴上了戒指，让她实在惊奇不已。

事实证明八卦的速度比曹操还快，二十分钟后孟小阮下楼去取快递，前台小姑娘已经微笑着恭喜她订婚了。

婚礼的日子还没定，孟家老太爷翻了皇历，农历三月宜嫁娶，孟爷爷觉得早，再往后推就是六月了，晏禾不同意，理由是天太热，孟爷爷索性推到了九月，晏禾又改口说六月也好，穿婚纱好看。

他心里是想定三月的，知道孟广龄绝不可能答应，冲孟家老太爷使劲，孟家老太爷治好了耳鸣，正满心觉得晏禾哪里都好，在晏禾的亲切问候下，几乎要定下了三月的日子。

孟广龄又出了大招，这么大的事，小阮的父母总得回来吧，时间定得太早了，他们赶不上。

晏禾要去外地开会，走之前不放心丁穗，警方那边还没有进展，孟箫就负责车接车送。

过年这段时间接触下来，丁穗反倒对孟箫的印象好了不少。

虽然还是一个低级趣味的人，但难得是个低级趣味却不讨厌的人。

这个会，在中医界极具权威，多少医生都以获得一张邀请函为荣。历年开会的时间都定在年后，与会的中医都是一方名医，晏禾第一次参加的时候，很多人还都对他多有不屑，在晏禾提出了针灸方面的新看法时，才不得不说一声后生可畏。

中医一门，派系颇杂，医学院有学院派，兼收各家之长，祖传的医学世家，有主张温补的，有主张清火的，用药各不相同。

这些老专家总要在会上争吵一番，虽然谁也说服不了谁，但不吵不足以捍卫自己这派的尊严，对此晏禾已经习以为常了，待到后面他们吵开之后，他索性开始设计婚礼的请柬。

小阮喜欢企鹅，那就在封面上画一只卡通企鹅，他的画技不错，当年读书的时候，曾经画过一本中药材图谱，他的名字是禾，禾就是粟，他又在企鹅手里添了一把谷穗。

他画完了拍给孟小阮看，孟小阮喜欢得很，给他发一只萌得打滚的熊猫。

晏禾的两个同学也来了，故人相见分外亲切，俩人极力留晏禾吃过饭再走，晏禾已经订了机票，谢绝了。

他的同学有些惋惜："我还叫了卫冰姿。"

卫冰姿就是当年追过晏禾的系花，毕业之后就出了国，在荷兰开了一家养生医馆，据说做得相当不错。

另一个同学继续留他："飞机到江城天也黑了，你还不如住一晚明天再走。"

晏禾笑笑："我得回家喂猫。"

两个同学倒有些好奇："你养猫了？"

其中一个猜："这么急着回去喂，一定是名贵品种了。"末了还感叹一句，"早知道当年我学兽医了。我发小学兽医的，现在已经开了三家兽医院了。治猫比治人贵多了。”

晏禾点点头：“娇气又漂亮，怕生，以后带给你们看。”

下了飞机，晏禾去买了陈记的栗子糕，刚出锅的还烫，他怕凉了，放在怀里保温，车开到孟小阮家的时候，栗子糕还热着，他给孟小阮打了个电话：“猫儿，出来吃食了。”

不一会儿她便蹦蹦跳跳地跑出来了，扒在他身上四处摸，摸到了栗子糕欢呼了一声，先拿了一块塞给他吃：“尝尝。”

是比较细腻，也不太甜，他尝不出比别家的栗子糕好吃在哪里，只是看她吃得香甜，便觉得这栗子糕果然名不虚传。

最近有几家医药公司来找晏禾开发药品，晏禾在考虑，孟小阮到明夷堂的时候，晏禾还在忙，她便到晏禾的房间等他，他房间里多了几盆绿色植物，孟小阮还觉得挺奇怪，晏禾不喜欢植物，除了海伦没养过别的花。

这几株植物长得倒好，绿油油的，满眼都是生机。

冬日里看到点绿色不容易，孟小阮打算拍个照，晏禾给她打来电话：“别碰我房间的植物。”

孟小阮乖乖的不碰，但很好奇：“珍稀品种吗？”

晏禾回了房间告诉她：“这是断肠草，又叫钩吻，有剧毒，我怕放在药圃里被小动物误食了，先放在房间里养一段时间。

孟小阮感叹了一句：“医生下毒应该是最容易的了。”

他弹了弹她的脑袋：“医生下毒当然容易，可也最容易被怀疑。世界上有哪一种毒药可以让人毫无痛苦悄无声息地死去？生命远没你想的那么脆弱，但凡吃下毒药，身体会产生强烈的不适反应，死者的表情大都十分狰狞。”

他给她讲了个故事：“我爷爷的师弟，也是一名中医，出轨了医院里的一名护士，因为妻子绝不可能离婚，又怕出轨的事情闹出来影响自己升迁，给他妻子打吊针的时候，在吊瓶里注射了砒霜。

“后面的事情就比较离奇了，他妻子娘家已经没了亲人，死后也是邻居帮着装殓的，据说邻居晚上做梦，梦到他妻子说自己死得冤枉，联想到死者的身体有一些异常的现象，最后往上面写了一封举报信。

“这事情上面很重视，又重新开棺验尸，做了尸检确定了是砒霜中毒，后来我爷爷的师弟也被枪毙了，他以前和妻子就住在这个房间。”

孟小阮只觉得毛骨悚然，声音都有些抖：“那他妻子也是被毒死在这房间里了？”

晏禾点点头：“七窍流血，死相极惨。”

孟小阮吓得尖叫一声，几乎夺门而出，晏禾伸手将她带进怀里：“骗你的，我爷爷的师弟以前确实住在这边，但结婚以后就搬出去了。”

孟小阮这才放了心，伸手掐了一把晏禾的腰：“让你骗我！”接着又对托梦的事情感兴趣，“真有托梦这个事啊？”

晏禾逗她：“你不是特别信这种鬼神之说吗？”

孟小阮觉得脖颈后面凉飕飕的：“我信神不信鬼。”

晏禾原本还想逗逗她的，但又担心她对这件事情念念不忘，晚上做了噩梦，最后还是揭穿了谜底。

“事实是，邻居的哥哥跟我爷爷的师弟一起竞争院长，邻居给死者穿衣服的时候，感觉死者的尸体很软，没有正常的尸僵，心里有点奇怪，闲聊的时候跟她哥哥提起来了，她哥哥就多了个心眼，以此为疑点举报了，谁知道一举报一个准。也算是天网恢恢疏而不漏了。”

世事就是这般奇妙，本以为天衣无缝的事情，竟然被竞争对手的一个诋毁给拆穿了。

末了，他感叹：“医生有最温暖的手，也有最锋利的刀。”

他记得小时候，爷爷总教他做人行医要谨之慎之，常怀克己之心，不可心生怨怼。

他爷爷生气的时候是绝不肯进药房的，生怕一个不慎，多添了剂量。

而他父亲教他慎独，常说举头三尺有神明，不欺心才能不欺天。

他当年不以为意，从医之后才明白，克己、慎独何其难也，这是他们自己的道，高悬头顶，一生践行。

江城每年正月十五都要举行元宵灯会，晏禾邀了孟小阮一起去。

元宵灯会已经办了几年，除了灯展，还有猜谜活动，有了烟花大会的前车之鉴，政府派了大量的协警维持秩序。

晏禾给她买了一盏小兔子灯，装三节五号电池，开关一往前推，兔子灯就亮起来。

孟小阮笑眯眯地提着灯笼显摆，有两个五六岁的小朋友看到了，也拉着妈妈的衣服要买。

再往前一个摊位，灯笼下面缀着灯谜，孟小阮向晏禾招招手："猜中药的。"

晏禾随手指了一个："答案是陈皮。"

孟小阮去看谜面，原来是千年裘。

又指了一个谜面是冲天香阵的："凌霄花。"

孟小阮也猜出来了："妇女节前夕，答案是三七对不对？"

这些谜语都不难，猜中了送个小挂饰，晏禾接连猜中了七八个，牵着孟小阮的手往前走。

前面有卖棉花糖的，她要了个 plus 版的，做出来得有脸盆那么大，她等得不耐烦，要晏禾看着，扭头去看灯。

灯市上人来人往，她站的位置挡了通道，她便往旁边挪了挪，后面有摊主推着推车过来，于是她又挪了挪，直到偏离了灯市那条街道，一侧灯火灿烂，一侧黑黢黢的没有一点光，她回头看了眼晏禾，刚想冲他招招手，头一疼，晕了过去。

晏禾仿佛听到了孟小阮的叫声，他以为是错觉，朝声音的方向找过去，兔子灯掉在地上，一辆面包车绝尘而去。

他拔腿便追，几乎已经拍到了车的后备厢，那辆车一个加速，又将他甩开了一段距离。他继续发力，冷风从嘴里灌进去，呛进肺管里，他不敢咳，生怕一个走神失去了车辆踪迹。

然而最终，那车开进了辅路，消失在滚滚尘烟里。

他瘫在路边，恐惧紧紧攫住了他的心脏，几乎捏出血来，好一会儿，他拿出手机来，正准备报警，手机里进来一条短信："她在我手上，要命的别报警。"

最初的慌乱之后，晏禾定了定神，报警，必须报警。

警察来得倒很迅速，在现场勘查了一番，确定孟小阮被劫上了车，调出了附近的监控，车沿着大道开了一段，然后拐进了辅路，辅路没装监控，失去了车辆的踪迹。

这辆车警方并不陌生，正是劫持丁穗的面包车。

这车警方早就调查过，三个月前就被盗了，这段时间警方排查了大量的监控，没有查到这辆车的有效信息。

晏禾能确定，这个人是冲他来的。

他迅速搜索出一个可疑人物——穆刚。

这个穆刚就是当年刺伤晏灵枢的人，被判了有期徒刑十五年。

警察根据这条线索去查，发现穆刚因为表现良好，已经提前出狱了。

晏禾在警察局坐了一晚，手机一直在手边放着，没有电话也没有短信。

这一晚，孟箫几乎要疯了，丁穗也急得直哭，只有他一直安静地坐在那里。

他什么都没想，甚至什么都不敢想，心里只有一个信念，孟小阮会回来的。

警方一直在调查，穆刚出狱后曾经回过哥嫂家，住了几天就离开了，哥嫂也不知道穆刚去了哪里。

出了这么大的事，孟箫没敢告诉孟广龄，爷爷年纪大了，身体又不好，怕他受了刺激支撑不住。

第二天，依旧没有消息。

晏禾粒米未进，丁穗劝他：“多少吃一点吧，救小阮也需要力气的呀。”

道理他懂，但是吃不下，喉咙像塞住了一样，喝口水都费力。

冷静，冷静，他一定要冷静。

他一遍遍告诫自己，站起身，去卫生间。

拧开洗手池的水龙头，用手接了一捧水，冬日的水冰得刺骨，泼在脸上，他稍稍清醒了一些，拿起手帕去擦脸，脖子上的那截红线忽然断了。

他用手拽了一下，掉出了一枚护身符。

他猛然间想起了孟小阮的话：“小赵的爸爸从楼上掉了下去，她的护身符断了。”

这一刹那他失去了所有的理智，护身符断了，小阮出事了，这个猜测让他浑身发抖，他冲出警局，漫无目的地在街上穿行，外套留在警局里，冷风一瞬间打透了他的毛衣，他浑然不觉，不冷，一点都不冷，他要去找小阮。

不知道走了多久，他终于耗尽了力气，手机响起来，他接了。

“我知道你报警了，给你最后一个机会，你自己过来，否则就给她收尸吧！”

对方报了一串地址，也不管他听没听清，按断了电话。

他毫不犹豫地找了过去，是陷阱，他跳了；是圈套，他认了。

城西曾经建过一片别墅区，老板断了资金链，这片别墅就成了烂尾楼，穆刚报的位置就在这里。

他打了辆车找过去，一幢一幢地找，没有，没有，没有，就在他近乎绝望的时候，发现了一个身影躺在地上，脸上盖着一件鹅黄色的羽绒服。

羽绒服，是小阮的。

他放慢了脚步，这段距离太长，长到每一步都像敲在心脏上，他用尽了全身力气揭开羽绒服，看清的瞬间，软在了地上。

是个塑料模特。

对方的电话再次打了过来，这次的声音格外轻快："我的礼物你喜欢不喜欢？"

晏禾攥紧手机，求他："我知道你要找的人是我，她是无辜的，放了她，我来。"

那边忽然暴怒："那我老婆呢？我老婆无辜不无辜？给你下一个地址，来不来随你！"

晏禾确定了，是穆刚。

下一个地址是潞江大桥附近，他去了，找到了孟小阮一只鞋。

穆刚的电话打来："江城公园往南走三里，第一个十字路口往左拐。"

他按着地址找过去，找到了孟小阮的帽子。

天已经黑了，他走了三个地方，从城南走到城北，又走回到市中心。

穆刚的电话打过来："最后给你一个地址，你过来吧。"

他预感这个地址是真的，这个地方比之前的三个地方都要偏，出了城，在惠陵江附近，惠陵江岸边有瓜田，瓜农在瓜田旁建了简易小房，方便瓜农在夏天看瓜，穆刚给他的地址，就是这里。

他掏出手机，给孟箫发了个定位。

冷静了一下，他推开了房门。

穆刚果然在这里。

孟小阮的脸冻得发青，躺在地上一动不动。

晏禾想过去，穆刚拿着刀比在孟小阮脖子上："别动！"

他拿着刀面拍了拍孟小阮的脸："放心，活着呢。"

知道孟小阮活着，晏禾冷静下来，他看着穆刚，这个人他见过，十四年前庭审的时候。那时候穆刚还是个青年，皮肤黧黑，人长得朴实木讷，宣判的时候他没要求上诉，只是一直说他没错。

比照那个时候，穆刚老了，从青年直接跨到了老年，门牙缺了半截，像个在地头耕耘了一辈子的老农。

晏禾叫他的名字："穆刚。"

穆刚一咧嘴："还记得我啊。"他把刀尖比在孟小阮的颈动脉上，"你说我朝这里一扎会怎么样？"光设想就让他激动得浑身发抖，"血喷出来，溅得满地都是。"

他的手往下移了移，刀尖对准了孟小阮的心脏："扎在这里呢？不都说你是神医吗？一刀下去你能不能治？"他的手往前递了递，刀尖扎进了毛衣里，"要不要试试？"

晏禾看着他："说吧，你要我怎么做。"

穆刚摇摇头："你什么都不用做，看着我下手就行。"

"穆刚，"晏禾尽量用平静的语气问他，"就算我父亲害了你妻子，你也杀了我父亲，我们的仇还没结清吗？"

穆刚缓缓一笑，眼睛里闪烁着恶意的光："想知道吗？不告诉你。"

晏禾对他说："咱们打个赌吧。"

穆刚有点感兴趣："说说。"

"我告诉你一件事情，如果你听完了还想动手，那我绝不拦你。"

穆刚大笑："你当我傻？你拦我，你凭什么拦？"

笑完，他说："你说吧，我听着。"

晏禾说起来："十四年前，你妻子得了白血病，当时在医院已经接受过几次化疗，医生说希望不大，你们抱着渺茫的希望来到明夷堂的，是不是？”

穆刚不否认：“对，当时都说晏灵枢是神医，只要有一口气就能治活。”

“当时我父亲并没有太大把握，他手头正在研究一个项目，所以咨询了你们意见，问你们愿不愿意参加试验。”

穆刚点点头：“晏灵枢还说免费给我们治，不要钱。”他“啐”了一口，“我们当时就是傻，免费？他能有这么好心？不过是因为这个试验很危险，他一直找不到人来试验。”

“同时参加治疗的还有五个人，这五个人情况不一，其中三个减免了部分费用，因为你家实在困难，两个孩子还小，所以你妻子是唯一一个费用全免的。”

穆刚不为所动：“就因为我妻子药费全免了，你们就给她用最差的药，其他几个人怎么就没死？”

晏禾不接他的话：“你把你妻子送到明夷堂以后，你就去外地打工了。”

穆刚“嗤”了一声：“她得了这么大的病，两个孩子要吃要喝，我不挣钱都饿死吗？”

晏禾点点头：“我想说的就是你走了之后的事情。

“那时候你妻子的状态很好，是这六个患者里情况最好的，恰恰就在这个时候，高利贷上门要债，你当年借了大笔的高利贷，债主找不到你的人，就来明夷堂堵你的妻子。我们报过几次警，可是没用，他们进来不打不砸不抢，就是往门口一坐，威胁你妻子不还钱，就绑了你两个儿子。”

穆刚的脸色变幻不定：“行，你接着编。”

“你妻子眼见没了活路，藏了治病用的砒霜，自杀了。”

这句话说完，穆刚瞬间暴起，像一只发疯的狮子，恶狠狠地盯着晏禾：“你骗我！我老婆怎么可能自杀？明明是你们的药有问题！”

晏禾的声音很平静：“你可以不信，但这是事实。你总觉得是我父亲害死了你妻子，其实是你把你妻子逼上了绝路。”

“你别说了，别说了！”穆刚冲过来去按晏禾的嘴，晏禾趁机抢过去，护在孟小阮身前。

穆刚看着他，桀桀笑道："你俩这是要做对亡命鸳鸯吗？"

"你妻子死前给你留了遗书。"

穆刚的脸色惊疑不定："遗书呢？拿来！"

晏禾摇摇头："遗书被我父亲烧毁了。"

穆刚瞪着他："啊，我老婆是自杀，死之前留了遗书给我，然后晏灵枢又把遗书烧了，你糊弄鬼呢？"

晏禾给他解释："你妻子的死，我父亲很自责，他觉得是自己对药物监管不力的缘故。他当着我的面把遗书烧了，并且严令我不准对你说出真相。"

穆刚几乎笑出声来："晏灵枢是不是脑子有病？"

晏禾叹息一声："我当年也觉得他脑子有病。他觉得你失去妻子已经够伤心了，怕你知道是自己欠债逼死了妻子，想不开走上绝路。如果恨，就恨他一个人好了，总得给你留一个活下去的希望。"

说到这里他笑，笑容里满是苦涩："谁知道你激怒下拿把刀将他捅成重伤，自己也进了监狱。"

穆刚木着一张脸："凭你说破天我也不会信。"

"信，我父亲虽然烧了，但我记得信的内容。"

晏禾逐字逐句地背给他听："宝生，我走了，他们往死里逼我，不给我一点活路。我想我死了，闹出了人命，他们怕了，以后就不会去找你了。你以后别赌了，好好带大两个孩子，一定要让他们上大学。家里进门数第五块地砖你挖开，里面有我向我姐借的几千块钱，我一直没舍得花，你拿着，简单给我办个丧事，骨灰撒河里就行，要是有剩下的，留着给你和孩子买吃的。"

信，是真的。宝生是穆刚的小名，家里只有他老婆这么叫他，他老婆爱在地砖下面藏钱，有一年钱被耗子啃烂了，他还为这事跟他老婆打了一架。

穆刚呆愣愣地听着，他坚信了十四年的真相一朝被颠覆，他一时不知道要如何面对。

隔了很久，他说起来，声音不大，更像是说给自己听："我跟我老婆结婚的时候，家里穷，我爸妈偏心，将房子给了我大哥，就给我们留了个小厢房。我老婆发狠，说一定要活出样来给他们看看，从娘家借钱开了个豆腐坊，她的豆腐做得比别家的都好，我每天开车给饭店送货，日子一天天地过得好起来，怨我，有点钱就烧得慌，我出去赌，把家里存的钱都赌光了。我老婆为了给我还账，连豆腐坊都卖了，好不容易平了账，我们要东山再起，我老婆却查出得了绝症。那阵子压力太大了，我明知道不该赌，心里憋闷，还是忍不住去赌了，没有钱就借了贷。"

说到这里，他的眼睛渐渐湿了。

"我老婆跟我没过过一天好日子，衣服挑最便宜的买，生了孩子也没有口好吃的，奶水不足，孩子饿得嗷嗷哭。我也跟着哭，我老婆还劝我，宝生，哭个啥，咱有手有脚的，日子总能过起来。"

尖锐的警铃声越来越近，警车已经开过来了。

穆刚将外衣一扒，露出了腰上捆的炸药。

看到炸药的一刹那，晏禾绝望了。

他伸手抱紧了孟小阮，她昨天在地上躺了一晚，穿得少，又受了惊吓，烧了一天，人有些模糊，但晏禾和穆刚的对话，她听到了。

她伸手摸了摸晏禾的脸颊，怨他："你怎么这么傻啊……"

穆刚看着他俩："我坐了十几年的牢，就想早点出狱和我的孩子团聚。我卖力干活，好好表现，提前放了出来。"

时间其实早已经磨平了心中的恨，出狱的时候，他只想和孩子一起好好生活。

他继续说道：“我进了监狱之后，两个孩子就放在我哥哥嫂子家里，出狱后我做的第一件事就是去哥嫂家接孩子，结果，结果……”

他终于控制不住，失声痛哭：“结果他们告诉我，两个孩子，都丢了。

“我找啊，跋山涉水地找，找遍了所有能找的地方，没钱了就去工地上打几天工。可是我的孩子在哪儿呢？直到有一天我经过明夷堂，发现明夷堂又重新开了，甚至比过去更好，好多人在门口排队，说晏神医怎么怎么厉害……

“我恨，我简直恨死了！如果我老婆不死，如果我没进监狱，我的孩子就不会丢，我们家怎么会搞得家破人亡！

“我先准备绑了你那个表妹，没绑成，后来我发现原来她在你心里更重要，就绑了她来。我受的苦，你们谁知道？我遭的罪，你们谁知道？”

穆刚攥紧了拳头：“你们该死，你们都该死！”

孟小阮看着他，她的嗓子烧得哑了，声音不大，但在夜里听得格外清晰：“我们不该死。

“穆刚，每个人做错了事都要付出代价，晏灵枢是好心，却没做成好事，最终搭上了性命，这是他的代价。你伤了人，进了监狱，这是你付出的代价。你的孩子可怜，晏禾就不可怜吗？你的孩子没了父亲，可晏禾也没了父亲啊。你苦，所以全世界都欠你的，晏禾也苦，他找谁去讨这个公道呢？”

她攥紧了晏禾的手，冲他笑：“咱们谁都别喝孟婆汤好不好？”

爆炸声响起，孟小阮陷入了黑暗。

再醒来时，是在医院，孟箫的眼睛红红的，他握了握妹妹的手：“你醒了。”

孟小阮张了张嘴：“晏禾呢？”

他心里仍旧有气，说起晏禾语气不太好：“也活着。”

她使不上力气，话也说不全，但孟箫明白她的意思：“他伤得比你重，还算他有良心，爆炸的时候把你扑在身下了，没丢胳膊没丢腿。”

还活着就好，孟小阮闭上了眼睛。

事后孟小阮才知道，不知道是不是她那番话起了作用，穆刚在引爆的时候，跳出了窗子。

他人炸得粉碎，晏禾和孟小阮倒逃了一劫。

该感激吗？好像不是。该庆幸吗？倒是有点。

穷人的苦难总被人多怜悯一些，有钱人的苦难却被看作罪有应得。

钱是原罪吗？是人心太偏吧。

休养了几天，孟小阮终于能够下床了，她早早打听到了晏禾的病房，进去的时候，晏禾正闭目休息。

她在床边的椅子上坐下，默默数他的眼睫毛，他的睫毛生得真好，一根根纤长而分明。

他睁开眼睛，眼里有缱绻的光。

他唤她的名字：“小阮。”

她说：“嗯。”

他再唤她的名字：“小阮。”

她说：“在呢。”

他环顾了一下病房，堆满了鲜花和果篮。

邻居、患者，这段时间有太多人来慰问。

他说：“到今天，我终于理解父亲了。”

孟小阮住了半个月就出院了，晏禾却足足休养了两个月。

入院时余寒尤厉，出院时已经四月了。

晏禾和孟小阮去省城拜访了梁教授。

梁教授的住处是一栋二层小楼，院子里有一棵合欢，树干粗得需要两个人合抱，枝叶伸展得几乎覆盖了整个院子，合欢开得正好，远远望去，像笼上了一层粉色的轻烟。

按了门铃，孟小阮有些紧张：“梁教授会不会把咱俩赶出去啊？”

晏禾摸摸她的头：“不会，只会把我赶出去。”

开门的是梁教授的老伴梁师母，白发如雪，笑容里带着亲切：“进来吧。”

梁教授站在院子里，十四年未见，人未见老，眼镜倒比当年厚了很多。

他冲孟小阮点点头，然后去看晏禾。这个学生曾经带给他巨大的骄傲又给了他巨大的失落，而今，那个有些单薄的少年已经长大了，长得还这般挺拔、这般好，他想，骄傲终归是要多一些的。

梁教授一生简朴，家里还是旧式的家具，柜门掉了一扇，用胶带粘上了继续将就着用。

梁师母给他们上了茶：“西湖龙井，明前的，尝尝好不好喝，好喝给你们包一包带回去。”

茶汤鲜亮澄净，孟小阮分辨不出好坏来，只觉得有一种淡淡的清香，品了一口，甜甜一笑：“好喝。”

老人上了年纪就喜欢喜庆的孩子，梁师母果然极高兴，向她招招手：“来，我给你烤蛋挞吃。”

孟小阮随着去了，晏禾的目光追随着她的身影，直到她进了厨房，才低头喝茶。

梁教授在旁边看着，知道这个孩子终于长大了。

晏禾拿出脉枕：“老师，我给您瞧瞧病吧。”

梁教授一时神色难明，过了好一会儿，才伸出了手腕。

他看到学生娴熟地布指搭脉，让他张嘴检查舌苔，又仔细观察了他的气色，然后问他：“腹泻吗？”

梁教授点点头：“吃了诺氟沙星，就是不见好。”

晏禾伸手在他腹部按了按：“腹泻前这里疼吗？”

“有点疼，但不是很严重，平时老觉得冷，早前我以为是天气的缘故，眼见春天来了，还是觉得浑身冷飕飕的。”

“您这是脾肾阳虚，寒湿内盛，我给您开一剂温肾暖脾、散寒祛湿的药。”晏禾低头写了方子，“先吃七服试试。”

梁教授接了方子，他知道晏禾已经成了江城名医，名气之大，已经传到了省城，徐飞卿那样骄傲的人，看完病回来还对晏禾赞不绝口，让他既高兴又难过。

俩人好像互有默契，绝口不提数学，梁教授聊起他的收藏：“新收了个花瓶，说是大雅斋的，我看着总不大像。”

晏禾那时候经常往梁教授家跑，梁教授痴迷收藏，他也顺便看了几本收藏相关的书，等梁教授把花瓶拿过来的时候，上手摸了摸。

喜鹊登枝的梅瓶，他辨别了一番：“彩厚，胎釉很精细。我看着倒像真的。”

梁教授得意起来：“在古玩市场收的，万一是真的可捡了个大漏。”

聊了一会儿，梁教授的孙子过来了，他也是数学系的。晏禾跟梁教授学习的时候，他还小，早不记得晏禾是谁，见家里来了人，打了个招呼，去问梁教授问题。

梁教授看了眼，有些复杂，从卧室里拿出黑板来要给孙子细讲，那边老伴从厨房出来，跟他说是电压力锅又盖不上了，要他过去修。

梁教授的孙子接了个电话匆匆走了，待梁教授出来找孙子时，晏禾替他解释了一句：“听说同学有事找他。”

吃了饭，晏禾带孟小阮提出了告辞，梁师母给孟小阮装了一盒蛋挞：“路上吃。”

梁教授送出去，他的腿脚早年就不太利落，现在要拄拐了，晏禾在旁边搀着他，他感叹了一句：“知道我腿脚不好，当年你可没少让我追。”

那时晏禾不懂事，也不耐烦听他磨叨，有时一个不顺茬就跑了，梁教授就在后面追，大部分时间追不上，偶尔追上了也不舍得打。

谈及往事，晏禾有些惭愧：“给您添了不少麻烦。”

梁教授伸手拍了拍晏禾的胳膊，安慰他：“没什么，有的孩子就是开窍晚。”

出门就是车站，晏禾要他回吧，他一再答应着，却一直把他们送上了车。

晏禾在车上，他在车外，透过窗子两两相望，彼此都存着眷恋，却都明白，这一世，师徒终究缘尽了。

梁教授勉强收住了情绪，回到家，准备把孙子的题做了，仔细看黑板，已经解出来了。

晏禾特有的解题风格，简单明晰，没有一个多余的步骤。

老人看着，孩子般地哭了。

明夷堂开始招收学生。

公告就贴在明夷堂外的墙壁上，老有人围在墙下看，顺便评点一番。

明夷堂的医术等同于晏家医术，父死子承，有许多不传之秘。

晏禾的祖父收过徒，但最后也没有继承他的衣钵，真正传下来的还不是儿子。

大部分人都觉得，晏禾只想找几个不花钱的助手。

巷子口那家面包店招了几年的学徒，从没有一个学到他们家椰丝面包的配方，那么一个小面包店还藏着掖着，更何况这么大一个明夷堂。

就算这样，照样有很多人来应征，每天门口排着长长的队伍，晏禾要给患者看病，每天只能面试几个人，工作人员劝他们，交了报名表可以回家等通知，不用在这里一直等，他们不听，谁知道晏禾是不是在考验他们的耐性。

少辉路过明夷堂的时候，也看到了这则公告。

他停下来看了许久，看到晏禾从身边经过，拦住他：“我申请，你收吗？”

晏禾微笑：“不收。”

少辉愤然，指了指门口排着的人：“他们比我强在哪儿？”

晏禾看着他：“他们不比你强，但他们是真心学医。”

真心学医不为其他。

或许学成了可以带来名誉、带来收入，带来生活的种种改变，但他们的初衷只是因为喜爱医术罢了。

少辉不差，但初衷差了。

晏禾选择了一家医药开发商，明夷堂几个独家药方终于可以批量生产。

这些方子传了几百年，经历了天灾、经历了战乱、经历了朝代更替、经历了盛世兴衰，在晏家最困难的时候，在几个孩子嗷嗷待哺将要饿死的时候，在利益的驱使下，家族分崩离析的时候，这些方子终究还是保住了。

用生命保护这些方子的人，早已经籍籍无名，晏家厚厚的族谱上没有多为他们写上一笔，但晏禾知道，这一代代的坚守，一代代的传承，并没有值不值的区别，而是应该这么做，必须这么做，哪怕付出血的代价也绝不退缩。

等到药方现市的时候，久不露面的二师伯忽然出现了，他站在明夷堂门口破口大骂：“明夷堂早晚要毁在你手里。”

他和廖必臻都知道药方藏在哪里，在离开晏家的时候，他们不是没动过药方的心思，可是晏家列祖列宗在上，这沉甸甸的药方，他们拿不起，也不敢拿。

晏禾告诉他："那些方子，你们不是早就有？"

二师伯愣了，他和廖必臻早知道自己和晏灵枢是不同的，晏灵枢才是晏家的继承人，他们就算做得再好，师父也不可能将晏家的秘术传给他们。

他们失落过、不平过，所以在晏灵枢过世之后，毫不留恋地离开了明夷堂。

他一直关注着明夷堂，知道晏禾继承了家业，使明夷堂恢复了往日的荣光，便想着果然如此，他和廖必臻十岁学医，几十年才熬出头，晏禾一个毛孩子，中途转学的医科，没有晏家传下的秘方，怎么能有这么大的成就。

晏禾说："不管你信不信，在医术上，我爷爷从未藏私。"

二师伯将那几味药都买了回去，他一味一味地品，和他制出来的没有不同。

这些药方都是晏素问传给他们的，他写过一本教材，叫他们拿回去背。

那本教材他现在还留着，早已经翻掉了页，原来他一直以为的晏家秘方，早就传到了他们手上。

他想哭也想笑，最终朝着明夷堂的方向磕了一个头。

晏禾最终招收了十个学生。

这些学生最小的十二岁，最大的二十三岁。

一列排开，他一个个看过去，不训话也不教导，让他们先从药圃的药材开始学起。

年纪小的还在读书，只有节假日能来；年纪大的，有工作要养家，也只有休息的时间才能过来。

他随他们来，也随他们走，直到半年之后，几个坚持不住了，几个继续留着，才真正开始授课。

这其中有二师伯的小儿子，他每次上完课回来都要细细地跟父亲汇报讲课的内容。二师伯认真地听完，仔细琢磨一番，好像和师父讲的也没什么不同。

等到半年过去，他再叫小儿子跟他汇报讲课内容的时候，小儿子眼睛一翻：“您想知道自己去听课呗，明夷堂的门又没冲您关上！”

晏禾授课的时候讲究言传身教，征求了患者的同意会让他们旁观。二师伯的小儿子是家传的医术，本身就有根底，原本对晏禾还带着几分质疑，看了几个病例心服口服，同样一味药材晏禾自有晏禾的用法，同样的方子，在药材的分量上稍作变动，效果就大不一样。

他喜欢明夷堂，喜欢明夷堂灿烂的花圃，喜欢明夷堂的半闲楼，喜欢和师兄弟一起学习的氛围，喜欢明夷堂那种不快不慢缓缓向前的节奏。

他明白父亲和晏禾差在哪儿了，不过是一个医者的气度。

孟广龄那本岳念知的回忆录终于写出来了，没有出版社感兴趣，最后是自费出的，书名是孟广龄取的，叫《岁月不知》。

孟小阮看过，里面写了江城的江、江城的桥、江城曲曲折折的小巷子、江城被雨水漫过的排水道。

他的笔下，江城像一幅工笔细描的图卷。

画卷里有一个人，她温柔娴静，是旧时代的小女子，却有新时代女子的勇气和多情。

江城师范还在，当年那个让他俩彼此一见倾心的礼堂，却早已经变成了学生食堂。

休假的时候，孟小阮和晏禾沿着老人书中的记忆，又重走了一遍他青春时的路线。

走累了，俩人在金水江江边的茶馆坐下，点了一壶茶。

有弹阮的师傅坐在栏杆处拨弦，水流缓缓，阮声铮铮。

茶是六安瓜片，鲜且醇。

七月正热，热茶倒更解暑。孟小阮托着腮问他：“晏禾，你喜欢我什么呢？”

喜欢什么呢？喜欢她的笑容，喜欢她的天真，喜欢她对人心百折而无悔的信赖，喜欢她对世事的通透达明。

他从她身上学到的，远比她从他身上学到的，多得多。

因为你，我知道了什么是爱，什么是情，什么值得珍惜，什么值得坚守。

因为你，我才找到了自己的道，以忠恕为纲，奉己之道，仁在我心。

因为你，我想长长久久地活在这世间，和你白头到老，看你一世欢颜。

最终他说：“遇见了你，才遇见了更好的自己。”

后记

NI
QINAIDE
WO

我外祖父是个老中医，小时候在外祖父家里看着他配药，一层叠一层的柜子，有一味很像贝壳，造型是只碗，我心里喜欢得不得了，可又不好意思跟外祖父说，后来外祖父把那味药碾成了粉末，我伤心地哭了很久。

外祖父知道是因为“碗”的事，有点自责，只是一遍一遍地许诺我：“下次再有像碗的，给你留着。”

小时候用过很多中成药，什么梅花点舌丹、犀角化毒丸、橘红丸、小活络丸、人参归脾丸，有时候觉得实在苦得难以下咽，就偷偷丢到了院子里。

遗憾的是，现在很多药厂已经不再生产中成药了，很多药，比如羚羊清肺散，也只有个别地方才能买得到。

家人并不是很信任外祖父的医术，毕竟跟中药相比，西药的疗效似乎更显著一些。我妈妈咽喉炎久治不愈，给我外祖父打了个电话，外祖父发了个方子过来，我妈吃了几服，对我外祖父的医术刮目相看。

我外祖父村里的人倒很信任他，赶上年节都会送他谢礼，家里堆得满满的，村里人实在，米、面、油、肉，还有在村头小店买的银鸳花生牛奶、大个核桃等山寨饮料。

我想每当这个时候，我外祖父应该是最开心的，因为这是对他一生所学的肯定。

今年年初，我因为肠炎去中医研究所看病，大夫四十来岁，头发已经白了大半，桌子上放了一个苹果，大概每天都抽不出时间来吃，已经干瘪得只剩下果核。

比起西医来，那些我们认知中“稳坐钓鱼台”的中医，其实也很累，也很忙。

当时我就想，写一个中医的故事好不好？没有ICU的生死关头，没有急救室的分秒必争，他们的世界离我们的那么远，一把椅子一个脉诊，但又与我们的生活休戚相关。

书中的针刺疗法参考了《李可老中医急危重症疑难病经验专辑》；

用药开方参考了《中药不传之秘在于量》；

诊脉方法参考了《图解中医脉诊入门》；

中药歌诀引用自《中医入门必读歌诀》。

我外祖父常说“中药开方，治百病不治百人”，所以这些治疗方法仅供参考请勿模仿。

这个故事已经告一段落，现实生活中有千千万万个晏禾，任世界再变，仍然坚守着中医学，默默耕耘，青史无名。

这些人值得我们用最大的诚意去礼赞。

最后，祝大家百岁安乐、百病不生。

公子十三

于丁酉年丁未月庚申日深夜